愛無能，幸福不能

我們都不可憐，只是……寂寞而已！

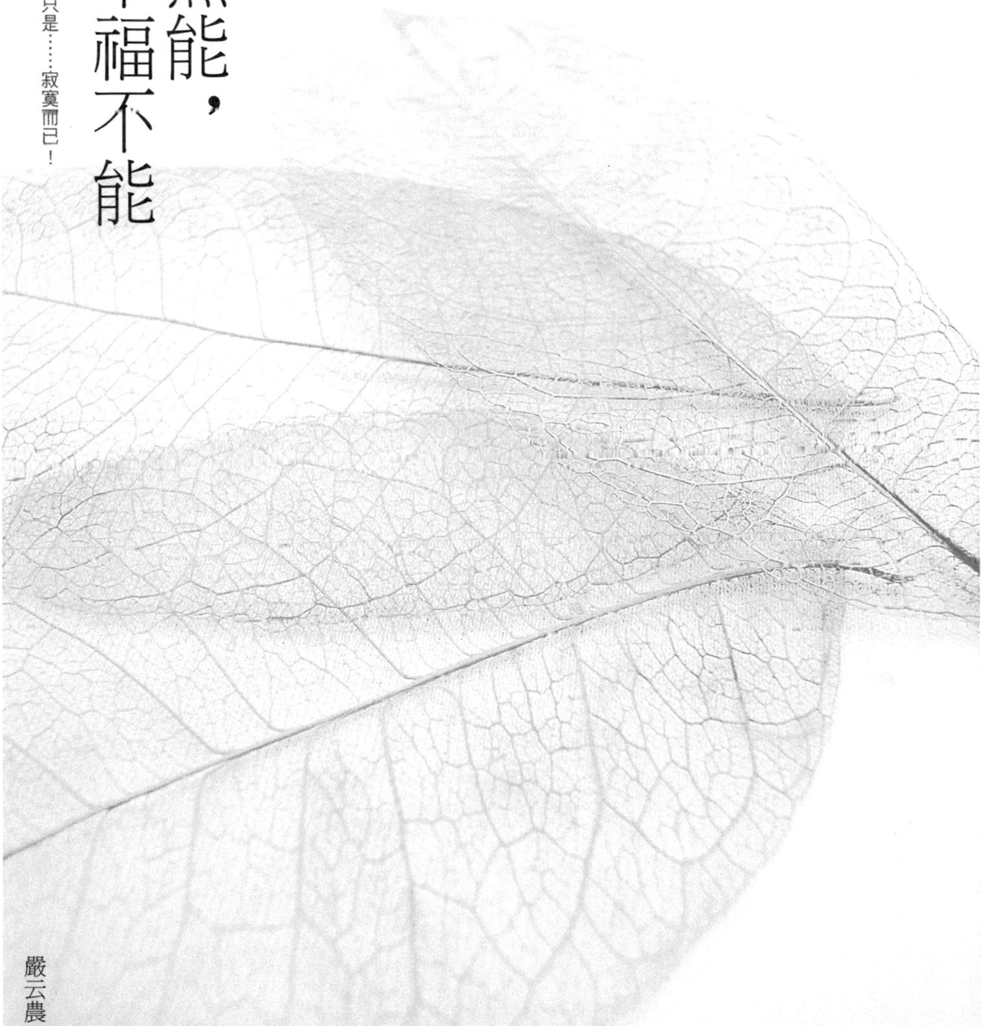

嚴云農 著
——徐仁峰 攝影

自序

對愛無能的人，就失去得到幸福的能力！

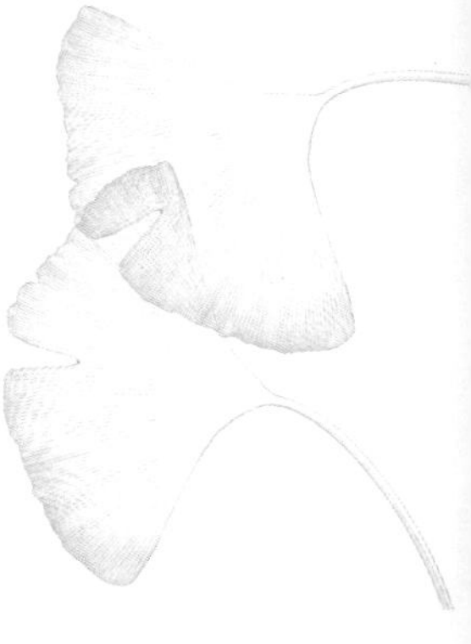

愛是一種原生的能力，無庸置疑！

但曾幾何時，在我們生存的這個世代，卻又有好多好多的人、書或資訊，想要教導我們「如何去愛」。

我常常在想，為什麼對現代人而言，愛，似乎已經到了必須有人教導，我們才能知道如何去擁有的狀態。

為什麼當我們越來越富足，活在堪稱史上物質最不虞匱乏的時空中，寂寞的癌症，卻也隨之蔓延氾濫、寄生每個人類內心，累積成切割不去的病灶？

我們都不可憐……是的，絕對都不可憐！

我們，只是，寂寞而已！

我們只是寂寞到，有種覺得自己已經快要失去幸福的能力，如此而已！

『愛無能，幸福不能』這個故事寫在二〇〇五年，寫在我和魏德聖一起完成《賽德克巴萊》的小說創作之後。這是一部由我自己出發，屬於半自傳性質的小說。

當初我是在一連寫了四本改寫別人劇本的電視／電影小說之後，在某個悶熱難熬的台北仲夏夜，興起了『來寫屬於我自己的小說』這樣一個念頭。

對我而言，這不是一部探討大是大非，探討什麼深奧哲理的故事。

但它卻也不是無病呻吟，為了浪漫而浪漫的言情綺想。

這是一篇與我自己的人生相處了三十多年之後，寫下的心得報告。

它源自於我每一次實實在在的呼吸，得之於那些切膚的迷惑、煩惱、期待與反省。

我是一個台北出生，在南投度過童年，然後又回到台北長大成人的「候鳥小孩」。

我的父親，就誠如我在小說裡所描述，是個一心期待想為兒女創造一個『有根的』事業，希望能永遠保護著家人的可愛父親。（為了增加故事的張力，我很「惡劣地」把小說裡的老爸寫得「很難相處」，事實上，我的父親，是個相當溫柔的人，他只是比較不擅長於表達情感罷了！）

我的父親在南投種水草，在台灣的水族業很多人都尊稱他一聲「嚴老師」，因為他是少數可以成功將水草外銷到日本、德國的「水草達人」。

到今天，我對於人生的選擇，是走上創作這條路。

但在成長的過程中，其實我一路都在和『要不要回去接老爸事業』這個選項拔河！

尤其到了今日，當我的人生方向違背了父親的期待，雖然我的老爸很寬容地給了我祝福和任性的空間。但……當你身上承受的寬容越多，做兒子的心中越是會產生一種深深的愧疚感。
然後……你會越想證明，證明自己的選擇不會讓最愛你的人失望！
於是，我寫下《愛無能，幸福不能》這樣一個故事。
我寫下我自己內心許多的話語。
我寫下一個我心目中完美的結局……來獻給現實中，可能不盡完美的人生。
最重要的，我寫下它，是為了把它獻給我的父親！
我想藉由這篇小說，向他說聲謝謝，也向他說聲對不起！

故事，是虛構的！人生，卻是真實的！
你也許會好奇在我的小說中，到底有幾成是源自於我的過去。
對於這個問題，我只能說……『那一點都不重要』。
我只是希望，當我把有一定真實程度的「生活」寫出來，當你看著書中角色被工作、愛情、親情、友情各種複雜的成分攪和在一起，產生了各種連鎖反應時。
你能回頭想想……對於你的生命，你是否也夠『誠實』？

愛是一種原生的能力，無庸置疑！
但往往，我們卻會用許許多多的偽裝，把愛，從「有能」愛成「無能」！
於是，幸福才會一直呈現「不能」的狀態！

在出版之前，我把這部生平真正第一篇原創小說拿出來好好「翻修」了一番（《想你的離人節》出版在先，但實際卻是後來才創作的），可能之前有許多朋友已經在我部落格上看過它的原始版本。我的增修工作只是針對文字語法進行修飾，然後加進了一些補強的情節或說明，整體的樣貌，應該還是挺「忠於原味」的！

我很感謝文經社願意保留《愛無能，幸福不能》這個書名。因為後來好像也有人用《愛無能》這個書名寫了小說。

能保留當初創作時的標題，對創作人而言是一件相當重要的事。因為不忘初衷，人才可以帶著「根」，繼續往前走！

希望你會喜歡我的小說……！

嚴云農

部落格 http://anoyen.pixnet.net/blog

目次

CONTENTS

序章——別離

前來日本，已經度過了五天！

十二月二十五日是回程機票上面打印的日期，正好也是聖誕節……據早上送早點來的老闆娘說，昨晚平安夜元箱根下的這一場雪，是今年入冬以來下的最大的一場。

走近房間的落地窗，挨著窗子向外看，葉子目睹一片蔚藍。歷經一夜大雪，窗外的天空，現已恢復了晴朗。

『這場雪……好像是上天特意送給我們的臨別禮物一樣！』

站在葉子身後的他像貓一樣無聲無息地靠過來，在他說話的同時，兩人的鼻息在冰冷玻璃上反覆塗著鴨，但那溫熱的圖案馬上又被時間無情地抹去。

（終於……還是得回去了嗎？）

面對眼前整面湖景，葉子顯得有些感傷，反倒是遠方的芦之湖沒受到那種情緒影響，仍在一片被雪佔領的世界裡固執泛著輕波。

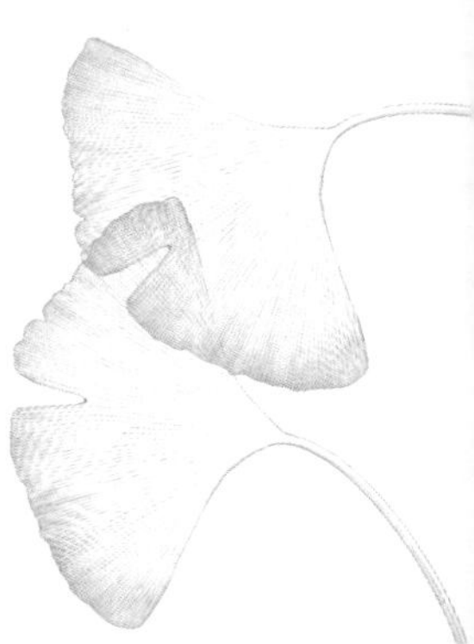

『該CHECK OUT了……』

死亡一般的沈寂持續了一陣子，但該說的話，男人還是說出了口。

在被破壞的靜謐裡，葉子感覺自己的手被男人輕輕握住，轉頭一看，他臉上神情帶著某種不捨，但也有種不得不啟程的無奈！

『是啊！我們的旅行，是該結束了！』

葉子刻意用乾脆的語氣說，但聽起來卻像在鼓勵自己一樣！

上午九時十五分，從箱根湯本開出的小田急線列車，以平穩的高速朝著繁華的東京前進。坐在面朝西北的靠窗位置，葉子讓目光跟隨朝陽行走到地平線的盡頭；在那裡，雄偉的富士山一動一不動地佇立著，彷彿正在接受群山的朝聖。

再一次眺望覆滿白雪的富士山，葉子的心情不似三天前與它初見時那樣激動而不安！對於那種扁扁平平像被什麼夯實過的心情，葉子顯得柔順而無奈。

在同時間，她身旁的男人安靜無語。

從後方凝視葉子的男人，視野裡看見的除了風景外，還有葉子看不見表情的臉龐。

（這旅行真的是太短暫了！）

望著葉子的背影與向後逝去的景物融為一體，男人一邊搖著手中的鐵罐咖啡，一邊在心中默想著。

所謂的旅行，不都是這樣嗎~~在來時期待，在去時感傷。

相同一段路程只是顛倒了方向，連心情都會像沙漏一樣從快樂開始反轉為不捨。

『喂！……』宛如呢喃，葉子頭也不轉，突然輕喚著身後的男人。

『你說，我們真的……不聯絡了嗎？……在回國以後？』她的聲音若有似無。

『嗯？……』葉子的問題讓男人心中一緊。

『不是妳這樣要求的嗎？』他問。

『是啊！……是我要求的！』她悠悠回答，態度讓人捉摸不定。

在葉子說話的尾音裡，男人喝完手中的咖啡。兩個人像是約定好了一樣，讓氣氛又回到令人焦躁的沈悶之中。

（三天……夠了吧！）

葉子心裡安慰自己。

能與他相遇並一起度過過去的七十二小時，已是這趟旅行中意外的插曲。

（太貪心的話會遭天譴的！）她嘆息著。

『嘿……這個位置有人坐嗎？』

在列車行進間，葉子的思緒回到三天前。

葉子回想起男人對她說的第一句話。那是她剛剛獨自一人來到箱根旅行，在搭乘電纜車準備前去遠眺富士山時所發生的事。

葉子記得當自己第一眼見到男人的瞬間，她的心竟像遭遇暴風侵襲一樣，在錯愕中一陣飄搖！

（他……是『他』嗎？）

望著前來搭訕的男人，葉子只覺全身血液急速往頭上竄。原因無他，只因男人的面容，輪廓竟和回憶裡某道深刻的傷痕那樣神似！

望著既陌生又熟悉的男子，葉子的眼睛似乎泛起淡淡的血腥味，身體裡某些留有舊傷的部位又隱隱疼了起來！

『妳應該也是台灣人吧？……』

『妳和我一樣一個人來箱根旅行？……』

葉子記得男人的開場白，但之後男人還說了些什麼，她的記憶卻已然模糊！唯一還殘存在心中發酵的，只有一份從舌根底泛出的苦澀。

一次意外的邂逅，讓葉子意外觸及一份死去愛情的餘溫。

那是思念的幽靈？抑或只是葉子自己的幻覺？

（太像了……）

雖然仔細看著男人，葉子可以輕易找出他和『他』之間明顯不同的差異，但不說別的，光是那張面容對著自己微笑的模樣，就已讓葉子有種想哭的衝動！

『嘿！妳在想什麼？』

從回憶回到現實，經過一個轉彎，列車轉向東行，原本好像會永遠存在的富士山，也在不知不覺間失了蹤影。

不問姓名，不問過去，回國以後不要聯絡……這是葉子答應兩人一起旅行時提出的條件。

之所以不希望在他的身分上加上稱謂，或許是為了讓自己的思緒保存一份想像的空間。

她還愛著『他』嗎？！

（我……愛他吧！）葉子內心無心地絮語。

曾以為時間可以沖淡一切，讓曾深愛過的人從內心裡淡出。但眼前男人所給自己的，真的只是孤單旅行中排解寂寞的慰藉？

在過去幾天中，葉子一直不斷與這個問題周旋著！

『沒想什麼！』葉子淡淡地回答，回頭時剛好面對男人無表情的臉。

『你班機幾點？』

『晚妳三個小時，下午四點四十五分……』

『那……等會到了新宿，我們就在那裡分手吧！』葉子定定看著他。『你還有點時間，可以到處晃晃。』

『嗯……』男人的眉頭蹙了起來，像微風下的湖面。葉子知道他其實還有話想說，只是隱忍未發。

『也許，以後我們會後悔！』列車已進入市區，葉子看見路旁許多商家櫥窗上都有聖誕裝飾妝點著節日的氣氛，只因時值假日早晨，多數店面皆仍緊閉。

『但我覺得這樣對我們最好！』她側過臉對他說。

面對女人的決定，男人一陣沈默……

葉子瞭解他的沮喪，但此刻葉子想的卻是三天前男人曾問過自己的問題～

『不問姓名，不問過去，回國以後不要聯絡？……這是某種遊戲嗎？……還是妳有其他理由？』

說話的男人臉上露出疑惑神情，而葉子只用曖昧的笑容回應。

那是在高空纜車橫越大涌谷時所發生的事情，當時兩人之間的關係才剛從完全的陌生人進步到結伴而行的朋友不久。

對於連名字都不肯透露的葉子，男人顯得有些無奈！

隨著纜車慢慢攀越早雲山的高點，從這山望那山，葉子的心為了第一次即將見到的富士山而感到興奮。但在那興奮之中卻透露著對男人刻意的疏遠！

在只有他們兩人的車廂裡，葉子的存在像天邊那團白色積雲一樣，始終不肯透露在她背後的天空到底隱藏著什麼。

不是因為相互擁有好感才在一起旅行的嗎？

為什麼葉子在靠近時又刻意保持著疏遠？

（我自己也不知道自己在想什麼啊！）

高空裡風勢強勁，面對纜車的搖晃，葉子跟著蒙上莫名恐懼。

或許，她是期盼兩人之間的關係就像腳下數百公尺深飄著硫磺煙霧的山谷一樣深奧。

她只想遠遠欣賞，不要留下明確的足跡！

『妳還沒回答我的問題…』男人忍不住追問。

『你看……富士山！』

被男人用帶著懷疑的等待包圍，葉子讓自己的眼睛悄悄轉移。她刻意將臉轉而面向陽光，乍現在遠方雲霧間錐形的聖山抵擋了一切言語的流動。

『真美！……』她讚嘆。

在這麼美的時刻，葉子希望男人能保持緘默！

甚至可以的話，她希望他從背後緊緊抱住自己就好！雖然她終究沒將自己的心意說出口。

『的確很美！』

彷彿瞭解葉子藏起所有心事的決心，男人放棄了追逐！

他吐出一口悠長的氣，僅和眼前這個神秘而陌生的美麗女人並肩，一起凝望遠方無言的山丘。

（謝謝！）

背對男人，葉子的嘴角漾起一絲寂寞而感激的微笑，然而對於自己眼角的微濕，她卻不知該從何解釋起！

離開箱根，到達東京時已近餉午，繁華的新宿車站，人潮像時間一樣永遠靜止不下來。拖著行李的兩人來到人行道分歧點，很有默契地同時停下腳步。

『那麼……保重了！』

從他手上接下背包，葉子刻意讓語氣聽來不帶一絲眷戀。她知道，那些虛無的思念只要捱過離別這一刻，一切就能死了回頭的心。

『嘿！』

面對急於離去的葉子，他及時拉住她纖細的手腕。

『妳真的……』男人的話硬生生只說了一半，但那語氣裡的不捨還是露骨地讓葉子心痛。

『別這樣！』女人的聲音透露著哀求。

『連名字，也不能讓我留作紀念嗎？』

『…………』

『對妳而言，過去的這三天，到底算什麼呢？』男人略顯激動地問。

『一場很美麗的夢吧！』葉子緩緩把他的手從自己手上拿開。在兩人視線相交的時候，葉子給了他一個好沈靜的笑容。

『一場我不該做，卻還是做了的美夢！』

（真是絕情的女人啊！……）

當葉子轉身離去，目送葉子離去的背影，男人靜靜站立在原地。

（她是不是哭了？）

葉子告別時燦爛的笑靨還留在視覺裡，但他更在意的是她瀏海下那雙迷濛的眼睛。

『唉～都無所謂了吧！』男人搖搖頭發出嘆息。車站裡往來的旅客一下子就把葉子的身影給吞沒，才幾秒鐘的時間，女人寄放在他手心的溫度就已然逝去，他連她真實存在過的證據都沒有。

在他身處的車站裡，離別正在不斷發生。

相愛的、相識的人們都在用『再見』……預約下一次的見面！

看著往來行人，男人突然感覺寂寞了起來，同時也對身旁那些不帶遺憾的離別感到嫉妒。

他在生氣！

他不明白為何自己那麼軟弱，軟弱到連追上去的勇氣都拿不出來！

但同時，男人的理智似乎也同時在告誡自己，他應該就這樣讓女人離開……就像讓葉子在秋天離開枝頭一般理所當然！

紛亂的思緒讓男人的世界旋轉了起來，他將眼神望向葉子消失的方向，良久良久，而一種永遠失去一個人的空虛感，終究將他完全淹沒、完全擊敗……！

（嘿！……妳做到了……妳做到了！……妳離開他了！……）

當載滿乘客的飛機慢慢滑出停機坪，明朗的陽光，從葉子身旁小小的窗戶透了進來。

脫下厚重大衣，葉子任憑陽光曝曬在自己蒼白的臉上！

那是一張歷經抉擇之後疲憊的臉，當陽光將她的神情勾勒出來，可能多數人會聯想起『迷惘』之類的形容詞。

然而隨著飛機加速、離地、起飛……葉子的感覺，反而逐漸趨於踏實！

在離開以後，有些人、有些事，就再也回不去了！

有了這樣的覺悟，即使情感是澎湃的，人也會因為絕望，而隨之冷靜下來！

漫長的飛翔，伴隨著偶而的顛簸。

踏上最後一段旅程，她感覺身體裡那個熟悉的自己好像也開始甦醒。

再過四個小時，她就將回到那個五天前她想逃離的世界。

在旅行中一些被暫時拋在一旁的煩惱，現在似乎又蠢蠢欲動起來，隨時等著回到原來的位置就位……

只是，突然間，她想起了他…也想起了『他』；無法抑制的，極其激烈的！

她猛然閉上雙眼，試圖抵抗兩個男人的身影浮現。

但那兩張相似的笑顏，卻像不甘被遺忘似的，不斷在葉子腦海裡盤旋。

（真糟糕……）

帶著罪惡感，葉子輕咬下唇，把視線停在窗外層疊的雲海。對於自己的思緒，她好像有了答案，卻遲遲不肯做最後確認！

這場旅行，應該已然達到目的了吧？……葉子自問。

帶著許多煩惱，隻身來到這北方的國度，如今，若以第三人稱的觀點從旁觀看，葉子認為自己已經獲得了一些改變！

但光是改變，是否就能讓她的世界回復到原有的秩序呢？

還有些努力，仍要繼續吧！……她隱隱這樣覺得！

在混亂中，身心的疲倦猛然襲來，葉子逃避似的急於躲進睡眠的懷裡。

一些零星的過往片段，像無心間墜落的石礫，落進回憶的湖面，激起淡淡漣漪……像那晚承受著降雪的芦之湖！

（睡吧！妳這片在迷路中找路的葉子！）

她哄著自己，希望自己別太清醒。

飛機仍在飛行，在雲層之上，一個永遠天晴的世界。

不知還要多久，降落的時刻才會到來……

在降落的地方，有什麼在等待著葉子呢？

一段路程的結束，會不會是另一個故事的序曲？

此刻的葉子睡了，而答案，似乎也暫時，不會到來！

請你記得好嗎？

那條陪你飛行，卻和你保持著距離的平行線。

誰說彼此牽絆糾纏，

才是兩顆心最契合的交點、最完美的終點？！

「耕一」

章之一——自由

到家的時候，客廳的燈還亮著，但我看見透天厝二樓老爸的房間已然熄了燈。

將車子停進車庫，剛跑完長途的車，引擎蓋仍兀自散發著熱氣。

外面天空正在飄雨，細細的雨絲躲藏在黑夜中幾乎看不見，只有透過大門旁那盞路燈發出的光，我才發現原來空氣中散佈著那麼高密度的雨點！

雨天，在南投的秋季並不多見。

本以為回到這裡的天氣不會像台北一樣籠罩在東北季風之中，沒想到陰鬱這種東西，竟還是一路跟著我，幾百公里的距離也無法將之擺脫。

進了門，耳邊那些來自四周稻田的蟲鳴聲瞬間像被沒收了一樣，變得幾不可聞。只有秋夜的涼意從窗戶的縫隙裡透了進來。

看看鐘……十二點多了，客廳桌上放著一堆雜亂的報紙和信件，那壺沒喝完的茶看來早已變得冰涼。可能老爸又是在等門等了一段時間之後，才抵擋不住疲倦去睡的！

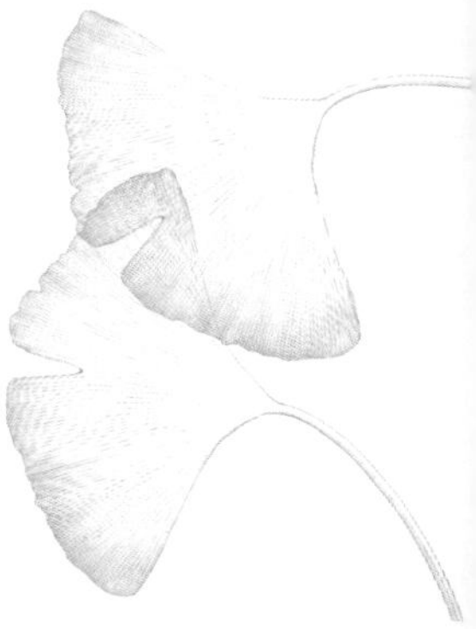

放輕了動作，我鎖上大門，關燈直接走上位於二樓的房間，老爸熟悉的鼾聲像是在迎接我一般從黑暗裡傳來。

房裡一切和兩天前離開時沒有兩樣，擺滿小說漫畫的落地式書架和一張購自於IKEA的電腦桌就是全部的擺設。散發淡淡潮味的被子上還有我換下的衣服整整齊齊疊放著。

我把背包放在地板上，順手開了桌上的電腦。

『收一下信吧，有首比稿的歌詞要請你寫……DEMO和寫歌的方向都在附加檔案裡，能下星期三前交稿嗎？』

我想起手機裡小P傳來的簡訊，小P是我以前在R唱片公司的同事，他是製作部的A&R，而我是企劃部的企劃人員。

儘管辭職離開台北已有二個多月的時間，但曾在公司裡與我最要好的小P卻始終沒有將我給遺忘。只要公司裡有需要填詞的歌，他總是不會忘記留一個機會給我！

雖然說現在大部分的歌都是比稿的案子，但對我來說，有人記得你的存在，總比像是那些被淡忘在專輯中沒有被打到的非主打歌來的好！

邊等開機，我一邊換上舊舊的愛迪達運動服。

坐在柔軟床墊上，沒有穿拖鞋的腳可以感受到地磚上似乎已經鋪了一層薄薄的灰塵。

我略帶疲憊地打了一個呵欠，本想躺下稍事休息，但這時手機卻突然響起，來電鈴聲在寂靜的夜裡聽來格外喧囂。

『喂~你到家了沒？』

沒有意外，話筒裡傳來的是天天的聲音。

『剛到！才剛進門妳就來查勤喔？』

『當然囉，我可是在你房間裡偷裝了監視器呢，你在幹什麼壞事我都知道！』

『是嗎！』天天調皮語氣讓我揚起微笑。

『那我現在在幹嘛，妳這個偷窺狂？』

『你在……想我囉！』

『最好是！』我回嘴。

自從搬回老家工作以後，每個週末，我都必須往返於南投與台北之間。從這個家，遷徙到另一個家，像候鳥一樣，靠著南北聯絡的高速公路飛行！

南投草屯，是我的老家，也是我六歲之前成長的地方。而台北，則是我居住了將近二十年的城市！

之所以會有兩個故鄉，都是源自於老爸的漂泊所賜！

要解釋老爸的漂泊很複雜，但簡單的說，那是一個典型台灣農村青年北上求學，最後在大都市落地生根的故事。

小時候，對我來說，南投，是『爺爺的家』！

在那裡，有透天厝、有一大片阿公的芭樂園，還有我童年的記憶（因為年幼時爸媽剛創立貿易公司工作繁忙的關係，六歲以前的我都是交由爺爺奶奶照顧），雖然進入學齡之後為了比較好的教育環境，老媽執意把我接回台北生活，但在成長過程中，南投的家，卻永遠都像我的秘密花園一樣。

每逢暑假，我總是央求爸媽讓我回鄉下度過漫長的夏天。有別於台北的繁華，草屯擁有的，只有稻田、果樹、那條從老家前流過的貓羅溪，還有取之不盡的大自然。

儘管那裡沒有任天堂、沒有三十合一的聖戰士玩具、沒有任何可以稱的上『稀奇』的玩意兒。但和鄰居小朋友一起釣魚、拿空氣槍打麻雀、玩水鴛鴦、養蝌蚪的往事，卻是長大後心裡好美麗的回憶！（我尤其懷念那種每天傍晚在空氣中會準時浮現的炊煙味道）

對草屯的印象改觀，是國小五年級以後的事情。

在那一年，由於爺爺過世，再加上台幣劇烈升值讓外銷生意難以為繼，所以老爸只好忍痛將他一手創立的貿易公司收起，回到南投繼承爺爺的農地，開始種起水草，順便就近照顧中風行動不便的奶奶！

『水草』……沒錯，就是那些放在水族箱裡裝飾的植物。

因為老爸的這個決定，讓我在十歲以後的人生，產生了很大的改變。

就像鮭魚時間到了就一定得回到原來出生的溪流產卵一樣，在成長過程中，我一直被老爸灌輸將來我一定得回來南投繼承家業的觀念！

因此，從老爸回南投之後，我回老家，過的再也不是那種可以回去盡情玩耍的歡樂歲月！

我國中高中甚至大學的寒暑假，一定會被老爸叫回南投幫忙種水草！

那是你無法SAY NO的一種制約。尤其學生時代看著周遭同學可以趁著寒暑假打工賺錢、交女朋友、四處玩樂、過著自由自在的生活。那時只能在溫室裡和水草與蚊蟲為伍的我，把自己這種毫無搞頭的假期與他們的相比，心中總有滿滿的不平！

即使長大以後的我試圖與這種被限定的人生抗爭，而且我也真的在退伍之後『叛逃』跑去唱片公司當了三年的企劃。

但一年前奶奶過世之後，老爸突然在奶奶的喪禮上堅決要我辭去台北的工作，加上老媽也在一旁推波助瀾加入遊說的行列，搞得我好像非得重新規畫我的人生似的。（老媽一直覺得我在唱片圈會學壞）

最後，老爸是以他的健康問題當作殺手鐗讓我被『孝順』這樣一個大帽子壓下來，被迫離開鍾愛的唱片圈，回到南投來，變成一個以種水草維生的農夫！

『晚上又有人要我幫忙寫歌了……』透過電話，我把今晚十點以後發生的事情向天天報告。在十點以前，我人還在她租屋處的沙發上擁抱著她。

『真的，給誰？』聽見這個消息，天天顯得很開心。

『給一個R唱片的新人，我也不認識。』

『加油啊！』天天為我打氣『你要好好的寫喔，要是寫到一首很紅的歌，說不定，你就可以說服你爸，讓你回台北工作，不要再種水草了！』

『還要比稿呢，而且，就算好好寫也不一定是我的詞會中！』我打斷天天的話，她的鼓勵非但沒有讓我覺得振奮，反而還讓我的心一沈。

（別再提回台北的事了！）

我心裡想著。我知道天天一直對我同南投來的事耿耿於懷！

『有信心點嘛！』

或許因為在一起已超過三年的關係，天天對我任何一個語氣裡所隱藏的情緒都瞭若指掌。

『你生氣啦？』她問。

『沒啊……』我故做輕鬆。

『明明就有！』話機那端天天的聲音也不像原來那麼開朗了。

『人家只是覺得你這樣台北南投兩地跑太辛苦了……況且你對種水草一點興趣也沒有，不是嗎？』

『妳又講這些幹嘛？』我突然有些不耐煩。

『因為這不只是你一個人的問題而已，看你不開心，我也很難過啊！』

『這個話題我們吵很多次了，我們不要再討論了，好嗎？』

我把手機換到另一隻耳朵聽，同時坐在電腦前把E-MAIL打開。

我承認，我不是很開心。

一陣沈默，悄悄佔領了我們之間的電話。我和天天像是進行著拔河比賽一樣，把沈默這看不見的東西在話機兩端拉扯著。

『喂！……你還在嗎？』像是道歉般，天天小心翼翼地問。

『在啊！』

每一次，只要討論到我工作的問題，我和天天都會陷進眼前這樣的泥淖之中。

她一直認為我不應該屈服於老爸，回來這裡做我不想做的事情。

除此之外，分隔兩地的愛情，也讓她十分沒有安全感！

『回去種水草……你會開心嗎？』

之前當天天在吵架時拿這樣的問題質問我，我真的很想直接吐槽回去。

（開心？……怎麼可能開心！）

但我能怎麼辦？

老爸的年紀大了，身體也不是頂好，他一直希望有人能把他過去十五年來在水草種植上面研究出來的心得傳承下去……

而很『不幸』地，我是他唯一的兒子。

況且退伍後在唱片公司混了一陣子的我，實際上也沒混出個什麼名堂來。

『耕一……你一個馬上就要三十歲的男人了，難道要這樣一輩子「玩」下去嗎？……你難道不想有自己的事業嗎？』

唉～被老爸說自己認真投入的工作是在玩，真的有點難過。

但從入行以後，整個唱片市場受到盜版、非法下載和MP3的夾擊，產值萎縮的速度就像含羞草被觸碰到時那樣誇張！

我也很想很有骨氣地跟老爸說～『不管如何，我都會在音樂的領域上繼續努力下去！我喜歡音樂、我喜歡寫詞、我喜歡創作，我一定要寫出讓大家感動的歌詞來！』

但很現實的，台灣的音樂環境卻比我想像中還要惡劣許多！

說實話，我可以忍受當企劃的薪水低的可憐，也不怕自己的歌詞一直被退稿。

但真正讓人覺得氣餒的，是整個音樂產業，竟瀰漫著一種悲觀、甚至絕望的氣氛！

『未來真的會更好嗎？以前唱片最夯的時候賣十萬張叫丟臉，現在唱片賣三千張叫大賣！』

『唱片做一張掛一張，怎麼辦？』

『當整個捷運上的人都在聽iPod的時候，我們竟然還在賣CD給消費者……唉，都什麼時代了！難怪唱片這行業會死得這麼慘！』

一開始，恐慌是心裡微末的星星之火，但當身旁每一個人都對未來不抱持希望，也找不到辦法解決『時代已經改變』這個問題時，星星之火，也能燎原成為燒盡夢想的災難！

『先回南投幫忙吧！反正要寫東西，在南投還是可以寫。』

老爸是用這個理由……當作壓垮駱駝的最後一根稻草，成功說服了我！

的確，接下老爸的事業能賺到的錢，足比待在唱片公司裡多的多。

況且近年來老爸氣喘發作的頻率越來越頻繁，身為獨子，回來照顧他似乎更是責無旁貸的事情。

老爸答應我，在種水草之餘，我還是可以繼續寫我的歌詞。但，那種在我心裡不甘心的感覺是怎麼一回事？

儘管這一、二個月來，我已漸漸適應在南投生活的所有一切，然而我卻不認為這裡該是我棲身一輩子的地方！

『好了！妳早點睡吧。我得聽一下DEMO，妳明天也得上班呢！』

感覺交談氣氛不是頂好，我意興闌珊地想掛上電話，只是天天的語氣反而在這時軟了下來。

『阿一！我不是故意要惹你不開心啦，我只是……』

『我知道！……沒事啦！』我深吸了一口氣說：『我知道妳是為我好！』

『嗯……』天天的聲音聽來有些飄忽，讓人想起窗外飄在黑暗裡的雨。

『等會掛上電話，不准一個人偷偷哭喔！』

為了讓天天放心，我故意調侃她。我知道，為了我們兩人的事情，天天常常背著我，偷偷躲在棉被裡哭泣。

『討厭！』雖然聽得到一點點吸鼻子的聲音，但手機裡的天天終於笑了。

『去忙吧！』她催促著。

『好！……晚安～』

『晚安！』

掛上電話，我呆坐在電腦前，發呆了好一陣子。

小P寄來的DEMO我聽了，是首只有吉他伴奏的曲子，中版，想寫一些關於年輕女孩追求夢想的故事。我一直想專心聽聽它的旋律，但那首歌卻像隻不肯就範的蜻蜓一樣，一直在我腦子裡飛來晃去。

不知怎麼回事，我覺得我的身體空蕩蕩的，原本有歌可寫的興奮感，此時已被一份從心底竄起的煩躁給澆滅。

（看來今晚是沒心情寫東西了！）

面對真空一般的思緒，我決定放棄！

我詛咒似地將電腦關機，原本機器運轉的噪音在電源切斷之後『啪』一聲後就回歸於寂靜。

儘管天氣有點涼，但我覺得我的身體在冒汗。我重重往床上一倒，把臉埋在棉被之中，一顆心好像有很多螞蟻在咬著一樣既酸又癢。

我深深一呼吸，關上房裡的燈，只讓外頭路燈的光幽幽映了進來。

『你到底在幹嘛？』在黑暗中，我問自己。『你在煩什麼？一切都是你自己同意的，不是嗎？』

我一直覺得，現在的我像個囚犯一般。

在我的身旁沒有監牢、沒有刑期，沒有任何具體可以束縛我的東西。

但有時候不自由，卻不是因為被什麼牽絆著，而是你知道自己還有其他的期盼，但那期盼卻被人剝奪了可以自由奔馳與選擇的權利！

在大多時候，我可以和老爸一樣，為了那些種植在溫室裡的水草而忙碌。但除了忙碌之外，我還擁有什麼能讓我覺得踏實的東西呢？
每一次從台北回到這裡來，我的心情總是低落的。
每一次想起天天，我的心就有一種愧疚的感覺。
感覺上我已經朝著一個既定的方向往前走，但我的前進，卻像在退後。
退後……退後……退後！
我總覺得再繼續這樣退後下去，我一定會從什麼看不見的懸崖上摔下去似的！
我的煩悶，一切只因為，我在這裡的生活沒有歸屬感。
即使，這裡是我的家啊！

昏沈沈地不知睡了多久，一醒來，我發現牆上的鐘，時間已超過九點。
『糟糕！』
我暗叫了一聲，觸電般從床上躍起。我發現自己是趴在棉被上睡著的，連被子都沒有攤開，簡直就像一跤跌進睡眠的陷阱裡頭一樣！
匆忙盥洗後，我換上工作服下樓，果不其然，老爸早已前去溫室上工了，廚房裡只剩餐桌上涼掉的稀飯和幾樣配菜在等著我。
囫圇吞棗解決掉早餐，我快步前往位於房子後方的溫室，在那裡，老爸和國揚正專心地站在培養床旁，採集著鐵皇冠葉子上新長出來的側芽，當我拿著保麗龍採集盤走近他們，老爸冷冷地抬起頭瞥了我一眼。

『早安啊！』他說。

『早！』我搔搔頭回答，同時用眼神和國揚打招呼，國揚的年紀和我差不多，他來溫室幫老爸種水草已有二年的時間。

『睡飽了沒……少爺？』

（慘了……要被罵了……）每當老爸改口叫我「少爺」的時候，就是我該把皮繃緊的時候！老爸最看不慣我晚睡晚起的習慣了。

『昨天在寫歌啦！搞的比較晚！』我試著找理由為自己的遲到解釋。

『昨晚幾點到家？』

『十二點多！』

『又玩到那麼晚才回來？』老爸雖然跟我說話，但眼睛沒有離開水耕床上的水草。

聽著老爸不高興的語氣，我只想趕快把話題引開。我走向另一床種滿鐵皇冠的渠道向老爸問道：『今天要補種一些鐵皇冠嗎？』

『嗯！』老爸熟練地將一株附著在鐵皇冠葉子背面的仔苗摘下放進他的採集盤，這些仔苗從母株葉片下的孢仔生長出來，我們必須把它們摘下另外種植。

『今天下午要出二百棵鐵皇冠到高雄，你等一下先和國揚把仔苗補種起來，午飯後再一起挑要出的貨！』

『好！』我點點頭，趕緊開始動作。

老爸的溫室總共有四間。每一間都是由老爸親手蓋起來的。

為了塑造種植水草必要的環境，老爸將爺爺的芭樂園剷平，鋪上水泥，並在其上架起龍骨般的鐵架，最後再蓋上厚塑膠衣，讓溫室成為一個可以保持溫度與濕度的密閉空間。

就我的統計，老爸所種植的水草，現在總共有二十幾種。

在每一棟網球場大小的溫室裡，老爸依照不同水草的習性，在各個種植區域用遮陽網調整出不同的日照；有的水草需光性強，有的水草則喜歡陰暗的環境，若不注意這些細節，水草就無法好好地生長，甚至很容易枯萎。

每天早上，老爸都會早起，檢查從地下水井抽出的水源有沒有經由自動供水系統傳送到所有溫室去。老爸種水草的方式，是完全不接觸土壤的。

之所以選擇用水耕來取代傳統的土耕，簡單的說，就是為了避免水草接觸土壤而感染病蟲害、同時我們也得以透過水質控制精確地提供植物所需的養分。

所以，走進老爸的溫室，你將看不到植物一株一株種在土裡面的模樣。

你能看到的，只有一排一排用鐵架和保麗龍搭蓋起來的培養床，鋪著黑色塑膠布的長方形大凹盤，以一種類似生產線的概念並排佇立在支架上…在那上面，永遠都有乾淨而富含養分的水在流動著，而水草依據種類，有的像盆栽種在岩棉裡，有的苔蘚類MOSS則會綁在枯木或石頭上，但不管是哪一種栽種模式，老爸都以『水』當作提供水草必要養分的媒介…

聽起來很深奧吧！……我也這麼覺得！

說真的，這些關於水草的知識與技術，都是我回南投之後才開始深入瞭解的。但這些植物學的種種對我來說，卻比要我去讀交響樂的樂譜還要艱澀上一萬倍。

而且更硬的點在於，若以交響樂團做比喻，那老爸就是一個極為嚴格的樂隊指揮，這溫室裡的一草一木、包含我和國揚，都得完全聽從他的指令起舞！

任何不協調的演出，都得面對老爸無情的挑剔，我常常希望自己只是一個坐在觀眾席上的旁觀者，而不是一個在老爸手下工作的員工。

這樣，我就不必一天到晚都得忍受他如機槍掃射般的叨念！

我知道，在這溫室裡，我的心總是很容易就會飛往很遠的地方，以一種不被察覺的方式，默默進行我的叛逆。

像此刻，我就想起那首等待我填詞的曲子，也惦記著大大！

我時常懷疑，到底老爸在工作時腦袋中都在想些什麼？為什麼他的神情總是那麼專注，而且永遠可以忘記不是每個人都像他一樣那麼喜歡這些花花草草的東西，然後強把壓力加諸到我身上？

還有，面對不會說話和移動的水草，老爸是怎麼用一種興味盎然的態度去看待它們，進而像神經病一樣與它們保持交談呢？

老實說，我覺得當農夫是一種頗為寂寞的工作！或許是因為水草是用言語之外的東西在和這個世界接軌，所以老爸在和水草接觸時，從旁人的眼光看來，那種情況叫做『莫測高深』的沈默！

而眼見老爸自得其樂的模樣，我總覺得，自己是被孤立了的外來者！

我只能儘量把那些在溫室裡工作的時光，轉變成我冥想的空間。

就像此刻我的手，正穿梭在鐵皇冠的葉片間找尋那些已然可以移植的仔苗。但我的思緒，卻是和身體脫離的！

我想著從前擔任唱片企劃時那種緊湊而忙碌的生活。那個為了想唱片廣告文案而腸思枯竭的我，那個拼命翻閱服裝雜誌找尋歌手造型方向的我，那個分明只是一個唱片公司裡菜的要命的企劃卻覺得自己正在創造流行的我！

那些每天都充滿挑戰，計畫永遠跟不上變化的日子，現在回想起來就像寫在歷史課本上的古代生活，變的既遙遠又不切實際！

我，現在的我，只能像一株無法忤逆水流方向的水草一樣，漂浮在南投這個時間流動慢的不能再慢的空間裡，今天知道明天會發生什麼事，明天知道後天要忙什麼，連下禮拜的作業行程都規律到我可以默背的程度……

而我的面容，也在這種狀似安逸的步調中，以一種怪異而失真的面貌慢慢出現在鏡子的倒影裡！

我好像缺了幾顆看不見的牙，多了一些看不到的疤，好像在完整的圖像裡遺失了幾塊看不見的拼圖！

這就是我回南投過了這三個月以來心裡最真實的感受。

秋天的陽光，透過厚塑膠布將溫室照的明亮，而所有的水草，則以一種不被察覺的姿態慢慢生長著。

我知道，有些表面上安靜不動的東西，事實上內部正在進行著某種蛻變。

水草是如此，而我覺得，我似乎也是這樣。

想著想著，我的不自由感覺，逐漸又濃稠了起來！

但是，我又能怎樣呢？

「葉子」

章之一——陌生

其實，葉子還蠻喜歡穿高跟鞋的感覺！

前提是，只要別要求她穿著高跟鞋在記者會中站一個下午就好！

說真的，高跟鞋真是一個奇妙的發明。

當初到底是誰發現只要將鞋跟墊高，把腿的比例用作弊的方式拉長，在不能跑不能跳的狀況下，女人就會有柔媚的一面顯現出來呢？

是不是只要將女人的視野往上挪移個幾公分，她們的心態與看待自己的方式也會不一樣？

或許穿著高跟鞋的女人，心情多半是複雜的！

葉子主辦的記者會剛結束電視聯訪，攝影記者們在拍完照後像被餵飽的獅子，對這場記者會已失去任何食慾，他們意興闌珊地收拾器材，準備趕赴其他記者會現場，然後在下個媒體廝殺的舞台又再次飢餓，繼續用手裡的攝影機捕獵下一隻獵物。

於是，在偌大的會議廳裡，現在只剩文字記者還留在現場對於今天記者會的主角VENUS進

行專訪。

VENUS是一個十六歲的歌手，第一次參加電視當紅的選秀節目就得到亞軍。歌聲特別、外型甜美的她，在比賽播出時就一路培養出眾多死忠的粉絲。

她是以超級新人之姿被X唱片相中，在簽約後不到半年就推出個人第一張專輯，媒體對於這種灰姑娘夢想成真的故事特別感興趣。

『妳會不會介意自己被拿來和JOJO做比較？』

『妳覺得現在當紅的JOJO怎麼樣？』

『希不希望自己未來可以從JOJO手上搶下天后的位置？』

果不其然，訪談間記者的問題個個既尖銳又直接，但這一切早都在葉子預料中。

這十六歲小女生當初就是在節目上翻唱JOJO的歌一炮而紅！到了VENUS的個人專輯，她不管在服裝、造型或曲風都還是明顯與現今樂壇上有『時尚教主』之稱的JOJO具有幾分神似。

網路上，支持VENUS與支持JOJO的歌迷們涇渭分明，常常也為了爭論誰歌唱比較好聽、誰表現比較好而大肆引發筆戰！

甚至有陰謀論的網友提出，之所以X唱片會毫不避諱地把VENUS做成JOJO的翻版，根本就是為了報復一年前JOJO以天價從X唱片跳槽到另一家國際唱片公司而搞出來的反擊武器。

『我覺得自己表現的好不好比較重要，我只和自己比較，我也希望自己能不斷進步！至於JOJO，她一直是我最崇拜的歌手，我希望自己將來能像她一樣成功！』

面對如禿鷹般虎視眈眈的記者，VENUS用意外沈穩的態度一一化解了所有攻勢，她身旁的葉子聽了露出滿意的微笑；看來記者會前不斷進行的沙盤推演已經收到了效果！

（其實你們比較想聽到VENUS的回答是這樣吧……）葉子心中想著。（『哼！JOJO算什麼？她既做作、嘴又大，什麼G奶也是靠整型整出來的！而且最重要的是～她老了，哪比得上我十六歲青春的肉體呢？』）

如果VENUS敢這樣講，隔天肯定會躍上影劇版頭條的！因為媒體最喜歡這種勇於放炮的勁爆言論了！

想到這裡，葉子捉狎地掃視了那些面露些許失望的記者們，誰不知道他們心裡在想些什麼呢！

那些無法在表面上說出來的話，就像潛藏在水面下的鯊魚一樣，就算海面上看似風平浪靜，但一旦只要有一絲絲帶著血腥味的素材出現，所有文明的表象都會立即找回它們血液裡的獸性！

不管是政商名流意外流出的偷腥照片、還是一堆明星走光露點掀底褲的偷拍！媒體與觀眾好像都特愛蒐集人性中那些赤裸裸的醜態！

在以往，那些東西大家都只能躲在陰暗角落，趁四下無人時一個人偷偷的欣賞！但曾幾何時，大家已經對於日常生活中出現『明星淫照』、『性愛光碟』這類東西感到習以為常！

這是一種進步嗎？還是一種集體墮落和稀泥的表徵？

還是，我們只是承認了……這個由『人』構成的世界，就算早已習慣了衣冠楚楚的約定俗成。但誰都知道，只要大家衣服一脫掉，藏在裡面的東西，其實沒有多大的差別……有的頂多只是大小長短之類膚淺的區別而已！

『原來，所謂「上流社會」也沒高尚到哪裡去！』

所有愛看八卦醜聞的人類，為的也許只是那種互舔身上自卑傷口的快感罷了！

『呼～終於結束了！』

送走最後一批報社記者之後，葉子的同事REMY攤坐在接待桌前，每次辦媒體記者會，公司上下都必須戰戰兢兢，像打一場諜對諜的滲透情報戰一樣。

『喂！我還要趕回去發稿呢，妳要不要跟我一起回公司？』

其實葉子也想坐下來好好休息，但身為唱片公司的平面宣傳，記者會是以她為統籌。而在每一場記者會完了之後，真正的戰役才剛剛準備要開始而已！

身為一個平面宣傳，葉子得像補習班老師一樣為記者做重點提示，把今天記者會的內容寫成新聞資料傳給每一家報社，讓記者在寫稿子時能有『官方說法』可以依循！

『要要要，我跟妳一起回公司！給我一分鐘，我把東西收一收！』

REMY痛苦地從椅子上跳起，開始收拾桌上散落的雜物。

『不知是誰說的～當宣傳的女人都是看似光鮮亮麗的女傭，真是形容得又賤又貼切！』

REMY一邊動作一邊抱怨著，身上白襯衫還不小心被沒蓋好的簽字筆畫出一道黑色的傷疤。

進入X唱片，這已是葉子的第二年。

每當一場記者會結束、人群散去，而精心布置的背板與舞台變成等著被拆除的違章建築時，葉子總會感到莫名的空虛。

那是一種很難解釋的惆悵！

當妳為一場記者會投注了很大的心血，妳注意了所有細節、弄出節目流程、想出具有炒作價值的新聞點。

但到頭來，妳卻發現妳催生出來的記者會只是一根火柴！

當火光劃亮，大家也許會將目光短暫地集中在火焰的燦爛上……但，然後呢？

當時光荏苒，當最新的新聞變成隔日的『舊聞』，有誰還會在乎燃燒過後火柴的殘骸呢？

一切過去，明星得到曝光，媒體得到新聞，而葉子得到什麼？

說穿了，可能只有腰酸背痛，和一場『瞎忙』的美夢吧！

和REMY從飯店抱著大包小包的物品坐計程車回公司，葉子一進入辦公室就在電腦前用最快的速度寫出新聞稿，然後用電郵統一MAIL給每個唱片線記者。

除了將稿子像花粉一樣傳播出去以外，葉子的工作還得像蜜蜂一樣勤勞地盯稿！她得一一打電話向每個記者確認新聞稿是否收到、解決記者在寫稿的過程中各種刁鑽的疑問（每個記者都想寫獨家的報導）。她更得和記者套交情，無所不用其極讓自己藝人的新聞在明天報紙或網路上有更大篇幅的報導。

通常一次新聞發稿，葉子就得打數十通電話，而且說話內容幾乎一模一樣。

有時葉子覺得自己根本就是一台錄音機，只要電話撥通，喉嚨就自動開始運轉播放事先錄好的內容，只要記得變更每一通電話的稱謂就好！就連對記者的阿諛奉承，也像語音一般在每通電話裡制式輪播！

對葉子來說，每次到了發稿的時候，她的脾氣就會因為壓力的關係，變得相對暴躁。

因為公司花錢辦了場記者會，為的就是要看見『精確』的新聞曝光！

其實，宣傳們最怕藝人被什麼八卦纏身～是否和哪個小開談戀愛啦、是否劈腿啦、有沒有婚外情啦……一旦爆出八卦，記者哪還管你專輯裡面唱些什麼鬼！

因此，葉子最大的壓力，就是與記者之間的拔河！她不但要準確掌握那些寫新聞的筆，更得應付記者大人們對於『新聞自由』的堅持（其實應該是對於『獨家』的堅持）。讓他們寫出對自家藝人最有利的報導！

要處理客觀的『事』很容易，要面對主觀的『人』，卻充滿了變數與挑戰性！

而葉子一次要應付幾十個主觀的記者，光用想的也知道那會有多累人！

到了晚上九點半，當葉子掛上最後一通電話，辦公室裡還亮燈的區域，就只剩她這張辦公桌附近的範圍了。

有時候，葉子會怨嘆自己為什麼要來當一個平面宣傳。

這唱片公司裡的其他宣傳，不管是辦活動的、帶電台的、跑電視通告的，都不必像自己這樣要長期和記者們「正面」抗戰！

當初入行時，葉子只覺得能跟自己喜歡的流行音樂一起工作就應該會很快樂。那時的她哪想的到宣傳工作其實並沒有那麼跟音樂有直接相關。

唱片公司賣的是藝人、音樂、夢想……

從某個角度看……葉子覺得自己其實跟賣汽車的業務並沒有太大的不同！

唯一的區別只在，葉子手上的商品是「活生生的人」，而人的產業看起來好像比較有趣，如此而已……（但是不是真的比較「有趣」……還是比較「有氣」，這點倒頗耐人尋味）

在一陣忙亂之後，惱人的工作終於到達尾聲，葉子將辦公椅躺成一百二十度，狠狠伸了一個懶腰。她的喉嚨痛的要命，從四點到現在，她一連打了將近五個小時的電話。

『妳小心講電話講到得腦癌！』

葉子想起REMY曾那樣揶揄自己，事後想想，那可不是隨便說說的玩笑話而已！

稍稍讓身體放鬆下來，葉子首先感到疲累，而後才是劇烈的飢餓感如浪潮襲來。葉子覺得自己的身體好像正在往內塌陷，彷彿手腳四肢都被腹部那邊的黑洞吸進去一樣。

（天啊，我今天一整天幾乎都沒吃東西！）

每逢記者會，葉子的食慾就會被忙碌給吞食掉！

然後等忙碌退去，她又會被飢餓和疲勞給吞食掉；那是一種交叉出現的螺旋，像吞食自己尾巴的蛇，更像一種沒有出口的輪迴，也是唱片宣傳的宿命。

環顧四周，半明半暗之間的混沌好像外星球一般荒蕪。空氣裡除了空調運轉的聲音之外，再也沒有別的聲響。

在這麼安靜的地方，葉子突然覺得既孤獨又恐懼！但又對於這種感覺好像習以為常。

她加快動作關掉電腦，將隨身用品胡亂收進包包。在離開前，她關上最後亮著的燈，隨著光亮被沒收掉，葉子覺得自己好像也被黑暗這隻怪獸給吞噬。

（看看妳！）

搭乘電梯的樓層數字不斷遞減，那是一種受到控制的墜落。望著電梯鏡子裡的自己，葉子竟覺得那個女人看起來有些陌生。

她的面貌姣好，臉龐上化著的淡妝也非常得體。

原本為了方便工作而紮起的馬尾現已放下，白襯衫搭配上柔和的粉紅絲巾，名牌的腰飾與提袋，都讓鏡中的她看來幹練而不失優雅。

美麗、有質感，那是葉子心目中一個有能力的女人該有的模樣啊！

但她為什麼看起來那麼疲憊？

在她的深邃的眸裡，為何有種透不進任何光的感覺？

看著自己的臉，葉子突然覺得有些心疼，她幾乎不敢直視自己的倒影。

（這就是我要的生活嗎？）葉子心中閃過一絲疑問。

（我為什麼會在這裡？）她還來不及給自己解答，電梯已然到達一樓。

『今天又最晚走啊？』

一樓的警衛看葉子形單影隻地步出電梯，親切地向她打招呼。

『是啊，事業做的大嘛！』葉子用話嘲諷自己。

『有人在等妳喔！』

『有人等我？』葉子一愣。『誰啊？』

『自己去看啊！』警衛先生露出微笑，故意賣著關子。

帶著狐疑，葉子走出大樓，相較於門廳的燈火通明，外頭的夜就像光明的邊境，葉子一步步往黑暗走去，被光明籠罩的只剩自己背影的那一面！

『嘿！葉子！忙完了啊？』在左右張望前，一個熟悉的聲音已從前方傳來。

『REMY？』昏暗之中葉子看不清對方的臉，但她已辨別出聲音的主人。

『妳在這兒幹嘛？妳不早下班了嗎？』葉子有些訝異地迎向REMY。

『陪別人等妳囉！』

『什麼別人？』葉子眼中只看見REMY，並沒有發現她擋住了一個男人的身影。

『我就是那個別人啊！』一個身穿休閒服，體態挺拔的男人等葉子走近，惡作劇般地突然現身！

『哈囉！』他開玩笑地說。『終於肯下班了嗎，大牌宣傳？』

『裝什麼神秘啊？真是！』被男人嚇了一跳的葉子露出兇巴巴的神情，但看得出其中藏有驚喜。

『厚，人家CHRIS知道妳今天發稿，特地來接妳下班，甜蜜的咧！』
『我又沒叫他來！』
『哇！不愧是女王級的狠角色，這麼絕情！』
『妳第一天認識我啊？』
葉子故做姿態，REMY忍不住往葉子腋下搔了一下癢，兩人噗嗤地笑了出來。
『夠了，你們！』CHRIS不想加入兩個女人的嬉鬧，只輕輕詢問葉子。『吃飯了沒，妳這個工作狂？』
『你說呢？』葉子齜牙咧嘴。
『你們一定沒辦法想像我有多餓？現在我一個人一定可以吃掉一艘航空母艦你們信不信？』
『那我們趕快去吃點東西，我也好餓！』
『你也還沒吃，都這麼晚了？』葉子驚訝望向CHRIS。
『對啊，太感人了！』REMY故意嗲聲嗲氣地說。
『在夜風中餓肚子等愛人下班，唉～你們在演偶像劇嗎？』
『妳喜歡啊？妳跟他演好了！』葉子白了REMY一眼，她似乎不喜歡在朋友面前與男友表現的太過親暱。
『那我就不客氣囉！』
『請便！』

眼看葉子不自在的樣子，REMY肆無忌憚的勾起CHRIS的手，葉子還一臉不在乎地做了個鬼臉。

『你們把我當聖誕禮物送來送去啊，夠了！』CHRIS忍不住抗議。

『對啊……夠了！』葉子忍不住笑了出來。

『喂！要不要一起去吃？』她問REMY，臉上的笑容終於讓她有種鬆懈下來的解脫感。

『不了，我可不想當第三者！』REMY曖昧地說。

『本來看有人加班可憐，所以特地去買了妳最愛的巧克力蛋糕想來慰勞慰勞……』她向葉子晃晃手上的紙袋。『誰知道有人一點都不可憐，反而幸福的很呢！』

『我還是願意接受妳的憐憫啊，我一點都不介意！』葉子作勢想搶下蛋糕，但REMY馬上把紙袋藏到身後去。

『但我介意耶！』REMY扮演著怨婦的角色。『看你們這麼甜蜜，可憐的人是我好嗎！唉～我好像也該找個男人來等我下班了！』

『男人又沒什麼好！』葉子回頭瞄了CHRIS一眼。

『大小姐，我們身邊最後一個好男人都被妳搶走了，妳還想怎樣？』REMY笑著搖頭，她的話讓葉子與CHRIS也跟著笑了。

『好了，你們趕快去吃飯吧！』笑聲漸悄，REMY終於滿足似把葉子推向CHRIS。

『蛋糕還是請妳吃吧！』REMY把紙袋交到葉子手裡。

『妳真的不一起去？』葉子一臉感動。

『不啦！』

『那好吧！』葉子拉住REMY的手說：『自己騎車小心囉！』
『嗯！』
『謝謝妳的愛心！』葉子提起紙袋，向REMY眨眼。
『拜拜！』CHRIS向REMY道別後輕輕摟住葉子的腰，轉身往夜色裡走去。
『拜拜！』
REMY目送著兩人背影，口中唧著一句遲來的道別！
她的嘴角依然上揚，但她的笑容，卻在夜風的吹襲下逐漸從豐盈轉為蕭瑟。
REMY搖搖頭，不讓神情顯露出落寞，這時葉子又回頭跟她揮了一次手。
REMY滿足於葉子的回顧，吐出一口氣，然後若無其事地，往反方向遠離。

『剛認識的時候，我還以為REMY很安靜呢！』
在CHRIS車裡，葉子癱坐在副駕駛座上，車子舒適的皮椅讓葉子一度以為自己的脊椎骨已從身體裡頭消失。
『才怪！』葉子懶洋洋地回應。『她只是悶騷而已！』
『對啊，她不像妳，難相處始終如一！』
『是嗎！那你幹嘛追我，去追REMY不是比較好嗎！』葉子斜睨著開車的男人。
『厚，生氣啦？』
『生氣，幹嘛生氣？你去劈腿我也不介意！』葉子說著反話。
『哪個人像妳這樣希望男友出去劈腿的？』
『我啊！』

『我還真幸福呢！』

即使車子仍在行進，CHRIS還是忍不住伸手捏了捏葉子躲在長髮之中的耳朵。葉子聳著肩躲避CHRIS，兩人一陣笑鬧。

二年前，CHRIS是在籌備一個廣告案時同時認識了葉子與REMY。

CHRIS是一家運動服飾品牌的行銷企劃，那時他所屬的團隊剛好負責一個讓運動商品與流行音樂結合的跨界合作案。

因為工作的關係讓CHRIS以贊助廠商的身分和葉子、REMY在業務上有了密切的往來。

當時CHRIS才剛進公司不久，而葉子與REMY也是剛入行的菜鳥，因為同樣負責一些基礎的執行工作，所以三個人很快就熟稔了起來。

在合作期間，CHRIS常在工作結束後約兩個女生一起吃飯。

那時三人還純粹只是工作上聊得來的朋友。

CHRIS是在合作案結束幾個月之後，才開始展露追求葉子的動作。

『我們能坐在這裡，REMY可幫不少忙呢！』CHRIS用指腹輕輕揉著葉子的耳朵，他知道她喜歡這樣。

『是啊，是她一直說你好話，我才給她面子上答應和你在一起的！』

儘管疲累，但葉子還是不肯示弱。她的性格向來不肯在任何局面居於下風，即使是面對情人也不例外！

『最好是！』

『哇～』CHRIS笑著加大了手指的力道，葉子立即尖叫了起來。

『說對不起！』CHRIS手指含著葉子耳垂，語帶溫柔的威脅！

『不要！』

『要！』

『不要～』

葉子本來還在頑強抵抗，但說話之間，她卻突然將頭靠向CHRIS的肩膀。她的動作讓原本車裡的吵鬧瞬時被沒收掉，沈默如同訓練有素的軍隊快速入侵兩人之間的空隙！

『很累嗎？』

葉子的依靠先讓CHRIS微微一愣，然後他像是明白了什麼事情一樣，用右手輕輕搭住了葉子的肩！

『嗯！』葉子用呻吟代替回答。

她的長髮無聲地佔據CHRIS肩膀，黑而亮的髮絲從側臉池邐下來，蓋住葉子閉上眼睛的面容。

感覺到葉子的疲憊，CHRIS一動也不動地讓肩膀承受葉子的重量。

他心疼葉子的忙碌，卻也喜歡葉子這種因為忙碌而難得顯現的柔弱。

因為她似乎只有在疲憊到一個境地的時候，才會卸卜臉龐上那張堅毅的面具，找回她身為一個「人」的事實。

『辛苦了…』

車子剛好遇到紅燈停止下來，CHRIS溫柔地將葉子的長髮撥到耳朵後面。沒有了長髮的隱蔽，他看見葉子長長的睫毛下有淡淡濕潤的痕跡，她微蹙的眉頭飄來一絲哀愁的傾訴。

在這瞬間，CHRIS湧起想親吻葉子的衝動，那衝動像是草原上的風，引領著CHRIS俯身，將春天一般柔軟的吻覆蓋在葉子唇上，彷彿藉由這種連結，原本只屬於葉子一個人的疲憊，現在也可以由兩個人來一起承擔！

（抱緊我！）

當葉子的味蕾嚐到一種難以言喻的溫暖，她聽見自己身體之中有股聲音越來越清晰。那是一種好急迫的飢渴，卻又和真正的飢餓不同。

或許是在一天忙碌的工作裡被耗損了許多東西，因而此刻被愛人親吻著的身體也隨之貪婪了起來。

葉子想要得到更多踏實的東西！就像那些從舌尖能清楚感受到的溫暖一樣！

就算CHRIS的吻終究會停止，就算倚靠著男人的身體看來有些軟弱。

但不管如何，葉子覺得眼前的自己顯然具體而實在多了！

『叭～』

號誌切換，從後車傳來的喇叭聲催促著兩人從纏綿中歸來。

CHRIS回神，有些靦腆地將車子再度起動，而葉子則索性將身子橫過來整個靠在CHRIS身上！

『抱緊我！』葉子的嘴形仍然無聲地說著話。

可能是回到了安全的領域，葉子覺得自己從心情到身軀都酥軟了下來。

CHRIS的味道還在舌根的深處流轉！

而葉子的微笑，則像花季提早的櫻花，在寒冷尚未到來的空氣中，微微盛開！

耕一

章之二——化蛹

『阿一老師！你這次的歌詞寫的不錯喔！』

星期四，在把歌詞交出去的隔天晚上，我接到來自小P的電話，對於寫歌詞的人來說，只要發表過一首歌，就會被業界稱為老師……我自己倒是對於「老師」這個稱謂一直感到非常不習慣！（我能教人家什麼呢？被退稿的經驗嗎？）

『我一直很喜歡你歌詞的文藝風格！』國語帶點香港腔的他說。

『是嗎？』

『沒騙你！』

聽見小P的稱讚，我覺得前一晚奮鬥到凌晨三點寫這首歌是值得的！

『就是太「文藝」了，所以歌詞才老是被退稿吧！』在被讚許的愉悅感覺中，我不忘挖苦自己。『你忘了你老闆總說我的東西太不商業了！』

『是啊！你的東西氣質太好了，現在很多歌手撐不起來！』

話筒那端小P的聲音帶著笑意，但似乎也有些許無奈偷跑出來。

『你這樣說是誇我還是損我？』
『當然是誇你』小P加大了音量：『只是現在的歌詞越來越口語了！你寫的東西，有點難！』
『總不能所有的歌都像說話吧！』我提出反駁。『偶而讓氣質路線的出頭一下嘛！』我半開玩笑地抗議著。
我知道小P他們的每首歌都會發給好幾個填詞人寫詞，等大家交稿子了再來進行比稿，像我這種小牌作者想要得到『首獎』的機會，除非是寫出真的很棒的歌詞來，否則落選的機率遠比中選來的大N倍！
『唉~要我來選，我一定選你的詞！……但你也知道決定權在我老闆手上。』
『顏允隆他自己也有寫嗎？』
顏允隆是小P的上司，R唱片製作統籌，也是知名的填詞人。
以前還在公司上班時我也曾和他共事過，只是我們之間的資歷差太遠，和他之間連個像樣的搭談都沒有過！
『這首沒有！』小P想了一下之後回答：『這首不會是主打！所以他沒寫！』
『這麼說，這首歌我有點希望囉？』被選為主打歌的曲子通常都會拍成音樂錄影帶，所以額外會有KTV伴唱帶和點播的收入，意思是，版稅也會比較多。
『大概吧！』小P帶著歉意。『我也不想老是讓你做白工啊！我總覺得對你很歹勢，你幫了那麼多忙，真正用的卻沒幾首！』
『別這樣講，你肯發詞給我我已經很感激了！』

我儘量掩飾自己的無奈。參加比稿這種比賽，只有第一名的人才有獎品，其餘落榜的人只能當自己是在寫作練習。沒禮貌一點的唱片公司甚至對於你沒入選的歌詞連句謝謝都不會施捨給你！

『這歌什麼時候會決定？』

『下禮拜會開會，結果怎麼樣我再告訴你。』

『好！』我淡淡地回答。

『對了！你還有沒有空寫另一首歌呢？』小P突然又問。

『有啊！』

『可是這首我老闆有寫喔，他好像寫的不太順，要我多發幾個人預備！』

『沒關係，我試試看！』雖然明知只要像顏允隆這種大牌作詞人自己有寫的CASE，其餘的人幾乎是沒機會中獎，但我知道自己需要的是機會，需要機會的人是沒有權利挑剔的！

『那就麻煩你了！等會兒我把DEMO寄給你，那是首慢歌，你聽聽看！』

『有什麼想法嗎，你們？』

我問，在動筆之前總得知道對方的方向！

『嗯……我們沒什麼想法耶……』小P遲疑了一下，給我的回答有些心虛。

『你聽聽看DEMO，也許可以寫寫失戀的心情吧！』

『好吧，我先聽歌吧，有問題再問你！』

『感恩！』

掛上電話，我坐在電腦前發呆了幾秒鐘。
我把之前寄給小P的歌詞打開，順便也把它的曲放出來。
我讓那稍嫌粗糙的DEMO佔據耳朵，邊咬著指甲，邊檢視自己那首被小P稱讚的作品～

天堂製造

A1
常常感到莫名其妙的煩躁　天氣好或不好
都有種慾望想大叫
彷彿身體裡有野獸在咆哮　它隨時在成長　好想奔跑

B
是我對生活夢想要求太高　或許我總被教導　不要跌倒就好
只是有些傷不受怎麼得到　又痛又爽的回報Yeah～

C1
你知道　許多偉大的冒險都曾不被看好
新大陸　卻找到
我知道　我做的事要讓全世界　意想不到
就像在　天堂製造

A2
找個滑翔翼從天空往下跳 在跑道降落前
把遠方風景 蒐集好
也許我的個性被風同化了 自由的來去 規範不了

B1
是我對工作愛情要求太高 或許我總被教導 不要受傷就好
只是有些路不繞怎麼知道 樂園撐一下就到 Yeah～

C2
你知道 許多偉大的創作 都曾被人嘲笑
彼得潘 卻飛高
我知道 我做的事要讓全世界 意想不到
就像在 天堂製造

（我真的寫的好嗎？）

螢幕上的游標像心跳般不停跳動，看著看著我好像被某種迷惑催眠！
我不知道別的創作者是不是跟我一樣，總在一篇作品完成後，越回頭看自己的東西就越覺得可憎！

每次完成創作以後，那種討厭自己的感覺就像一隻飢渴的獸，不斷需要獲得別人的讚美來防止牠回頭齧咬自己。

對我而言，等待比稿結果的過程，都是一種慢性折磨！

雖然那種折磨不會讓你痛的立刻喊救命，但它卻滲透進你的生活裡，不管在吃飯的時候、睡覺的時候、走路的時候……它都無時無刻拿著小小的針刺你！

（這首會中嗎？）

（這首不會中吧？）

（不行……這首一定要中！）

這些小小的問句像如影隨形的隱形蒼蠅在我耳邊繚繞。我逃不了，我也不能逃，因為那是我身為一個商業寫詞人宿命一般必須去面對的試煉！

我希望聽到批評，但被說東西不好時又會被失落感狠狠抓傷。

如果說比稿失敗，那麼我寫的詞可能就馬上失去存在的價值！

這叫我怎麼甘心？每首詞可都是我花費心力生出來的孩子啊！

有人說，在追求『美』的領域裡，創作人必須不顧一切掙得自己的地位！

你必須紅，你必須成為品牌！否則你的作品將永遠背負著一種不公平的自卑！

因為，照不到聚光燈的作品即使再棒，也只是像火車在夜裡往窗外看到的風景一樣。沒有陽光，再美麗的景色，也只能『熄滅』在一片黑暗中，沒辦法被世人看見！

我知道這樣的說法也許有些功利，但在自己能夠發光之前，我只能像月球一般仰賴別的光源來讓自己獲得光芒！

我相信，我是可以靠我自己的力量發光的！
只是在那之前，我得付出多少的努力與等待？我得做多少我不想做的事情？
而且就算我發了光，那時的我，還會不會是原來的我呢？

（煩死了！）
審視著自己的作品，我又開始煩躁！
思考這些工作啊、夢想啊之類的問題，苦悶的感覺像蟒蛇一樣將我纏繞起來。
（快逃！）
為了將自己從煩躁中救出，我咬牙給自己一個不算輕的耳光。
當自己的處境陷入麻煩，我常用疼痛來讓自己清醒，**痛楚本就是為了帶人離開危險的處境而存在的感覺！**

『下首歌，要寫失戀啊！』
在逃避途中，我決定開始怎麼寫另一首歌！
要擊退一個敵人，我選擇的方式是把另一個敵人引入戰場分散注意力。
我開始把我的思緒努力轉向自己失戀的回憶！
提起失戀的經驗，說真的，在我過去的生命中，它只有出現過一次而已！
我的初戀女友是我大學同學，和她是因為大三那年一起擔任系學會幹部而談起戀愛的。
一開始，我喜歡上她做每件事都全力以赴的個性。

她長的並不特別美，但每當她用一種不容許別人反駁的口吻說著『我覺得……』這句口頭禪的時候，我的視線總會被她堅毅的嘴角線條所吸引。

我追她追的不算辛苦，出去看過幾場電影我們就在一起了。

因為從大一起就在系刊裡刊登新詩作品的我還算是系上公認的才子，我不知道她是不是因為這麼一點小小的虛榮而喜歡上我。（基本上我覺得大學時代的我個性既彆扭又灰暗，根本是個不知在憤怒什麼的憤青）

但跟她在一起，我好歹嚐到愛情的滋味。雖然日後想起來，和她在一起的原因好像大部分是為了談戀愛而談戀愛，那種滋味當然也只能用「淺薄」兩個字來形容。但無可厚非，愛情就是愛情，就算再怎麼雞肋，個性強勢，有些自私不管別人怎麼想的她也曾經在我二十歲出頭的年紀留下許多烙印。

其中當然包括我的初嚐人事！

我們的戀愛一路從大三談到我退伍。

在當兵時基於被壓抑的性慾需要發洩這個原因（也可能是小別勝新婚的原因），那是我覺得自己最愛她也最需要她的時候！

然而，三年前，當我們的愛情好不容易熬過了兵役的考驗，沒想到她卻在我退伍不到一個月後，就向我提出分手。

『我們早該分了，是念在你當兵壓力大才撐到現在！』

聽前女友這樣說，真不知該感謝她還是回罵她三字經！

雖然我早知道人生相當講求計畫的她對於我懶散缺乏規畫的性格十分感冒，但她那種像是委屈自己跟我談戀愛的態度，還真是叫人生氣！

但我的個性就是這樣～

雖然自己老是在別人期望下去做自己不想做的事，但卻十分不喜歡別人為了我而違背他的意願！

只要有人不想跟我在一起，那麼我也不會勉強那段愛情繼續前進！

『你是個好人，卻是個沒原則的爛好人！』這是前女友給我的評語。

『我在你身上看不見未來！』這是她要提分手的理由。

我覺得，一個女人如果真決定要離開你，那麼她分手時說的話，說穿了就是為了掩飾心中的罪惡感而施放的煙霧彈罷了！

在分手的那一晚，我和她在電話裡從深夜長聊到天亮。

在那通電話裡，我們聊了很多……有溝通、有爭執、有懇求，也有對整整五年感情的緬懷！

當我回顧我們之間曾經的種種，她在話筒那端如同合奏樂曲一般與我一起痛哭時！她的悲傷讓我一度以為我們之間還有機會！

但白癡如我，我真的是把女人眼淚的意涵想得太單純了！

『我們還是做朋友吧！你是一個好人，你可以找到一個比我更好的人！』

她在隔天傳來的簡訊裡這樣寫著。

我不明白為什麼人在分手時有九成會使用『你很好……但是……』這樣的文法！難道先稱

讚你再補上一刀就比較不會痛嗎？

我永遠記得，當看完簡訊那一刻，我的心情就好像擊出逆轉全壘打卻又被判定漏踩壘包出局的打者。

那是我第一次瞭解，**有期待的心碎，比絕望的心碎，來的還要更加痛苦！**

和前女友分手，是我生命裡第一個漫長的低潮。

有好長一段時間，我自己一直問自己兩個問題。

一是，我真的有這麼愛那個女人嗎？

為什麼明明相處起來也還好，但一旦「失去」了她，我的心怎麼會受傷的那麼嚴重呢？（**難怪有人說，男人在女人離開之前，都只是男孩；男人都得等失去過女人之後，才會變成男人！**）

第二個問題是，我也一直思考自己是否真如前女友所說，是一個將懦弱用隨和掩飾的爛好人？

的確，我是很在乎別人的看法。甚至在乎到有時會忘記自己在乎什麼！

我對自己不算有自信，每次遇見意見調查的時候，我都得先看看別人怎麼舉手，再來決定自己的選擇。

我很怕別人不喜歡我，所以我寧可隱藏真正的自己也要迎合別人的眼光！

在我們交往的五年裡，我和她幾乎沒有吵過架！但不吵架並不代表我們的個性真的那麼契合……是我用超強的忍耐功夫將一切衝突給稀釋掉了！

長久以來，我一直以為和我交往的人一定很慶幸自己可以遇見像我這麼能夠包容別人的人，但她的離去卻狠狠給了我一巴掌！

和前女友分手之後，我盡可能把心思擺在工作這件事上，只是即使在退伍兩個月內我就順利面試進入R唱片上班，但我萎靡的精神還是沒有痊癒！

在那段時間，我很不愛出門，只喜歡一個人躲在家裡打電動發洩失戀的鬱悶！

『喂！阿一，別一個人悶在家裡了！我公司有個馬子不錯，介紹給你認識！』

對於我的沮喪，我一個大學同學終於看不下去！他覺得男人不應該『只』為了一個女人而自暴自棄！

在銀行上班的他處於一個陰盛陽衰的環境裡，他也用他不錯的異性緣三番兩次介紹女生給我認識！

而天天，就是他介紹給我的女孩。

和天天的第一次見面，是在一家日式燒烤店裡。

老實說，天天乍看之下也不特別亮眼！但她有雙內雙的大眼睛，整體給人的感覺是那種質感很好，會常去誠品看書，說起話來讓人覺得很舒服的女生！

或許因為擔任電信公司客服人員的關係，天天比一般女生來的大方。

她自然的態度就像她臉上不化妝卻仍白裡透紅的肌膚一樣，讓我這種不擅長和陌生人打交道的人也頗覺自在！

有時候，人的情感真的很奇妙。它會隨著你面對不同的人擁有不同的個性。不知為何，我總覺得那晚和天天初見面就相談甚歡的我是一個完全不一樣的我。

面對著她，我感覺很輕鬆，我甚至開始耍寶讓天天整晚都笑容可掬。我承認，她的笑容給了我不少信心。她一笑，好像我心裡自前女友離去之後就一直沒散去的陰霾，突然間就放晴了一樣！連她幫我烤的牛五花，都變成我那陣子吃過最美味的食物！

從那天起，我和天天的戀情急速加溫。

經過愛情必要的追逐、試探與表白，我和她順利成為情侶！

剛與天天在一起的時候，為了擺脫過去的陰影，我不再讓自己對這份愛情照單全收！

我像是一個摔破花瓶的小孩，在重新擁有另一個花瓶時，那雙承擔重量的手竟會因為害怕再度失去而不自覺顫抖。

幸運的是，天天並不像我前女友一樣，是個以自我為中心，不顧別人感受的人。

天天是一個善解人意的女孩，如果真要形容與她在一起的感覺，我會說那會讓我聯想起在一面清澈透明的海水中浮潛的經驗……那海底不是完全安全，但即使有礁石，它們也坦蕩蕩存在，我不必擔心自己的心何時會撞上暗礁！

（我很怕那種老愛生悶氣，然後打死又不跟你說她為何生氣的女生！……尤其那種女生常常會以『我生氣的理由，答案當然要你自己想啊！』這樣的說詞來教訓身邊的戀人，這點最讓我難以招架！）

可以說，在這段愛情裡，我似乎占了上風……因為這一次好像是天天比較在這段關係裡『禮讓』我的任性！

因為愛上天天，我從『失戀』裡解放了！

只要我的身邊有她，就算我真是一個爛好人也不會因此被判刑！

因為我知道，我會被包容、我會被愛！

只因為她好像愛我，比起我愛她，來的還要多一點點！

（弔詭的是，到今天我依舊不是很清楚她為何會愛我比較多的原因。）

『起床啦！』

所有對於往事的遙想，在隔日一早老爸闖進房裡之後，都像幽靈一般消失於我的夢境之中。

睜開畏光的眼睛，房裡已有明亮的陽光，而我自己是躺在書桌前那張大辦公椅上面睡著的，沒關的電腦螢幕上還跑著螢幕保護程式。

『你幹嘛老不在床上睡覺？生活不正常！』

因為現在早上都得早起，所以近來半夜寫歌的我常寫著寫著就睡著了，老爸對我這種生活方式頗不以為然！

『不小心睡著的啦！』

回應老爸的責怪，我在椅子上伸了個懶腰，蜷曲了一整晚的腰傳來陣陣酸痛。

『趕快刷牙洗臉下來吃早餐，我有東西要教你！』老爸下達軍令似的對我囑咐。

『現在幾點？』我惺忪地看了床頭的鐘。
『老爸，現在還不到七點耶！』
我不滿地向老爸抗議，我們之前說好是八點才開始上工的！
『那少爺，你繼續睡！』他叨叨絮絮地碎碎唸。『讓我這個老頭子做到死好了！』
唉～又來了，老爸總是有辦法用各種冷嘲熱諷來迫使我服從於他。
『好啦！好啦，我起來就是了！』
即使心中老大不願意，但老爸的激將法卻還是發揮了效用，有時候我真的認為我和老爸之間之所以會有代溝，原因就是我們父子之間老愛用帶刺的方式互相攻擊！日子久了，我發現我們竟然已經忘記怎麼用溫柔而坦率的方式和對方說話！
『這幾天我會在國揚來之前，教你怎麼掌控水中肥料的濃度……』
清晨空氣有一種不可思議的透明感，在那種舒服的晨光裡聆聽老爸的教訓，我不禁覺得有些浪費。
『種水草，與其說是在種草，倒不如是在養水！……』
無視於我哈欠連連，老爸很認真地為我上課。
『你要知道，現在國內很少有人能像我們一樣有能力種一些很難種的水草，原因就是只有我們能掌控水質！』
老爸在培養床前一一檢視那些只有根浸泡在水裡的水草。
一般來說，除了像水蘊草那一類只能完全生長在水裡的沈水型水草之外，其餘大多數我們種在魚缸裡觀賞的草其實都是水陸兩棲的！

通常在溫室裡，我們並不把水草完全浸在水裡種植。

因為一方面植物生長在空氣中比較容易進行光合作用（水中的二氧化碳含量少，陽光也較缺乏），另一方面水草的水上葉也比水中葉強韌（水草生長在空氣裡和水裡會長出完全不一樣的葉子，通常為了防止水分蒸散，長在空氣裡的葉子角質層都比較厚，水上葉會在移入水中之後會自己變成為水中葉！）所以水耕的水大多只淺淺地淹沒過植物的根而已。

『你要仔細觀察水草葉子的狀態』老爸拿起一片長滿默絲（MOSS）的鐵絲網對我說：『水草不像人，它們的個性是直接而誠實的，水中養分的狀態會直接反應在葉子上，你要學會聆聽每一片葉子說的話！……』

（跟水草講話啊？那我不是跟瘋子一樣了！）

無聊的我在心中調侃著老爸，就在這時，我突然想起一件事！

『等一下！』我打斷老爸的講解。

『我記得前兩天國揚才問過這些相關的問題啊，你為什麼不等他來一起教呢？』

『這些我不會教他！』

『為什麼？』老爸的回答讓我意外。『他跟著你種水草已經有一、二年了不是嗎？』

『沒有為什麼！這些我研究出來的心得就是不能教給外人就對了！』

『外人？國揚幫了你那麼多忙耶！』我腦海裡想起國揚種水草時認真的模樣，跟他比起來，我反而才像『外人』吧！

『那又怎樣？我有付他薪水啊！』老爸聲音沈了下來，似乎不想討論這個話題。

『可是……』

『沒什麼好可是的，你給我好好學就對了！』老爸重重地把默絲放回培養床上，一陣水花盛開，水漬濺到我躲避不及的衣服上！

（幹嘛突然發脾氣啊？）

我不解地望向老爸，只見他眉頭緊緊壓在眼睛上方，情緒十分激動。

（國揚什麼地方惹老爸生氣了嗎？）

看著老爸劇烈起伏的胸口，我心中浮現許多問號，感覺老爸和國揚相處挺融洽的啊！怎麼這會兒老爸還要跟國揚玩這種『諜對諜』的遊戲呢？

『你得仔細觀察葉子，像這一床鹿角苔的顏色就偏黃！』

等情緒稍稍穩定，老爸固執地繼續他的教學，但我的思緒卻已被老爸謎樣的舉動給搞亂了，他在說些什麼，都好像相斥的磁鐵一樣和我保持著距離。

參雜著疑惑與疏離，我第一天的晨間輔導，就在與老爸『貌合神離』的狀況下告一段落。

等國揚騎著他那台豪邁125來上班時，老爸就不再提起剛剛那些教我的東西。

（看起來沒事啊？）

剛上工時，我還特別留意了一下老爸和國揚之間的互動。

原以為他們兩人之間是不是有何不愉快，但我從旁觀察的結果卻又一切正常。

他們還是一樣討論著今天的工作內容，老爸的態度也一如往常沒有異狀。

那麼今天早上老爸那麼大的反應是為了什麼？

我像看著一齣深奧的藝術電影般摸不著頭緒！

『女朋友熱線嗎？』

午飯後的休息時間，天天打電話來，那是她每天的例行工作。

因為老爸的關係，滿腹疑惑的我和天天有一搭沒一搭地聊了一會兒，我就隨便編個理由掛上電話了。

在從院子走回客廳時，我在大門口遇見出來抽飯後菸的國揚。

『是啊，被她綁著啊，呵呵！』手拿著手機，我笑著應話。這時國揚伸手遞來一根香菸。

『我爸在哪？』我瞄了瞄房裡，我可不想讓老爸看見我抽菸。

『放心，他上樓睡午覺了！』

聽國揚笑著說，我安心接下香菸，同時讓國揚幫我點燃。

『跟女朋友還好吧？』國揚吸了一口菸，在吐出煙霧時候問我。

『為什麼這樣問？』

『沒有為什麼。』他看著我不解的表情回答。『就腦袋莫名其妙浮現這個問題！』

『是嗎？』我苦笑。『怎麼，我看來有問題嗎？』

『不！』國揚聳聳肩。『就是看來沒問題才問的！』

『唔……』我在他的注視之下吸進一口濃稠的尼古丁，不知該怎麼接話。難道，我講電話時心神不定的樣子引起了國揚的注意嗎？

回來這裡二個多月，我和國揚聊天的次數並不多，在我印象裡他是一個沈默寡言的人，雖然人很和善，但似乎總有很多心事似的。在此之前，都是我主動找他抬槓，像今天這樣由他主動找我的情形，還是回來南投後的第一次。

『你每個禮拜都得回台北，很辛苦吧？』

『是蠻累的！』在回話的同時，一陣風讓院子裡老爸種的玉蘭花枝葉輕顫，傳來清香。

『但光回來這裡就已經覺得很對不起她了，所以只好每個禮拜週末回去陪她囉！』

『那也是沒辦法的事！』國揚的表情似笑非笑。『老闆一直希望你回來接他的事業嘛！』

『是啊！他希望！』我刻意在「他」這個字上加了重音，同時又抽了一口無奈的菸。

『聽說你在寫歌？』今天國揚反常地多話。

『是啊！不過只有寫詞而已！』

『有寫過給誰的歌嗎？』

『有幾首，但都不是主打歌，你可能沒聽過。』

『沒有寫曲？』

『詞都寫不好了，還寫曲呢！』我對他搖搖頭，但每當有人這樣問時，我心裡都仍為小時候沒有好好學鋼琴感到遺憾。

『這樣啊，但也很厲害啦！』國揚很佩服似的點頭。

『沒什麼啦，興趣而已！』我一向不太會應付別人的讚美。

『不，真的很了不起！』

國揚抽了最後一口菸。他把菸蒂丟在地上用鞋子踩熄，等到所有被吸進去的菸再吐出來的時候，他用他若有所思的眼睛看著我。

『你喜歡水草嗎，耕一？』他用沙啞的聲音問。

『嗯，還好！』這個問題問的我有點尷尬。『我是不討厭種水草……只是，應該也稱不上喜歡吧！』

『像我就只會種水草……而我也只喜歡種水草而已！』

國揚臉上露出了我不知該怎麼形容的表情，那不是笑，不是生氣、不是篤定、也不是無奈。他只是直直陳述他的想法而已！

『是嗎？』

（為什麼要說這個給我聽？）

我忍住疑惑，看著國揚拉開紗門準備走進客廳。在那剎那，我竟彷彿在他的背影裡看見了一個巨大的繭，而在那繭裡有某種東西痛苦地蠕動著。我隱隱覺得他的痛苦和我有關，但又不十分確定！

『能做自己喜歡的事很棒啊！』我對他說。

『是很棒！』他舉起手將沾附在他衣服上的默絲觸腳拍去，給了我一個不太熱烈的微笑。

『若每個人都能做他喜歡做的事情就好了！』他的回答很有趣，但很難懂！

雖然國揚近在眼前，但他卻好像隔著什麼很厚的東西在對我說話似的！

我的耳朵聽見了聲音，但聲音之中一定還有其他的聲音存在著！

『我去睡一下！』國揚逕自往屋裡走去，只留下我一個人抽著手裡只剩菸屁股的菸。

我站在原地，看著那扇恢復靜止的紗門，內心好像也被門關上時帶來的風揚起一些灰塵！回來了這麼久，我一直沒有看清楚自己現在所在的地方是哪裡！

我在哪裡？
老爸在哪裡？
國揚在哪裡？……我們之間的相對位置，又是怎樣的一個情況？
風再次吹來，原本撐在香菸頂端的菸灰毫無抵抗地被帶走。
我無趣地把菸頭在地上踩熄，院子的泥土連帶靜靜承受我的蹂躪。
（是不是老爸找我回來，讓國揚不高興呢？）
浮現這樣的想法，我的心在一種麻煩的感覺裡，也跟著被絲線纏繞起來！
我突然覺得那四棟巨大的溫室，要容納老爸、國揚和我，竟顯得有些擁擠！
像擠在同一個繭裡面一樣擁擠！

「葉子」章之二——厭惡

五光十色的演藝圈，彷彿永遠都進行著季節的更迭！

哪個明星突然竄起，哪個緋聞成為焦點，影劇版新聞就像公園布告欄上黏貼的租屋廣告一樣，不設法把自己的消息留在最上層醒目的地方，你就等著被下一個焦點話題覆蓋過去！

VENUS的爆紅，在娛樂圈裡引起不小的討論。

然而她受矚目的原因並不是因為她傲人的歌唱實力或什麼精彩表現，相反的，她、JOJO與唱片公司之間的愛恨情仇，才是大家茶餘飯後閒嗑牙時津津樂道的八卦！

正因為大家都知道VENUS完全是針對JOJO而來，所以那種名利牽扯不清的肥皂劇，看在普羅大眾眼裡，還擁有不錯的收視率。

雖然從各方面的表現看來，從歌唱比賽脫穎而出的VENUS算是一個資質相當優秀的新人。台風、唱腔、舞蹈、談吐都有著超齡的成熟。她大可不必用這些風風雨雨的話題來讓自己受到矚目。

但諷刺的是，有時真正重要的東西，從商業的機制看起來，卻好像一點都不重要似的。就

在遼闊的世界裡感到擁擠。

在寬容的自由裡感到束縛。

在自大的自我裡感到自卑。

在被愛的愛情裡感到孤單。

還有什麼情況，比這些強烈的矛盾還讓人無所適從？

像花蕊永遠沒有豔麗的花瓣來的吸引人是一樣的道理！

人的感官總會先被色彩繽紛的東西吸引，被濃郁的香味所迷惑，至於真正蘊藏著精髓的地方，反倒總被遺忘在一旁！

就結果論而言，VENUS的唱片銷售和她的話題性並不成正比，而且許多網路的評論也對於VENUS不是那麼友善。

『我們國語歌壇不需要第二個JOJO！』

『看VENUS裝模作樣拼命模仿JOJO的樣子真是令人作嘔！』

『VENUS只會學別人，一點特色也沒有！』

以炒話題來拉抬聲勢的做法就像走鋼索一樣。當VENUS以極短的時間垂直升空享受被仰望的滋味時，其實底下就會有更多人等著看好戲，希望她跌下來！

越是容易得到的東西，風險就絕對越高！

而且沒有一種獲得是不需要代價的！這就是真實世界殘忍又公平的地方！

而就在X唱片為了VENUS的專輯銷售成績不如預期而煩惱之際，在這家公司的內部，也正在悄悄展開一場蛻變！

為了因應唱片市場急速的萎縮，X唱片已經決定通盤檢討公司的組織架構。

在以往，傳統的唱片公司大多區分為製作、企劃、宣傳、業務、財務這幾個主要部門。

但從千禧年之後，唱片產業從昔日之熠熠開始步入不知何處是盡頭的寒冬。

為了求生存，唱片公司只得從純粹的做音樂轉而開始注重「藝人經紀」這塊生意的大餅。

於是，原本只要專心把歌唱好的歌手開始跨界跑去拍偶像劇、為各種商品代言、接洽各種商業表演等等。這一切一切的轉變，都只因光靠賣CD維持唱片公司生存的時代已經過去了！

在這樣的狀況下，許多唱片公司都成立了「經紀部門」來處理旗下藝人歌手關於拍戲、廣告、出書、開演唱會……各種演出的相關事項。（X唱片也不例外）可以說台灣已經沒有單純依賴音樂為生的「唱片業」，反倒是一個極度仰賴明星光環的「娛樂業」，則在CD的灰燼中誕生！當聽歌的人幾乎都在抓免費MP3的現在，也許只有具備經紀價值的藝人，才能生存下去！

然而，藝人經紀的收益大部分仰賴的是手上明星的「咖」，是個弱肉強食，現實到不能再現實的戰場。

紅的歌手價碼雖高，但他們的高人氣卻還是能讓廠商們心甘情願地捧著大把鈔票請他們代言以增加商品競爭力。

於是那些所謂的「A咖」吸走了大部分的資金與媒體焦點，而像X唱片這種以經營新人為主的唱片公司則相對就辛苦許多。

像之前X唱片辛辛苦苦花了幾年的時間挖掘出JOJO這塊寶，沒想到當JOJO好不容易培養出天后氣勢的時候，卻被財大氣粗的國際唱片公司用天價簽約金挖走坐享JOJO的名氣。

於是，在痛定思痛之後，X唱片的老闆提出一個成立「特別經紀部」的構想。

這個「特別經紀部」將獨立於X唱片現有的經紀部門之外，是針對那些簽了長約且被公司特別看重的歌手而設立（根本就是為VENUS量身訂做的），等於是「A段班」經紀部的意思。

在特別經紀部裡，X唱片將配與這些明日之星個人專屬的經紀人團隊，而公司也打算讓這些專屬經紀人採取業績分紅制以鼓勵他們全力將手上的歌手拼出一番名堂。

這種工作方式，跟原本領死薪水當唱片的員工有很大的區別。

因為若是可以在你手上做出一個周杰倫來，那你接下來的人生可就不需再為金錢煩惱了！衝著有業績分紅這點誘因，當「特別經紀部」即將成立的風聲一走漏，X唱片裡也隨之引起一陣騷動。因為有傳言老闆好像想從對外挖角以及對內擢昇這兩個管道雙管齊下為VENUS尋找適合的經紀人人選。

對很多覺得自己總在「瞎忙」的唱片人而言，這是一個相當難得能為自己留下些什麼的機會！

『喂！葉子，妳想不想過去當VENUS的經紀人啊？』

午餐時間，葉子和REMY特別跑到永康街一家雲滇料理小食堂吃飯，公司附近的東西她們早吃膩了，她們兩個都特愛這裡的大薄片與炸餛飩，就算得坐計程車專程跑來她們也樂意。

『還好耶，沒特別想！』

葉子喝了一口米粉湯，沒化妝的素顏被窗外的陽光撲上一層亮彩。

『而且就算想又怎樣，那種事哪是我們可以決定的？我聽說老闆有講，公司裡不一定有人可以過去唷。』

『話是這樣講沒錯啦！』REMY筷子停在半空中。

『但我真的好想過去喔！現在這個活動宣傳的工作做起來超沒成就感的！』

『怎麼說？』

『妳想想看……』

聽葉子問，REMY索性放下筷子，把兩人的椅子拉近了一些。

『我現在做的事情，真的都是一些層次很低的事情耶！』REMY露出嫌惡神情。

『接校園演唱的通告啦，申請簽名會的場地啦，當藝人保母陪他們四處亂跑啦；除了可以天天看明星、知道很多八卦這些沒營養的好處之外，二年下來，我覺得自己根本沒有學到什麼！』

『沒那麼嚴重吧！妳也認識不少人，累積了一點人脈吧！』葉子趁REMY停筷的時候又夾了一片肉片，沾上蒜頭醬油。

『妳不是因為跑活動的關係而認識很多電台DJ、電視製作人和一堆奇怪的人嗎？那些人以後可都是你的資源啊！』

清爽的油脂在葉子舌尖散開，大薄片的美味讓她心滿意足。

『認識他們有屁用啊！他們又不能幫我賺錢！』REMY癟著嘴。

『只有當了經紀人，我才能把人脈做更好的利用，這樣才有搞頭吧！』

REMY像在訴說什麼政見一樣激動。

『我可不想一輩子只做些買飲料那樣的事！我一定要往上爬！總有一天我還要自己簽藝人，變成一個賺大錢的大牌經紀！』

『是喔！』對於REMY的夢想，葉子不置可否。REMY沒察覺葉子的冷，仍熱烈說著自己的憧憬。『妳想想；如果我能像G哥一樣發掘JCJO和VENUS那樣受歡迎的藝人，那我下半輩子就真的不愁吃穿了！』

那G哥是國語部的總監，跟X唱片的老闆是多年老友了。

他不但身為唱片公司的高階主管，同時手上也握有不少藝人的經紀約。雖然之前一手捧紅的JOJO叛逃，但最近新崛起的VENUS還是很受期待！

『別看G哥好像很風光，妳可知道一路上他得幹掉多少人才有今天的地位？』

葉子問REMY。

『況且妳現在就老埋怨週末得為跑活動加班，要妳真的變成VENUS的經紀人，她拍戲妳得看劇本！拍廣告妳得盯場！更別說處理一堆有的沒有的合約還有借衣服那些雜事，到時我看妳會連睡覺的時間都沒有！』

『就算是那樣，感覺也完全不一樣！！……當宣傳當的再好，大家都還是只看得見藝人，沒有人會重視藝人身邊的宣傳！』REMY搖搖頭。

『而且，忙到不能睡也好啊！……反正自從當了宣傳之後，不管情人節、聖誕節、什麼節我都是和工作一起過的！我早麻痺了！倒不如趁年輕拼一下！』

『看來妳豁出去了喔！』葉子拿起餐巾紙擦擦嘴，似乎佩服REMY的執著。

『那當然……我可是把轉去特別經紀部，當作接下來最重要的事！』REMY露出自信的神色。

『真的假的，妳怎麼了，是受了什麼刺激？怎麼突然從平時的趴趴熊變得這麼積極啦？』

葉子半訝異半挖苦地看著REMY束起馬尾的臉龐。

『要讓一朵花美麗地盛開，你就必須在它展現美麗的季節之前，提前為它奠定好美麗的基礎！』

『啥？』喝茶的葉子差點嗆到。『妳在說什麼文言文啊？』

『切～這是我之前在網路上看到的一句話好嗎！我覺得寫得很好，所以就記下來了！』

『再說一次！』
『我說～要讓一朵花美麗地盛開，你就必須在它展現美麗的季節之前，提前為它奠定好美麗的基礎！』REMY像背課文一樣背誦著。
『說的不錯啊！』葉子輕撫著自己下巴。『就是這句話讓妳奮發向上的呀？』
『我也希望擁有自己的美麗啊！』REMY深呼吸了一下，緩緩說出心中的感覺。
『G哥說過，如果你不想紅、不想擁有一個難以取代的位置，那你根本就不該進娛樂圈來！』REMY看著自己的手掌，端詳掌紋上錯綜的命運紋線。
『我也想知道自己的能力到哪裡！我不希望自己努力付出的工作，只是在幫別人作嫁！我更厭倦那種自己一點也不重要的感覺！……這……這一次我要積極為自己的目標而努力！』
『呵呵！』
看著REMY認真無比，像運動選手在比賽前進行宣誓一般的模樣，葉子忍不住噗嗤笑了出來。
『笑什麼啦妳？妳很討厭耶！』REMY搥了一下葉子的肩膀以示抗議。
『沒啦……』葉子摀住嘴，但笑意還是掩藏不住。
『哈哈，對不起……但妳講話那麼認真的樣子，真的太好笑了……那根本不像是妳耶！』
『厚，人家很認真的好不好。』
一直以來，葉子覺得REMY在工作上最大的缺點就是太過被動不夠積極。但看來這一次，她破釜沈舟的神情似乎說明了態度上的改變！
『好啦！看妳這樣總比妳常懶得要命的死樣子來的好！……我會為妳加油啦！』
葉子用手輕輕點了REMY的鼻頭，以示鼓勵。

『謝謝！』REMY眨眨眼。『妳一定要挺我喔！』她對葉子說！

唱片宣傳的工作，基本上是一種閒時很閒，但忙起來就要人命的工作！（所以越來越多唱片公司會改在有片子要發的時候才臨時聘任宣傳，以接CASE的方式工作，目的是為了節省人事成本！）自從VENUS進入宣傳期之後，葉子的生活也跟著進入了戰爭狀態！

以葉子身為平面宣傳所必須完成的任務，就是要讓VENUS的身影在各大報各大雜誌上不斷地曝光！

由於VENUS是學生歌手，因此X唱片只能爭取暑假的最後一個月，讓VENUS密集在各媒體上出現……

不管利用哪一種管道……只要每多一次露臉的機會，VENUS就越能像病毒一樣入侵到觀眾的記憶裡！

所謂的『紅』，其實就是一種集體催眠！崇拜有時會讓人做出類似鯨魚集體在海灘上自殺那樣瘋狂的行為！

在那背後是什麼看不見的東西在驅使著呢？

或許現代人類太過依賴資訊而活，我們一方面期待自己的與眾不同，卻又同時害怕自己會和其他人完全『與眾不同』！

於是我們創造出流行和偶像，一種經過包裝的平民信仰！它告訴我們應該喜歡什麼、該怎麼穿衣服、該怎麼聽歌、該怎麼點點點點……

只要我們跟著這種信仰走，雖然不知最後會走到哪裡去，但至少我們知道這世界上還有許多人跟我做著同樣的事！

我們不會因為孤單而害怕，就算我們付出了迷惑當作代價！

就『宣傳』這項工作來說，當你的藝人不紅時，你就必須無所不用其極地向平面媒體推銷自己的『產品』。

這是一個『人』的產業，很多東西是靠交換而來的！

用交情換版面，用版面換人氣，但人氣又換來各種八卦纏身的風險。

而當你的藝人受歡迎之後，你又會煩心為何媒體有興趣的焦點永遠放在那些緋聞、醜聞上，越沒營養的東西越受歡迎！（就像速食店賣的漢堡永遠不會沒人買一樣。）

沒有鎂光燈的明星，稱不上一個真正的明星！

但明星一旦變成焦點人物，卻也必須忍受自己的吃喝拉撒各種大小事都攤在大家眼前這樣的局面！在娛樂圈裡，金錢和自由；名利和隱私……就好像油和水永遠不能融合在一起一樣！

或許，仰賴媒體而活的人，不管有沒有聚光燈打在身上，都是一種悲哀！

這種悲哀會讓人想起數年前一部經典的好萊塢歌舞片『芝加哥』！

看著片中理查吉爾將芮妮齊薇格視為木偶，用言語操弄媒體，用謊言與表演創造輿論，然後再用輿論來箝制世界的劇情！在一種華麗的虛無當中，我們彷彿看到了整個娛樂圈的寫照！

只是不知是幸還是不幸，身為觀眾的你我也身處在這場荒謬的人偶秀當中。

上帝以『人性』為線，控制著我們這群活生生的木偶，而娛樂圈只是上帝的『公關部門』，帶我們用戲謔的觀點看穿人性「鬧劇」的本質。

而難以否認的是，我們自始自終都是那場鬧劇的一部份！

整個下午，VENUS都在進行CQ雜誌封面拍攝的工作。

這已是VENUS今天第四個通告！在宣傳期裡歌手的通告像永遠靜不下來的潮汐，這個剛退，下個又接著襲來。要跑完宣傳期必須具備跑馬拉松那樣的耐力與體力。

『芽芽嗎？我葉子！我這邊可能會DELAY喔！現在才剛換第二套衣服……還在等打燈。』

透過手機，葉子離開攝影棚走到樓梯間和公司的電視宣傳聯絡。

CQ這個通告，原本應當只從二點拍照到五點，但眼前似乎遇到了些許麻煩。

『我知道VENUS六點要上LIVE專訪，但這邊燈光出了點問題！VENUS拍出來的東西都很醜！』

葉子看了一下手錶，馬上就四點半了，現場還有二套衣服沒拍，照這進度下去，五點以前要拍完根本是天方夜譚！

『我知道妳的專訪很重要，但我這邊的封面也很重要啊！』

VENUS今天受邀到一個娛樂新聞接受專訪，葉子知道直播的節目有開天窗的壓力，但CQ也是一本對新人而言相當重要的平面雜誌！

『不是我的問題，我早跟他們說過VENUS的臉有點BABY FAT，燈打不好拍起來就會很肥！……』

話筒裡芽芽指責葉子沒有掌握好工作進度，葉子壓著怒氣解釋事情的原委，當每個人都以自己的角度看事情時，衝突就在所難免發生！

『你去跟製作單位喬一下，把專訪時間往後挪一點，我會想辦法帶VENUS趕過去啦！』

『大家各退一步嘛……協調一下晚半個小時應該還OK吧！』

經過一番爭論，芽芽勉強答應葉子在六點半以前趕到電視台。

悻悻然掛上電話，葉子和剛好跑出來抽菸的攝影師又做了一次溝通，但攝影這種沒有標準流程的工作，和時間之間的關係是難以用精確的度量衡去預測的！

葉子考量自己現在能做的，也許就是減少封面拍攝的張數……最壞的打算是，改天再找時間來把照片拍完！

但VENUS近日的工作早已滿檔，要再從那些既定通告中挪出時間來拍照，根本就是不可能的任務。而且，要改通告一定又會讓其他的宣傳哇哇叫！

（煩死了！我不想了！）

面臨著進退兩難的局面，葉子用左手中指和拇指輕輕地在太陽穴上揉著。

藉由些許放鬆，葉子希望自己能把情緒逼回爆發的警戒線之內。

她知道自己千萬不能亂掉，因為她背後還有VENUS，身為宣傳，她必須永遠比藝人來的沈著與冷靜！

但是，那種明明很慌亂，卻還要從慌亂中找出路的感覺，就好像一個已經溺水的人還要去照顧其他溺水者一樣，是一種過分的要求！

從樓梯間慢慢走回藝人休息室，葉子苦惱著通告時間的安排。

但才剛進休息室的門，葉子就看見臉色尷尬的髮型師與自己擦身而過。

『我……我去一下洗手間！』

髮型師逃難似地匆匆走出房間，葉子狐疑地望著她。再回頭，氣呼呼的VENUS就坐在鏡子前看著自己，葉子心中飄來不祥的預感。

『怎麼了？』

『沒事！』

沒料到葉子會突然闖進來，VENUS生氣的臉龐浮現一絲難堪，而她的難堪相形更加突顯她那雙泛紅的眼眶。

『還說沒事，妳看看妳的樣子！』葉子看著VENUS胡亂擦去眼淚，趕緊又問。

『沒什麼！等的有點煩而已！』VENUS低頭轉身不敢直視葉子。

『真的沒什麼嗎？』

葉子眼尖看到有東西掉在鋪著地毯的地板上。

『妳的手機為什麼在地上？』葉子一個箭步把手機撿起。

『我們還不開始拍下一套衣服嗎？下個通告會不會來不及？』

面對葉子連番詢問，VENUS刻意想把話題岔開，但葉子卻發現VENUS的身體呈現輕微顫抖的狀態。

『拍照還要再等一下！』葉子聆聽著VENUS的肢體語言，她順了順VENUS長長的褐色假髮，再把手機放到化妝檯上，VENUS的一舉一動都透露著不尋常的訊息！

『有人趁我不在的時候欺負你嗎？』葉子望了一下髮型師走出去的門，彷彿暗示什麼。

『沒有啦，別亂想！』VENUS趕緊搖頭否認。

『那不然呢？……有什麼事妳要說呀！都哭了還說沒事？』

葉子站在VENUS身後，盡量讓聲音充滿安撫的力量。

她的手輕輕搭在VENUS肩膀上，等著VENUS自己走出她製造的沈默。

在葉子的注視下，VENUS扭捏不安地思索了一會兒，她拿起礦泉水喝了一口，隔了幾秒又再喝一口。最後，她終於在把瓶子放下時，決定了什麼似地開口說話。

『葉子姐，在愛情裡，妳有重要的人嗎？』

『嗯？』

VENUS經過一番猶豫提出來的問題，竟出人意外地跳TONE！

『為什麼要問這個？』

『妳……愛不愛他？』

VENUS用一種「既然妳要我說，妳就得老實回答問題」的態度問著葉子。

她把葉子的遲疑當作是一種對問題的默認，既不理會葉子的愕然，也不准許葉子閃躲。

『請告訴我妳的答案！』

VENUS抬起頭透過鏡子和葉子四目相交，眼中有一種難以形容的哀傷。

『既然是重要的人，那就……應該愛吧！』

被VENUS懇求的眼神所感，葉子支支吾吾地說著。

『為什麼還要加「應該」這兩個字呢？』VENUS追問。

『難道愛不愛，妳自己也無法肯定嗎？』

『這個……』VENUS的問題讓葉子顯得有些狼狽！

『今天……我跟我男朋友分手了！』

『啊？』

『雖然我早有預感……但是……唉……剛剛當他傳簡訊來說，這段感情，他想放棄的時候！我……我……』VENUS難過到沒有辦法把話說完。

『是喔……』葉子的聲音沈了下來。

VENUS有男友的事公司都知道，但G哥一直不希望這件事曝光。

『因為工作的關係嗎？』葉子問。

『是啊！……因為他覺得自從我參加歌唱比賽之後，我們之間的距離就變得越來越遙遠了！』稍稍整理了情緒，VENUS苦笑了一下。

『他說，我已經變成他不認得的樣子！而他，覺得跟我在一起的壓力遠遠超過他所能負荷的！』

『當公眾人物要談感情本來就比較難嘛……更何況妳才十六歲！』

『那跟年齡無關吧！』VENUS不服氣地說。

『只要是『我愛你』，不管是在十六歲、三十歲、還是五十歲的時候說都是一樣重要吧！』VENUS直直盯著葉子眼睛，不該被濃妝掩蓋的年輕臉龐有種諷刺的錯亂。

『他說……他比較喜歡以前的我！』

『是嗎，為什麼？』

『從參加比賽的第一天起，我好像就慢慢變成另外一個人了！我漸漸不能以我自己的方式笑！不能以自己的方式哭！我穿著這些不像我會穿的衣服、唱著那些有別人影子的歌！說真的，我好像也不太認識VENUS這個歌手！雖然……她就是我！』

經過壓抑的憤怒不斷從VENUS的眼神中洩漏出來。

『我現在終於瞭解為何有些原本走偶像路線的歌手，後來要用理光頭、刺青、穿鼻環那麼極端的方法來顛覆自己的樣子！』她詛咒似的說。『那只是她想親手殺死自己背負的那個的傀儡罷了！』

『也許妳說的對！……但那也是你自己選擇的，不是嗎？』VENUS的話，葉子有些認同，有些則不。『當初沒有人逼妳一定得去參加那個選秀節目呀！』

『是！是我自己選的！』VENUS的手緊緊握了起來。

『但當初的我只單純的想唱歌啊！現在這些拍照、上綜藝節目的事情根本不是我想做的！我更不想因為這些我不想做的事而失去我在乎的人……但現在我卻失去了！』

『妳應該當初就知道會有這樣的結果吧！』

『我以為……』

『沒有什麼以為不以為的！』

葉子毅然打斷VENUS的話。

她望著這個年紀幾乎比她小一輪的女孩，凝視到VENUS只能選擇一陣沈默。

甚至，女孩原本已然冷靜的眼又浮起紅潮。

『沒錯……當妳的同學放暑假的時候，妳得一天工作十六個小時！妳的臉因為每天化妝而長疹子！妳男朋友因為妳變成了歌手而跟妳分手！……聽起來妳再慘不過了！但親愛的，妳要不要去外頭試著問問看，問問看妳現在所擁有的，有多少人願意拿一切來交換？妳很幸運妳知道嗎？我相信妳在失去之間，還有更多的獲得不是嗎？』

『我得到的比不上失去的！』VENUS看著地面、喃喃的聲音也失去力量。

『除了失戀之外，我也發現自己當了歌手以後，好像也變得很難去相信別人了！』

『有那麼嚴重嗎？』

望著VENUS泫然欲泣的樣子，葉子從背後用雙手扶住她的臉頰。

『我突然發現人都好現實喔！……一開始，公司的人只把我當作是工作的對象，雖然大家還是對我不錯，但我知道那只是一種表面上的關心，但最近當公司說要幫我找專屬的經紀人之後，我就發現大家對我的態度跟著也變了好多！每個人都搶著討好我……大家也變得太快太明顯了吧！』

『別人我不知道，至少我沒有！』葉子板起了臉。『而且就算情況真的是這樣，也沒什麼好奇怪的！』她對年輕的女孩說。

『大人的世界就是這樣！妳只是比同年齡的人早一點看到現實的真相而已！』

『是這樣沒錯啦！』VENUS伸手拿了張面紙放在眼眶邊緣，原本完美的眼線因為溢出的淚水而隨之崩潰。

『但我還沒有做好準備啊！我好討厭現在的自己啊！』

『妳以為只有妳討厭自己而已嗎？我也很討厭現在的我啊！』

葉子也從桌上抽了一張面紙幫忙VENUS擦眼淚。

『活在這世界上，我懷疑有多少人能夠喜歡自己！只要人活著，就有太多的事情要煩、要妥協！……有多少人可以一路活得開開心心忠於自己啊？反而，我一直覺得，為了「活下去」這件事，討厭自己好像也是一種必要！』

每個人心中，都有看不見的脈絡。

就像葉子堅硬的梗。

不管我們怎麼假裝，

那些表象裡看不見的溝渠，

仍會固執地將我們帶往被個性決定的命運，順流而下！

我們都是被『自我』所綁架的傀儡吧！

『所以，人都得討厭自己嗎？』

『也許吧！……但我們總會在討厭中，找到讓自己不那麼討厭的理由！』

『什麼意思？』

『繼續厭惡你自己吧！VENUS，然後妳才會知道怎樣去喜歡自己！』

回應葉子的話，VENUS先想了一下，然後，她嘆了一口好長好長的氣。

『做人好累唷！』

『妳到現在才知道啊？』葉子敲敲VENUS的頭。

『不過妳放心，人也很堅強的，跟這個男人分了，妳絕對會再愛上下一個的！就像……雖然妳很恨這些煩人的通告，但妳也還是會乖乖的幫葉子姐把這個封面拍完，對不對？』

『我有選擇的權力嗎？』VENUS因為葉子的話語稍稍有了笑意。

雖然那只是個苦笑，但畢竟笑意還是笑意。

『有！雖然也許不是現在！』葉子給了一個鼓勵的笑容。

『只要繼續活著……總有一天，妳會可以選擇的！』

VENUS被淚水破壞的彩妝，在經過化妝師後來的修飾之後，絲毫看不出有任何下過雨的痕跡。當VENUS終於回到鏡頭前面，她那隱藏著悲傷的臉，終究還是在快門按下的同時，展露出迷人的笑容！

（人總有辦法逼出自己往前走的，是不是？）

看著那個用悲傷在微笑的VENUS，葉子的心，隱隱地痛了起來。

在一種同病相憐的感慨中，她的思緒輕飄飄像蒲公英一樣被一聲聲快門的聲響吹到好遠的地方去。

她想起VENUS問自己的問題。

『葉子姐，在愛情裡，妳有重要的人嗎？』

『為什麼還要加「應該」這兩個字呢？難道愛不愛，妳自己也無法肯定嗎？』

『所以，人都得討厭自己嗎？』

炫目的鎂光燈不斷閃著，原本許多葉子很篤定的東西，竟隨著光影的跳動，慢慢地鬆動了起來。

那感覺就像遙控器不小心摔到地上之後，雖然並沒有到達完全故障的地步，但搖一搖，你卻能聽見『沙、沙』那種小零件脫落的聲音！

有什麼地方壞掉了吧！……你清楚的很，卻又不知是哪裡壞了！

葉子就是帶著那種矛盾心情，看著VENUS變成一隻在鏡頭前飛翔的蝴蝶！

美的很華麗，也美的很空虛！

「耕一」

章之三——沈潛

那首關於『失戀』的歌我寫了幾天，終於在一點點感傷的情緒之中，完成了！

配合那首旋律帶著哀傷的曲子，我選擇用比較釋懷的角度來描寫戀人在分手之後，經過時間洗滌，心中那種已然褪色，卻依舊掛念著對方的心情！

你會在那裡

A1

只剩我在這裡 愛無不散的宴席
從喧嘩美麗 習慣起 身旁的冷清
傷心是一定 來過心裡 肆虐了 又再離去
然後慢慢 愛 又找回了力氣

A2

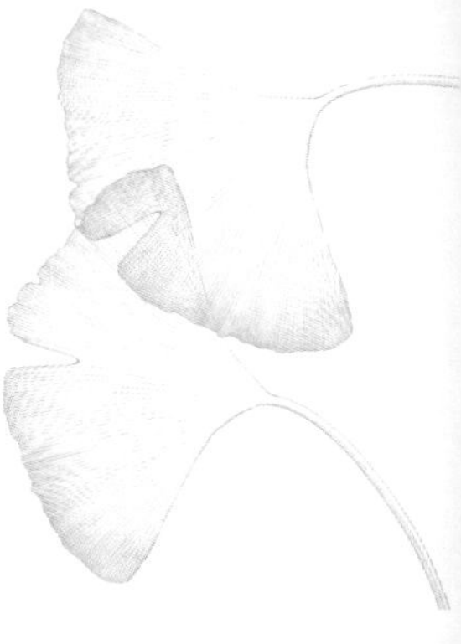

你已經不在這裡　沒關係　世界和平
就算有風雨　這一刻　天空也放晴
接受了恨你是　愛的反作力
我哭泣　代表曾經有　更多開心

B1
愛過　幾年　幾個月的你
還有　什麼好　不甘心
要真的想忘記　不想你　就可以
只是遺忘又有　什麼意義

B2
愛過　最好　也最壞的你
還有　什麼好可惜
在新的擁抱裡　你也會在那裡
你是我心不說的　秘密

C
我真的愛過　從前　某個你
就連在未來　我都還看見　你的痕跡

我一直覺得，這世界上有情人節這種讓戀人們慶祝相愛的節日，卻一直沒有一個能讓「離人」再次坐下來好好聚首的日子！

慶祝擁有很容易，但慶祝失去，卻需要好多的勇氣、寬容……和誠實！

很多東西，在失去後再回頭看它……感覺是不一樣的！

那些曾離開我們的舊情人啊，有的讓我們不堪回首！有些，卻一直常駐在心底的遺憾中，需要一個出口讓我們將他們真正放下！

或許，那是一次道歉！

或許，那是一次感謝！

或許，那是一句『我現在很好！請放心！』

少了上一個句點，愛情的下一個句子，可能從落筆的時候就是不圓滿的！

而不圓滿的愛是很難達到幸福的！

所以，我會寫下『你會在那裡』這樣的歌詞！

如果恨是愛的反作用力，那麼能夠笑著慶祝失去的人，也許就能慢慢脫離悲傷的慣性，從那股反作用力中逃脫，繼續創造愛的力量！

即使不情不願，至少我們也還朝著未來前進！……這一點是相當重要的！

在把作品傳給小P之前，我先把歌詞先傳給天天。

她總是我第一個讀者……我寫的每一首詞，她都像寶貝一樣，用手抄在日記本裡頭收藏好。

雖然，她很少告訴我她對於那些歌詞的感覺。

她只是純粹地欣賞我寫下的東西；安靜、無言，任憑我從她帶著些許崇拜的眼神裡吸取驕傲！

我很滿足了……真的！即使我期待從她那裡聽見更多回音！

寫完這首歌，週末回台北和天天相聚時，我和她並肩躺在床上，很誠實地告訴她這首歌是我以自己和前女友分手的心情寫成的。

她聽了之後只輕輕一笑，說她並不會因為一個早已不愛我的女人而心存芥蒂。

（但要是我還會想她呢？妳會怎麼辦？）

我本來差點就問她這個問題的，幸好我及時忍住了。

說真的，寫『你會在那裡』的那幾天，我還真有點想念我的前女友！

雖然我知道我早就不愛她了；但有時，想念和愛不愛，並沒有直接的關係。

念著她的原因，是因為她曾經存在過！我永遠也無法抹煞這個事實！

要想她的時候，自然就是會想，誰也擋不住，那就是人類情感固執的地方！

帶著一點點罪惡感，我任由天天的手指在我赤裸胸膛上來回遊走。

每星期從南投回來，我們相聚、吃飯、在她租屋處做愛、相擁而睡……相似的情節不斷重複。

有時，我會想，在我和天天之間，有沒有比交合時更接近的距離呢？

偶而那種明明自己在她身體裡，卻仍覺得她離你很遠的感覺……是因為什麼而造成的呢？

『對了！阿一，我前幾天發現了一件事！』

『什麼事？』

天天說話時從床上坐起，原本覆蓋在身上的被單也隨之滑落，我凝視她雪白而細緻的肌膚，那是屢屢我能獲得幸福的應許之地！

『前兩天我聽到一首歌，覺得歌詞跟你寫過的一首很像耶！』

『真的嗎？』

我沒有意識到天天話語裡實質的內容，我依舊躺在床上迷戀她側身纖細的線條。

『那也是常有的事』我克制下想抱她的衝動回答。『歌詞寫來寫去還不就是情啊、愛啊那一類的內容！』

『不！我覺得那並不是偶然的相像喔！』天天一邊反駁一邊把身體整個轉過來面對我，我漫不經心地像欣賞一幅畫般瀏覽她宛如發著光的胴體。

『你的每一首詞我都幾乎會背了！』天天的語氣非常認真。

『那首歌，根本是抄你的東西寫成的！』

『哪首歌啊？』我開始好奇起來。

『我有幫你從網路上抓下來！』

天天裸身從床上奔跳到書桌旁拿了一張紙後又躍回來，動作輕巧的像隻羚羊！

『等風的旗？……顏允隆？』

一見紙上的歌詞，我的腦袋像被人拿鈍器狠狠敲了一下似的。身體也像掉入北冰洋的海水裡一樣急速地縮坐起來！

我快速將整首歌看了一遍，隨著一字一句辨識，一股怨氣從我心中竄出，那憤怒像洪水一樣來的又急又凶猛！

『他媽的！』

看完整首歌詞，我忍不住咒罵，天天被我劇烈的反應嚇了一跳。

不管是歌詞意涵或比喻的手法，顏允隆的這首歌都跟我寫過的一首詞『旗』有太多雷同之處！

那是大約幾個月前小Ｐ一次邀稿時我寫的歌。

我用『在沒有風的地方，旗子永遠無法展現她的美麗！』這樣的形容來描寫一個女人等待愛情時的心境！

『面對風的飄逸 等 是旗的宿命
因為深深期盼著與你的相遇
我情願用繩繫住自己
只有當你靠近的時候 才展現 我的美麗』

這是我寫的版本！

『等 是我的命運 我 是如此相信
只因為我愛你 我就有等待的勇氣
等 是我的決心 我 是等風的旗
旗 依戀著風 我愛你 永遠不會放棄』

這是顏允隆的版本！根本就只是把我的詞重新排列組合而已嘛！

『怎麼會有這麼惡劣的事！』我生氣地咒罵著。

當初退我稿的人就是顏允隆！現在這個比喻卻借屍還魂地變成了『他的』創作！這種行為太無恥了，叫我如何不生氣？

『喂！小P嗎？我是耕一……』

顧不得已是半夜一點半，我拿起電話撥給小P，同時發現自己竟激動地顫抖！

『嗨～』接起電話的小P用輕快的聲音跟我打招呼。我從話機裡聽到吉他和鼓聲，他八成還在錄音室裡工作。

『小P，我想問你一件事！』

深呼吸了兩次，我將填膺的怒氣壓抑下來，並把天天發現的『意外』告訴他。

『啊……那個啊！』當我說出「等風的旗」這四個字時，小P的語氣彷彿就像在說『啊！我就知道你會問！』

『那首歌，我也挺傻眼的！』

『他會不會太過分了啊？』我皺著眉問小P：『他怎麼可以這麼明目張膽的偷別人的IDEA呢？』

『這又不是第一次！』小P回答，所有歌詞都是由他轉給顏允隆的，他自然很瞭解狀況！

『他常常「參考」別人的東西！』

『這算什麼啊？』我聽了勃然大怒。『版權部的人都在睡覺嗎？我每寫一首歌都會傳一個備份過去啊！……我把版權簽給你們公司的版權部，他們應該要防止這樣的事發生才對！』

『版權部裡都是我老闆的人好嗎？』小P壓低音量，就像在我耳邊講悄悄話一樣。『你以為他們敢放個屁啊！』

『那我簽詞曲約是簽假的喔？還有沒有一點保障啊？』我氣極了。

『有名就可以亂搞嗎？媽的！我要把事情爆出來！』

『耕一，先別激動！』聽我說的話，小P緊張起來。

『你知道創作這種東西是很主觀的！』

『誰都看得出來他抄襲我好嗎？』

『我知道！』小P嘆了口氣。『但我的意思是……創作這個圈子……很小的！』

他頓了一下，口氣為難。『你一個新人，去搞一個線上的大咖……恐怕……』

『恐怕什麼？』

『恐怕，對你以後要在這個圈子混不太好！』

『啥？』我幾乎不敢相信我聽到的話。

『你的意思是要我摸摸鼻子被人家強暴嗎？』一生氣，我就有點口不擇言了！

我同時感受到身旁的天天焦慮的眼神！

『別說的那麼難聽嘛！』小P試著安撫。

『我只是要你看遠一點！不過就一首詞而已，就當付個學費吧！』

『小P……』很奇怪，當憤怒抵達一定程度，我的聲音竟反而沈定下來。

『難道你也認同顏允隆的做法？』我人口吸著氣。

『我當然不認同！但有時現實就是這樣！』他解釋。

『我不是說這圈子就是這麼黑，也不是說你就該被欺負；只是你想想，我們進這圈子的目的是為了什麼？是要爭取紅的機會啊！』

我沒回話，有幾秒鐘時間我只能聽見自己孤單而粗重的呼吸在空氣裡迴盪。

『站在朋友立場，你被這樣搞，我看了也很幹啊！』小P適時讓沈默不至於延續過久。

『但為了你將來的機會著想，忍一忍吧！至少你證明你的IDEA屌到連顏允隆都要拿去用，把它當作是另類的肯定，你會好過一點啦！』

『我懂了……』伴隨著冷笑，我的聲音越過拋物線的最高點，開始往下墜。我得說，我的憤怒絲毫未減，只是多了漠然！

『所以，就算明知自己被搶了，我也只能當作沒事……是嗎？』

我講話的速度變得很慢，一個字一個字的說，能看見明顯的顆粒！

『在我們還沒紅以前，只要能往上爬，有些事，是必須妥協的！』

小P安慰我，也好像在安慰他自己。

『畢竟我們需要的是陽光啊！』

『真是個有格調的圈子啊！』我讚美著，憤怒像嚼了太久的口香糖讓我想嘔吐。

『耕一……』

『別說了！』

我打斷小P話語，不讓他再繼續說下去。

『讓我想一想！』我自顧下了結論，想把對話做個終結。

『對了！耕一……有件事還是得告訴你……你那首「天堂製造」，沒被選上！』

『是嗎？』

我的心抽痛了一下，但那感覺真的是痛嗎？……我不確定！

『我老闆本來說不寫，但後來還是自己硬生了一個版本出來……』

『哼！』我又笑了，這是這通電話的第二次冷笑……而且這次的冷，更冷！

『抱歉了！兄弟……』小P滿懷歉意。

『有什麼好道歉的，遊戲規則就是這樣吧！』我說，聲音還得故做無所謂！

這是否就是每個人在放出光芒之前必須經歷的黑暗呢？我心中暗想。

我好想反抗……但反抗在此時是一點效果也沒有的！

小人物……有時真的是挺悲哀的！

掛上電話，我無力的將手機往書桌上一丟，沮喪與怒氣都像我的身體一樣赤裸裸的，在天天面前絲毫沒有掩飾！

『別想太多了……』

天天從身後抱住坐在床緣的我。安慰的口吻是那麼樣的柔軟。

『怎麼可能不想！』我推開天天，在不知不覺中把怒氣轉移到天天身上！

『妳怎麼瞭解那種自己被人強暴……卻孬的　句話都不能說的痛苦！』

『是！我是不了解！』容忍著我的遷怒，我彷彿聽見她的表情嘆了一口氣。

『但至少，我會陪著你！』她說。

（李耕一……你這個混蛋！）

聽天天委屈的聲音，我心一痛，同時在心中責罵自己我怎麼可以對她那麼兇？天天一向都是我背後的支柱，是保護我的雲朵，是我能夠在煩惱裡軟著地的屏障！

『對不起！我只是……』

亡羊補牢，我想表達歉意，但這時天天的手卻輕輕蓋在我嘴唇上。

『沒關係啦……我懂！』她說，一邊伸手把我抱的更緊，我身體清楚地感覺到她身體的溫熱。

『哪有人什麼都很順利的呢？更何況你是一個寫東西的人。』天天在我耳邊呢喃著，我感覺一陣暖意籠罩在我側臉上。

『不管發生什麼，我覺得，你自己覺得寫的好不好最重要啊！』她說話的唇偷偷吻著我的耳朵。我覺得我身體裡的怒火漸漸平息，而另一種火焰正在被喚醒。

『你覺得自己的東西……好不好呢？』

『妳覺得呢？』

憤怒像無用的廢物，在無形中被天天分解了……還原成一種喘著氣的溫柔。

『想知道答案嗎？』她微小但遼闊的聲音像一把彎彎的鉤，我這隻愚蠢的魚毫無抵抗力的被釣起。

『自己來找啊！』她說，既俏皮又挑逗！

一轉身，我用手緊緊地抱住了天天。

一陣帶著慾望的浪將我打碎仆身臥倒在她身上。

我的唇焦急地尋找她的！像某種虔誠的儀式……想把竊據著我身體的憤怒驅離！

好像身體某部分的擴張膨脹……能讓一些不愉快的東西相形萎縮！

就這樣，我再一次進入了她！

她發熱的身體宛如一種救贖……讓我沈潛、讓我深陷……卻又在墜落途中到達頂點！

那是一種滿足與失落完全混沌的狀態～像調和在一起的黑與白，變成一種難以形容的灰！就像我的心情一樣難以形容！

在恍惚間，我看見那些被顏允隆偷走的文字，一個一個從紙張上跳躍出來，它們一邊笑著，一邊流著眼淚，然後墜落在我皮膚表層裡載浮載沈，好像我的身體是一面海洋！

我瞭解，它們現在已不屬於我，雖然它們身上留著我的血液。

所以我向它們說再見……難過地、不捨地……然後目送它們像蒸發了一樣溶解在我渾身的汗水裡！

那一刻，我到達了最亢奮的境界！連帶有許多不甘心也隨之從我身體裡脫離射出。

我能感覺的到它們的死去，那些文字的靈魂飄向遠方，變成天上流浪的水氣。變成掛著別人名字的作品。

我知道總有一天！總有一天……只要陽光夠強烈了！那些流浪的水蒸氣終究會再集結成雨雲，然後經由一次降雨，重新回到我這片海洋身上！

我需要的，只是時間！只是成長！……那些傷害我的人，你們等著瞧！

我會要回我的東西，讓它們就像從來都沒有離開過一樣！

帶著鬱鬱心情，我在台北待了兩天！

這期間天天幾乎沒有離開過我，她甚至陪著我回台北的家陪老媽吃了一頓中飯。

事實上，我和我父母的關係都不是很親暱，雖然我很愛他們，但在家裡，我卻沈默的很，一點都不像我在朋友面前那樣開朗健談。

我一直覺得，很多故事把它們的主角設定成只有一種固定的性格，是一件根本不合邏輯的事！

木訥的永遠木訥！聒噪的永遠聒噪！……最好是這樣！人的性情哪有那麼簡單！

就我自己而言，我就可以為自己至少歸類出好幾種不一樣的面貌。

在爸媽面前我是性情古怪不愛說話的兒子！

在我妹面前我是愛計較不苟言笑的哥哥！

在天天面前我有點大男人主義，卻算體貼的男友！

在朋友面前我喜歡耍寶，是嘴巴有點毒的麻吉！

在工作時，只要不侵犯到我的原則，我是隨和而認分的爛好人！

會和父母不甚親暱，一方面是因為爸媽對我的管教都十分嚴格，各種觀念也相差甚遠。另一方面，我也一直覺得那是因為他們都太寵我妹了……

我從小就覺得他們偏心的很，只會對我這個兒子要求東要求西，卻對我妹百般縱容。這是為什麼我在家裡會安靜的像根木頭一樣的原因！

因為我是不平衡的！而人是一種會隨四周環境調整自我面貌的動物！

和喜歡的人在一起時，我會覺得那個自己也跟著討人喜歡的多！

但問題是，那麼多個自己，哪一個才是真正的我呢？

你問我，我也不知道正確的答案是什麼！

或許……對於人而言，並沒有所謂『真正』或『正確』這些狀態，我覺得人只是一面鏡子，當鏡子沒有任何光可以反射的時候，鏡子裡本身是看不見任何東西的！

當然，這只是我個人悲觀的看法，尤其對我這種依賴別人目光而活的人而言！

從台北回南投以後，我的情緒繼續持續了兩天的低潮！

一直到禮拜三，隨著外面天氣逐漸放晴，我的心情才跟著從谷底爬升！

種水草的日子，規律的讓我聯想起阿兵哥的行事曆！……今天、明天、後天，在這其中存在的只有日期數字不同這樣的區別而已！

你永遠可以知道接下來該做什麼，你閉著眼睛都能明瞭時間流動的方向，宛如你擁有預知能力一樣！

老爸還是趁每天國揚上班前對我教東教西，但真正被我聽進去的並不多！

我和國揚之間也依舊是不冷不熱的！像兩隻非洲大草原上各自覓食的斑馬，默默在自己地盤裡做著老爸交代的工作！

我們唯一的交集可能就是在水源地那裡，飢渴的斑馬會一起去喝水，然後抽根菸，有一搭沒一搭地聊上兩句。

只是，這種定頻定溫的常態在星期四時，竟出現了意料之外的情節！

那天從一早我就感覺不太尋常，因為入秋之後很少下雨的南投竟然下起不小的雨，而且天氣也隨之變得冷颼颼的！

我們溫室所種植的水草，全部都是販售給水族館或中盤商，不直接對消費者銷售，也並不從事零售的生意。

事發的那天早上，老爸接到幾通電話，而我們例行的訂單在一個上午之中，就有四家水族館向我們退訂，這是以往從沒有發生過的現象！

『為什麼突然會被退單呢？』

在老爸掛上電話之後，我向前了解狀況。退單的四家水族館都集中在台中，而且長久以來訂單一直很穩定。

『被退就是被退了！沒有為什麼！』

老爸發著脾氣走到溫室的大白板前，把取消的訂單從上面劃掉！

我一看，數量有好幾百棵水草，算一算，損失金額可能有幾萬元。

『是「阿達仔」那邊水草場的關係嗎？』

原本默默在為培養床清除絲藻的國揚突然搭話『我聽說他的溫室前幾個月蓋好了，最近開始在出貨！』

『阿達仔？』我問。這個陌生的名字我還是第一次聽到。

『哼！那種沒格調的水草場能幹嘛！』

老爸的臉色在說話時變得更鐵青，我不知道到底發生了什麼事。

『可他們好像跟我們在拼價錢呢！』國揚顯得憂心忡忡。

『我們賣一百塊的東西，他們就賣九十，我們賣九十，他們就賣八十！連草屯鎮上那家小水族館的老闆都知道烏日那裡有家新水草場的東西比我們便宜！』

『那不就是衝著我們來？』我驚訝地說。

『怕什麼！你以為「阿達仔」種的水草會比我好嗎？笑話！』

老爸一邊咆哮一邊轉身往屋裡走去，隨即我遠遠聽見後門被用力甩上的聲音。

我不知道老爸怎麼了。但他身上明顯帶著一個颶風。

『「阿達仔」是誰啊？……你知道嗎？』

在老爸遺留下來的沈靜裡，我將白板上剩餘的出貨數量記下來，拿起採集盤準備去把那些可出貨的水草挑出來。

『嗯……知道啊！』仍清理著絲藻的國揚回答，聲音有些遲疑。

『老爸好像聽到他的名字就抓狂了，為什麼？』

『這……該怎麼說呢？』

國揚停止手上的工作，思索如何跟我解釋。而這時消失的老爸卻又像一陣風一樣從房裡走回溫室來。

『去換鞋！』他命令似地對我說。

『要去哪？』我看見老爸已把工作時穿的雨鞋換掉。

『你跟我一起去那幾家水族館……看看到底發生了什麼事！』

老爸獅子座的火爆脾氣一旦被激怒，連話語裡都看的見火焰。

（為什麼不找國揚去呢？）

我望了國揚一眼，心中暗自期待他能替我出這趟任務，但我知道老爸是不會輕易答應我退縮的。

把出貨的工作交代給國揚。我和老爸開車直接前往台中，那幾家往來的水族館都在台中市市區裡，老爸決定每一家都去探訪一下。

一前往察看，果然，我們被退單的原因和國揚猜想的一樣。

當我們走進第一家水族館，我看見原本擺著我們家商品的水草區魚缸裡，現在都擺放著別人的東西。那些水草的種法和岩棉都和我們家的不同、很好分辨。

『啊……李老師……歹勢啦！！他們的草比較便宜嘛，品質也不錯！』

那個尊稱老爸為『李老師』的老闆們一看見老爸來訪，臉色有些尷尬。

這家店是和我們家往來很久的老主顧了，沒想到長久以來建立起的合作關係卻比不過一棵水草區區十元的折價。

『最近景氣不好……生意越來越難做嘛！』

老闆打著哈哈，他心虛的聲音在店裡潮濕而帶著魚腥味的空氣中飄盪，我看見把這些話聽在耳裡的老爸，鐵青臉上有青筋在跳動著。

帶著被背叛的感覺離開了第一家店，我們繼續前往其他店家那兒。結果整體的情況都大同小異。

我們的版圖已經悄悄被別人侵佔，那些『阿達仔』種的水草好像兵馬俑一樣雄據在水箱裡對我們示威！

老爸壓下脾氣，好言好語地和每個老闆溝通。

雖然大家都一致推崇老爸種的水草品質比較好、也比較漂亮。但為了成本和利潤著想，他們也只好選擇『阿達仔』那邊的水草。這是生意人不得已的考量。

『李老師……你要不要也考慮一下降價，你降我就挺你！』

一個老婆大了肚子的年輕老闆反過來遊說老爸，但卻被老爸義正辭嚴地回絕了。

想當初這個年輕老闆開店時老爸還義務性地擔任過他的顧問，提供過不少免費的技術諮詢……沒想到現在店開成了，他似乎也忘記當初老爸對他的恩情！

『只會用削價競爭來爭取生意的人是最不入流的！』

聽著老闆事事以生意難做為理由搪塞老爸，我心中想著老爸從以前就一直灌輸給我的觀念。

他一直認為提高品質才是一個好生產者該做的事！利潤是你做了努力提昇產品品質之後應得的回饋！……這樣的老爸是對降價求售向來是不屑一顧的！

折騰了半天，今天拜訪的四家水族館都沒有給予我們正面的回應。他們還是想先賣賣便宜的水草試試看。

在回家路上，副駕駛座上的老爸始終不發一語。

其實我擔心，這四家店或許只是個開端，現在應該有更多商家保持著觀望的態度，而之後會不會引發更多退單的骨牌效應才是真正嚴重的問題。

本來，我想趁機詢問老爸到底「阿達仔」是誰？

但我只瞄了一眼老爸憤怒中帶著沮喪的神情！我想，這時的我還是先乖乖閉嘴會比較好。

（原來水草市場也是如此血淋淋的廝殺戰場啊！）我心想。

我本來一直以為這是一個十分單純的環境呢！

雨斜斜地打下來，開著暖氣的車，安靜滑過兩旁都是稻田的公路。我幻想，如果從遠處看，這時的我們應該就像一葉漂浮在稻浪裡的小船那樣，孤伶伶地面對四周的淒風苦雨吧。

在無言之間，我想起剛回南投時，老爸曾指者老家旁那一片稻田，對我所說的話。

『你知道一塊和我們溫室差不多大小的稻田，一年收成的稻子可以賣多少錢嗎？』

『多少？』那時的我對農作物價格根本完全沒概念。

『大概……十幾萬吧！』

『你指的是一年的所得嗎……這塊地？』老爸口中的數字讓我驚訝地說不出話來！

就算再怎麼不食人間煙火，我也知道十幾萬這個數字對一個終年農忙，辛苦插秧、除草、施肥、灌溉的農人而言，實在是一個低到太離譜的數字！

從小，隔壁阿伯頂著烈日在田裡揮汗耕種的樣子早已清晰變成我腦海裡的印記！我從沒想過，他們那麼辛勤地耕作，所能換來的收入竟是那樣的少！

『再按照過去的方法來種田，我們的農民永遠賺不到錢，然後還要被政府當傻瓜對待！農民要翻身……要靠知識、專業來升級，這樣才找得回尊敬和熱情！』

在我瞠目結舌的反應中，老爸回身看著他親手蓋起的那幾間溫室。

『以後，不是有地的人就能當農夫！』他的話語語重心長。

『農業不能再看天吃飯了，現在有沒有KNOW HOW更重要！……誰說種田不是一門產業？……我種水草種了十幾年，還在每天想著能用什麼其他更好的方式種出更漂亮的水草，這是一條不歸路啊！』

就算我對種水草沒那麼投入，但看著頭髮斑白的老爸眼中充滿了他對於自己事業的執著，我仍是感到相當佩服！

一個男人有多少個十五二十年，能全心全意執著在一個夢想上呢？

那些靜靜躺在溫室裡的一草一木和他斑白的髮絲一樣，代表的都是寶貴的青春啊！

什麼時候，我印象中魁梧高大的老爸，竟已難掩身上的佝僂。

在他臉上，時間竟已不知不覺為他增添了細紋與風霜的足跡！

身為他的兒子，我明瞭他為那些看似脆弱實則十分強韌的水草付出了多少心血！

小時候，當老爸才剛回南投時……我記得他是每週末自己開車載著整車水草，從南投北上到台北街頭四處繞，一家一家水族館地推銷自己種的產品！

在那個人們不注重生態，魚缸多半像沙漠、充斥塑膠水草的年代裡，老爸的行徑著實像個笨蛋，卻是個不折不扣的先行者！

而這個先行者憑藉他的傻勁與熱情，逐漸說服　些水族玩家開始接受『養魚一定得先養草，建立起一個完整生態圈』這樣的觀念！

他的夢，建構在盛夏超過四十度、蚊蚋會把你叮的滿身紅豆冰的溫室裡！

他的理想，建構在冬天必須把手浸在冰寒刺骨的水中工作，直到皮膚裂傷的生活上頭！

他無時無刻都把那些植物當作自己生命一樣看待！

我甚至覺得，老爸對於水草的付出，可能比對自己老婆兒女付出的還要多！

我在成長的過程中，曾經多次埋怨老爸為了種水草而造成的南北分離，但現在長大以後，我才體認到老爸走的是一條孤獨而驕傲的道路！

一輩子專心只做一件事就跟一輩子專心只愛一個人一樣，都是相當不容易達到的境界！

而我想老爸他是犧牲了許多物質和家庭生活上的享受，才一磚一瓦地建構起他自己的水草世界！

如今，當有些商人只把老爸的水草純粹當作商品看待，忘了他隱藏在水草當中的理念，我能感受到老爸的傷心、失望與憤怒！

或許，在資本社會裡面講求的永遠是供需、價格、成本、利潤！

但在那些冰冷的數字之外……是不是還有更多比錢更重要的……像是『心意』這一類的東西，在錙銖必較之間，被無情地抹煞、忽略掉了呢？

車子持續在前進！

當我不經意轉頭，我眼裡的老爸，用他的側臉以後方綿延的稻田為背景，畫成了一幅哀愁的素描。

我不知該怎麼安慰眼前這個向來固執、強悍，現在卻沈默無語的老人。

或許『安慰』這個字眼用在老爸身上，太失禮了！

但真的，看見這樣的老爸，我有點心痛……雖然我常對他霸道的那一面感到不認同。

靜靜地開著車，我不知道橫亙在我們前方的，會不會是一個步步近逼的寒冬？

我也隱隱覺得，可能還會有什麼事，會在不可預期的未來發生！

（老爸！……你不會這樣就認輸了吧！）

我在心中暗自幫老爸打著氣，同時也知道老爸絕對不可能那樣軟弱的！

不管怎麼抗拒，這世界的冬天還是會到來。

與其喪志地擔憂困境來襲，倒不如好好想，想怎麼在逆風中挺起一身的傲骨！

這是老爸一輩子以身作則一直在教我的事情！

所以……會來的，就讓它來吧！

在人生的路上，我會繼續重重地採下油門，向前暴衝！

如果冬天真的是我們必須熬過的季節，那我們也要像個男人一樣勇敢面對。

是不是呢，我親愛的，頑固又強悍的老爸？

葉子 章之三——矛盾

最危險的水域，是那種表面平靜無波，但事實上卻暗潮洶湧的深淵！

而最容易出事的人有兩種～～

一種是不太會游泳卻不夠謹慎，傻傻下水以致滅頂的笨蛋！

另一種則是對自己太有自信的泳者，自信到不知再好的水性，也敵不過外在絕對的力量，不知道自己的渺小，所以往往死在自己最有把握的地方！

VENUS發片期的日子已經夠忙的了！

葉子實在想不透，為什麼公司裡的同事還有辦法在通告滿檔的行事曆上，另外再加上一條『明爭暗鬥』這一條待辦事項呢？

或許因為大家都在自己的崗位上忙碌，同時待在辦公室裡的機會並不多，所以公司表面上還能維持一種相安無事的平和。

但看不見的東西，並不代表不存在！

據公司內部流竄出來的消息，老闆幾乎已經確定要從外重金挖來一個資深經紀人擔任特別

經紀部的LEADER，只要等時機成熟……這個空降部隊就會帶著一、二個助理一起帶槍投靠，接下VENUS所有的經紀事宜。

而葉子也聽說老闆和總監G哥心中已經屬意將剩餘一個名額留給公司同仁，而這個調過去的人是誰，大家都急於想知道答案是什麼！

據葉子觀察，公司裡活動宣傳REMY、電台宣傳華姐、電視宣傳芽芽，是爭取這個名額最積極的三個人。

REMY不止一次私底下對葉子吐露，說在這場茶壺裡的風暴中，竟能看清好多同事偽善面具下的真面目。

大家表面上都裝的很有風度，但私底下為了求表現卻什麼事都幹的出來！

REMY對葉子說，現在的她看待自己手上的工作有種矛盾的心情……既不敢表現得太好，也不敢表現的太差！

不敢表現得太好的原因是怕老闆捨不得把自己從現在的位子上調走。

表現的太差的話又怕老闆覺得自己沒有能力勝任新工作。

所以當自己怎麼樣做都不對時，被動的戰略，就是期待對手犯下錯誤！

而如果對方不犯錯，那就只好更進一步製造陷阱，迫使他犯錯！

在這方面的經驗，相較於華姐與芽芽，REMY真的是嫩了太多！

華姐是當宣傳當了十幾年的老屁股，電視、電台、活動、平面媒體她都碰過，經紀的事宜近幾年她也處理了不少……若非身為單親媽媽的華姊有小孩家累這個不利因素，不然大家都猜測華姊應該是最有機會雀屏中選的人！

而芽芽雖然年紀只大REMY一歲，但她經營人脈的能力與政治敏銳度卻比REMY強了一百倍有餘！

葉子覺得REMY最大的弱點，並不在於她的能力，而是在於她的單純和不懂人情世故上！

X唱片是REMY第一份工作。

她不像華姐和芽芽在各大國際唱片公司待過，多次在人事改組鬥爭中存活下來，對於怎麼踩著別人往上爬這件事，早有一籮筐的經驗！

連REMY自己都承認，若要她與其他兩個人比心機，那根本是幼稚園程度遇上博士班一樣毫無勝算。

有好幾次，REMY一直要等到工作上發生許多不可思議的差錯之後，才發現身邊好像有人偷偷在扯她後腿。

『我在想，為什麼最近的校園演唱特別難排？』

每次有空和REMY吃飯時，葉子都會聽見REMY一堆新的埋怨！

『我懷疑華姐利用她的關係打壓我！』

『妳有證據嗎？』葉子半信半疑。

『嗯……一個專門辦校園的大哥一直暗示我要小心，但他又不敢明說！』

REMY告訴葉子，她覺得華姐和芽芽一直在耍手段對付她！

例如之前要幫VENUS辦西門町簽唱會時，同意場地使用的公文一直辦不下來，後來REMY才知道原來對方窗口是芽芽很好的朋友。

『以前申請公文都不會那麼機車……然後什麼好時段都被別人搶走，我怎麼申請就是申請不到我們要的時間！』

『你確定不是自己動作太慢？』

『我才沒有！』

『還是妳態度太差？』

『我講話最怕得罪人了妳又不是不知道！』

『這倒是！』

雖然沒有任何證據。但REMY卻好像百分之百認定她近來的不順遂都是拜華姐和芽芽在暗地裡搞鬼所賜！

『她們怎麼會那麼惡劣啊？』

REMY氣呼呼地咒罵著，葉子從她眼神中看到一隻小白兔受傷的神情。

『雖然我很同情妳的遭遇，但就算真是她們幹的，我也覺得也沒什麼好訝異的啊！』雖然入社會的時間不比REMY長，但葉子以前學生時代打工時就已嚐過被其他老鳥欺負的經驗。

『習慣就好……我也被人整過啊！他們只是害怕我們比他們厲害而已……才要靠打壓別人的手段來確保自己的地位！』

『哼！還不只這樣咧！我發現華姐和芽芽都要賤招，常常私下買東西送給VENUS，我就親眼看到華姐送了一堆保養品給VENUS，超那個的！』

講到這裡，REMY突然想到一件事。

『對了……她們有沒有對妳怎麼樣啊？』

『還好！我又沒有那麼想去當VENUS的經紀人！』葉子想了一下說。

『他們只偶而會在排通告時找麻煩，其他倒還好！』

『連妳這麼NICE的人她們都要整啊？』REMY大感不平。

『我是覺得還好啦，對我來說，不過就是改改通告時間罷了……沒什麼大不了的！』

葉子笑笑，同時輕輕拍了REMY的肩膀。

『喂！妳聽著……人生還沒到買單的時候，誰也不知道最後的結果是怎樣！別人想怎麼搞妳妳又控制不了！所以還是努力做好份內的事吧！……不管如何，我比較喜歡看到這樣想拼的妳！』

『所以……妳覺得我有沒有希望啊？』REMY問。

『妳想聽實話還是謊話？』

『妳敢說我沒希望的話我就把妳宰了！』

和葉子的對話讓REMY原本陰霾的神情露出些許陽光，她對好朋友做了一個鬼臉。

『我可是公司裡對妳最好的人吶，好歹給我點信心嘛！』

REMY露出孩子一樣的笑容。眼中稍稍顯露的缺乏自信，也好像變得篤定了些。

下了班，回到家的時候，已經是晚上十一點多了！

原本今晚葉子是沒有通告的，CHRIS知道葉子輪空時還興高采烈地約了葉子一起吃晚飯。

沒想到，人算不如天算，下班前華姐的小孩突然發了高燒，在沒人可以支援的狀況下，葉子臨時被G哥指派，代替華姐帶VENUS去上電台的LIVE專訪。

有人說，唱片不變，就不叫唱片！

在這個環境裡也總是計畫趕不上變化！娛樂圈的習性就像人一樣彆扭善變任性，但說真的，這個圈子要是少去這些特點，好像也就失去那種令人瘋狂的魅力！

雖然葉子很想跟CHRIS吃頓晚餐，維繫一下這陣子因為太忙而冷落的感情，但葉子向來都把工作放在愛情之前，這點幾乎是全世界都知道的秘密！

所以當CHRIS知道葉子又再次因為臨時有通告而放自己鴿子時，也只能苦笑在電話那端無奈地嘆口氣而已！

進了房，葉子打開床邊那盞從峇里島一路扛回來的貝殼藝術燈，整個人往床上一趴，剛好趴在一堆洗好亂堆的衣物上。她隨意地踢掉腳上的鞋，兩條被放逐的鞋子像筊杯一樣一正一反在木地板上陳屍。

她是個愛乾淨的人，但在宣傳期這種日子裡，葉子卻容忍自己房間擁有暫時凌亂的權利！

（反正日子也過的亂七八糟，那就等一次全亂完之後再一起整理吧！）

葉子是這樣說服自己的，雖然她也知道自己其實只是懶得在忙了一天之後繼續勞動她那負荷過重的四肢罷了！

自從大學來台北念書開始，葉子就一直一個人在外面租房子住。

現在這間位於市中心精華地段的十坪小套房，儘管一個月的租金就要一萬多，但念在離公司近又有捷運的份上，她還是忍痛租下來了。

和現在租屋處的狹小吵雜相比，葉子的老家要開闊多了。

她的老家在三芝，是一個出家門轉個彎就可以看到一整片沙灘與海洋的美麗邊坡。但或許就是因為太容易看見海了，所以葉子從小對海反而沒有什麼特別的情感。海洋雖然遼闊，但她總覺得那種遼闊單調而無聊了些。她比較喜歡山，她喜歡山那種雄偉中帶著層次、雲霧繚繞中帶著神秘的氣質！

『但海平面以下也有一個很有層次、很神秘的世界啊！』愛海的CHRIS曾試圖為海洋平反，但對山就是有一份偏愛的葉子卻這樣回答。

『海再棒……也是屬於魚的世界！我是一片葉子，當然山才是我的故鄉吧！』她這樣一說，對山的偏愛就好像蜜蜂眷戀著花朵一樣理所當然！CHRIS連反駁的話都不知該怎麼說。

因為名字的關係，葉子從小就喜歡搜集各種不一樣的『葉子』！

（葉子的本名叫葉慈……「葉子」是她從小就一直跟著她的外號！）

三裂的楓葉、五裂的槭樹葉、細長的相思樹葉、邊緣有鋸齒的桑葉和桂花葉……每一種都是她鍾愛的收藏品！

她對樹葉的情感，就像那些葉子上錯綜複雜的維管束一樣，深深鑽入思路血脈之中，變成一種不能分割的存在。

在葉子書櫃上有一個大鐵盒，裡面收藏著許多已然風乾的樹葉，她會按照不同心情，在她閱讀的書本裡夾進不同的葉子！

瀏覽那些悲喜不定的愛情小說，她會在章節之間夾入一片蕭瑟的楓葉！

在論述人生的散文中徜徉，她喜歡帶上一葉如蝴蝶般迷幻的洋紫荊！

而一些簡單而引人思考的圖文書……她則喜歡寄放一截忘憂的薰衣草！

只是這陣子一忙，不管是書櫃、鐵盒還是葉子的心坎上，現都已蒙上一層薄薄的灰！那灰塵的表面用手指輕輕一劃，輕易都能留下疲憊的痕跡！顯得，有那麼一點荒蕪！

（唉～這就是我要的生活嗎？）

趴在床上的葉子又問了一次這個問題，她討厭自己最近越來越常把這個疑惑放在心中！因為每次只要背負著這個問號，她都會因為不知該如何作答而感到沮喪！

把頭埋在被單裡一段時間之後，空調慢慢將空氣裡的燠熱驅趕了出去！

葉子痛苦地蠕動自己像屍體一般的身子，掙扎著起身想到浴室裡好好洗去一身的汗水和疲倦，但她才剛剛翻身，手機也在此刻同時響起！

（誰呀？！這麼晚還來煩？！）

深怕是工作上的來電，葉子邊埋怨邊查看了一下螢幕，所幸電話是CHRIS打來的，熟悉的顯示讓葉子鬆了一口氣，她懶洋洋地按下接聽鍵。

『喂～』

『喂～』CHRIS的聲音傳來，溫柔中帶著一點試探。

『忙完了嗎？』他問。

『嗯……剛到家！』

意會到兩人可能會聊上一會兒，葉子把沒拿手機的左手蓋在額頭上輕輕按摩，沒想到CHRIS卻馬上接了一句。

『那好！我知道了，拜拜！』

『喂！喂？』

手機裡瞬間只剩不悅的嘟嘟聲，她拿著手機追問了兩聲，正要生氣，門鈴卻意外地緊接響起！

『不會吧！』

『CHRIS？』

葉子一個翻滾下床，在走往應門途中，她幾乎已經知道站在門外的那個人是誰！

從貓眼中確認了來者，葉子打開門，穿著T恤牛仔褲的CHRIS微笑佇立在黯淡光線中，感覺像什麼夢中的幻影一樣。

『你怎麼會在這裡？』葉子有些錯亂。

『來探望那個快把我甩掉的女朋友呀！』

『你神經啊？』

『是啊，太久沒見到妳，快發神經了！』

CHRIS爽朗地笑著，同時往玄關裡走來。

『喏～這個給妳！』

趁葉子不注意時，CHRIS把一個金黃發亮的紙袋拿到她面前，葉子一看到其上打印的字樣，原本慵懶的眼神立即散發出光彩。『GODIVA的巧克力！』

她迅速搶下紙袋……打開一看，裡面是一盒葉子最愛的黑巧克力～那種苦味多於甜味的黑巧克力！

『我還幫妳帶了一杯曼特寧……』

CHRIS另一隻手裡提著咖啡，就像討賞的小孩，神情中帶著一絲狡黠，葉子知道這是男友祈求擁抱的前奏。

在往常，葉子會假裝無視於CHRIS的渴望，與他玩起欲擒故縱的遊戲。但也許是咖啡的香味弭平了葉子心中的淘氣，也或許是葉子真的累了。這一次葉子直直撲向了CHRIS懷裡，反常的率直還讓CHRIS差點拿不住手中的咖啡紙袋！

『哇嗚……這麼熱情呀妳！』被擁抱的CHRIS笑著說。

在CHRIS身上，有衣服剛洗好的香味與淡淡汗水融合而成的特殊氣息在流竄，葉子貪婪地呼吸著，她有一陣子沒有接觸到這種讓她心安的味道了！

回應葉子的擁抱，CHRIS也用雙手將她環抱住，葉子突然感受到一種溫熱的感覺，彷彿像細細的蠶絲，將她空虛的軀殼包裹起來，在那種感覺之中，也許就連進行什麼徹底的蛻變也被允許似的！

回想起來，最初在CHRIS展開追求時，葉子對於這段情感的反應其實相當抗拒。

經歷之前一段沒有結果的感情，就像走過一段死蔭的幽谷般，要再提起勇氣回頭朝愛情走去，其實沒有想像中來的容易！

和曾經深愛的『他』在一起五年，葉子陪『他』從學生時代一路走進所謂成人的世界。而『他』也陪葉子走過喪父之痛的人生低潮。

可以說，『他』是一路看著葉子從女孩轉變成女人的見證者！

但隨著走的路越長，葉子卻越被兩人之間日益撲朔的關係給迷惑了！

人該怎麼讓愛一個人的感覺永遠留在心裡不會散去？
人的愛真的是恆溫的嗎？
兩個人相愛時感覺到的孤單又是什麼？

當初，向『他』提出分手的人，是葉子自己！
葉子依然記得那時矛盾的心境，明明兩人之間還有某種聯繫存在著，但葉子卻受不了那種熱戀退去之後，彼此在對方眼裡越來越渺小的感覺。
於是，被依賴與空虛同時拉扯著的葉子，才會一邊懷抱著捨不得的情緒，一邊決定與『他』分開！

五年，五年的時間足夠讓蜉游生物進行億萬回的生生滅滅。
那流逝的分分秒秒也足夠讓葉子體悟到人類情感的『無常』！甚至害怕那種『無常』！
與『他』的分手，出乎意料之外的乾脆！
兩個人告別了戀人的身分之後，就像化學實驗裡由水分解成的氫氣和氧氣般，在還原之後就不再有關連！
『他』的毫不留戀與冷漠，讓葉子難以置信，但憑著一股倔強，葉子卻硬著頭皮帶著自己從失去『他』的陰影中走出來！

在離開『他』到遇見CHRIS之間的空窗期，整整將近三年的時間，葉子一直小心翼翼不要再被愛情那種她認為遲早都會消逝的東西綑綁住！

她寧可要工作上的進展！寧可要友情的奧援！她寧可屈就於寂寞也不願再去正視自己對於『愛』的渴求。

直到，CHRIS無懼於葉子的抗拒，長驅直入地以溫柔朝她的胸口襲來！

儘管CHRIS溫柔到讓葉子覺得有些缺乏個性。但她就是無法管住自己心中對於CHRIS衍生的好感！她也無法克制自己對於孤身一人這件事的厭惡！

CHRIS像不寒不暖的九月晚風，在不知不覺中挨近了葉子的身軀，等到她驚覺自己已然允許了CHRIS的存在，愛情與習慣已經奪走葉子抉擇的權利！

她猜測自己，應該是想要和CHRIS在一起的！

雖然那種『想要』的原因為何，葉子還不是全然搞的清楚！但只要在CHRIS懷裡，葉子覺得那些什麼清不清楚的認定也暫時不重要了！

擁擠的床上，赤裸的兩具身軀彼此盤根錯節，如蛇一般交纏。

當男人進入的時候，葉子使盡全力地親吻著對方！雙腳更緊緊纏住那人的腰際！

男人現在最堅硬的部分，正挑釁著自己最柔軟的部分！

原以為早已被疲憊蝕透的身體，依舊能清楚感覺到如海浪般的熱潮從很深的地方逆襲而來！

CHRIS的動作輕而柔，但他一前一後所帶來的律動，就像聲音在經過不同介質以後產生了加乘效果，在葉子軀體裡不斷放大，不斷放大……直至震耳欲聾！

葉子緊閉起眼，在歡愉的波峰中浮沈。在感覺身體像吞進一整片烏雲徹底濕潤的同時，同時感覺自己的嘴唇乾渴如撒哈拉沙漠。……而CHRIS近在咫尺的喘息，就是綠洲裡的焚風。

是啊……焚風……既火熱又猛烈的焚風！

葉子迷濛的眼睛彷彿看到風的軌跡，那狂野的力量帶著自己的肉體像風箏一樣拖曳得全身顫抖。

（你喜歡現在的自己嗎？）

那風帶來的疑惑在葉子意識裡發聲！它捨棄了迂迴，直接朝喘息的葉子吹拂而來，步伐既唐突又毫不留情。葉子想躲進CHRIS懷裡卻不可得。

（妳有沒有被什麼綁住？）葉子被逼到某個角落，周圍的世界也開始產生質變……內心底層有些回憶蠢蠢欲動想要破繭而出。

在恍惚間，她想起小時候有一次在老家窗外，小葉子遠遠發現有一只斷了線的風箏困在路旁的大榕樹頂端！當海邊呼嘯的風一吹，它殘破尾翼發出趴搭趴搭的聲響，就好像在哭泣一樣！

她曾試著用手去搖動大樹，看能不能幫助風箏逃離樹枝的牽絆！只是當時還是個小女孩的她力氣太小，敵不過風箏被施予的禁錮……搖晃了半天，徒勞無功，風箏依舊沙沙地哭著，小葉子只能做一個無助的旁觀者，絲毫改變不了現況。

而如今，葉子的耳邊有焚風吹拂。她好像又聽見風箏趴搭趴搭的聲音。

『你能飛了嗎？』小葉子問著她的風箏朋友，這一次樹梢的風勢好像強的足以解放任何不自由。

然而，她的問題卻換回一陣靜默，風箏沒有說話，那根纏繞在樹枝上的繩雖然細到難以目視，卻強韌的超乎想像！

葉子伸出手，想再觸碰那久違的回憶，卻不小心觸碰到男人微微發汗的背脊……她感覺的到CHRIS，活生生的，不像幻境裡那陣焚風一樣虛無。

『帶我走！……快！把我帶走！……任何地方都好！』

風箏好像正在吶喊，這是葉子第一次聽見它的吶喊，只是它的聲音怎麼跟葉子的聽來如此相像！

聽著詭異的吶喊，葉子猛然驚覺。

原來長久以來，那只風箏，就是葉子自己嗎？

再次回想那受困的尾翼，葉子心中浮現恐慌……在那瞬間，葉子好想奮然脫離自己的肉身，從超然的角度，仔細內外上下檢查一下身體，看看是否有條看不見的線，一直拴束在自己以為自由的靈魂上！

而這些日子以來的疲憊，也許就是因為她的心跳裡，一直藏有揮之不去的回音……

趴搭趴搭、趴搭趴搭、趴搭趴搭！！

（停！快停！……）

葉子死命搖頭，她很想把趴伏在自己身上的CHRIS推開，但好多好多綁著她的線讓她全身酸軟找不到力氣。

她用她漂浮在波濤頂端的思緒混亂地思考……

是風箏一直被樹給困住？……還是風箏根本就害怕與樹枝分開……？

最重要的是……風箏在獲得自由之後，又該飛去哪裡？
這些問號……與風無關，跟樹也無關！
如果風箏自身是矛盾的，那麼它想去的目的地也會是個矛盾的困境！

『啊～』
一個含糊不清的呻吟從葉子喉嚨深處響起，男人用盡全身的力量做最後衝刺！
當葉子的身體被快感拉成一把滿弦的弓，在激烈的抽搐裡，她又因為反作用力跌到更深的地方去！
她的腦袋一片混亂……在墜落的時候，所有的感覺，慢慢地已經感覺不到！
所有風啊、浪啊以及生命中荒謬的一切全都像丟到洗衣機裡的髒衣服一樣，被朦朧的意識攪拌在一起，浮現出黑色的泡泡！
或許，等著地的時候，那些髒污會稍稍脫水洗淨了一些！
也或許，葉子疲憊的感覺還是會在思緒上頭留下糟糕的印記！
但……這種類似死去的墜落感覺真好！
醒來以後，焚風會再來挑撥她不滿的慾求嗎？
這一點，葉子沒有任何把握！也沒有任何期待！她只想靜靜地休息而已！

結束之後，葉子立即陷入深不可測的睡眠裡。
這是CHRIS和葉子交往以來最激烈的一次性愛……葉子在高潮來臨之前的反應特別激烈，連結束後的沈睡也來得那麼絕對！

CHRIS覺得葉子根本就像突然間被什麼東西擄走了一樣……留下他一個人清醒守候在睡眠的對岸，撫平床褥上遺留下來的狼籍痕跡。

他看著熟睡的葉子偶而會蹙起雙眉，像正被什麼惱人的事物困擾著。

他知道葉子一直是個習慣把心事留給自己的女孩。她一直要求著自己必須堅強而不需要倚靠！

但CHRIS很清楚……堅強和脆弱，其實只是一體的兩面而已……

越往堅強的地方深鑽進去，絕對會有脆弱的東西像鮮血一樣湧現出來！

人類的情感有種自然運作的防衛系統，會在最需要保護的地方設下重兵防守！

而這就是CHRIS最疼惜葉子的地方，一個勉強著自己的女人總是讓男人特別想要保護！

他愛撫著葉子被汗水濡濕的長髮，同時在她暈紅的臉頰上輕輕一吻。

她是為了什麼事在煩惱呢？

是工作不順利嗎？……還是對這空虛的人生感到無力？

深深愛著葉子，CHRIS最大的痛苦就是無法分擔葉子的痛苦！但那不是他不想，而是葉子抗拒著讓他這麼做！

所以，眼前CHRIS唯一能做的事，就只能安靜凝視這個沈睡的女人！他會很安靜、很低調地守護著她。

（一直陪她到天亮吧！）

CHRIS默想著，溫熱的身軀，又更靠近了葉子一些……

第二天早晨，葉子床頭鬧鐘依舊在早上十一點響起。

蹣跚睜開眼的葉子一時想不起昨晚是如何墜入夢鄉，她更不會知道眼前的鬧鐘是今早CHRIS離開前貼心幫葉子設定的！

唱片公司的上班時間比一般公司晚很多，當然，不用早起的代價就是下班時間的延後！而這種生活型態也造就了唱片人夜行性動物不愛陽光愛月光的習性！

一醒來，葉子發現自己全身赤裸……只有一件薄毯忠實地捍衛著自己。

歷經昨晚激昂的性愛與睡眠，她有一種從死亡甦生的錯覺！CHRIS填滿自己的感覺仍殘存在身體深處，她幾乎可以在每一吋肌膚上嗅到滿足的氣息。

站起身，葉子大大伸了一個懶腰。

她捨不得身上那種屬於幸福的氣味，卻無意長久沈緬！該面對的生活還是得面對，她毅然走往浴室淋浴，將一切屬於昨夜的東西洗去！

因為上班時間的關係，CHRIS在八點前就已離開。洗完澡用毛巾將一頭濕髮包挽起來的葉子，在小茶几上發現CHRIS留下的早餐和字條！

字條上，寫滿含蓄的愛意！

這個男人就是這樣，明明在一起已經不算短的時間，但他在訴說愛意時還是免不了帶著一些客套，葉子有時覺得自己像是CHRIS愛情裡的嘉賓而不是伙伴！

葉子一直感覺CHRIS的字和他的人搭不起來，他的人很溫柔，但字的下筆卻寫的很重，線條也很剛硬！

或許CHRIS能夠打動葉子的正是這種隱藏起來的男子氣概，看起來有點軟弱，卻又讓人感到被尊重……雖然有時優優柔柔的也會惹人不耐，但至少葉子覺得CHRIS的保護沈默而實在！

很多強悍的男人愛對女人說『讓我來保護妳』這樣的話，但往往這樣的話說了越多，實際上給女人帶來的卻都是災難！

與其愛上那種大放厥詞又自私自利的大男人，葉子覺得能放手給女人空間的CHRIS更迷人！

無論如何，世間的事情總是有一好沒二好。

沒有兩個人彼此之間的契合度能做到處處完美的！……我們連左臉和右臉都長的不一樣了，所以愛情有時是只是一種「喜愛／容忍」兩者間比例上的選擇！

看著CHRIS的留言，葉子盎然笑了起來。也許CHRIS為自己買的早餐早已冰涼！但她覺得男人留在這份餐點上的溫度卻已足夠溫暖！

整裝出門，葉子察看了一下行事曆。

今天的工作還算輕鬆，中午葉子只要和某報的記者一起吃頓午飯維繫一下感情就好。

對平面宣傳而言，記者可說是令人又愛又恨的朋友！

尤其在現今這種八卦、爆料文化橫行的媒體生態中，怎麼樣和記者打交道，其實是一門很大的學問！

剛接下平面這個工作時，G哥就曾告誡葉子，別把記者當作真正的朋友！雖然秉持良心寫稿的媒體人還是大有人在，但自從香港狗仔文化入侵台灣之後，為了高額獨家獎金而泯滅人性亂寫稿子的記者也越來越多！

葉子本身對那種愛把『新聞自由』掛在嘴邊，卻總把自己快樂建築在別人痛苦上的爛記者十分鄙視！

尤其在以往媒體還不是那麼開放的年代，葉子聽說許多跑唱片線的記者還會拿自己報紙的版面來當作勒索唱片公司的武器！

過節過生日拚命收禮物還是小事！收錢寫稿子的事更是層出不窮！甚至還有記者要脅唱片公司給予寫歌詞的機會，不然就會發出對歌手不利的新聞這樣的事件發生！（唱片公司用好處來「誘使」記者發新聞的心態也是推波助瀾的幫凶）

所幸自從網路盛行以來，激烈的競爭讓平面報紙的影響力急轉直下，相對的也讓那些囂張的害群之馬收斂不少！但少了要「暗盤」的敗類，現在多的卻是愛扒糞探人隱私的嗜血野獸！

就算有人說那些狗仔也是為了生活，事實上爆料文化也的確讓許多社交名流影視明星在幹醜事時多了一分顧忌！……但葉子怎麼樣也無法認同那種犧牲別人成就自己的生存之道！

現在面對與記者餐敘這一類的事情，葉子不斷地跟自己說那就是一份工作，是一種為了發稿順利而存在的必要之惡！

反正在這方面，X唱片並不吝嗇，公司把和記者交流的公關開銷都算在宣傳成本裡，葉子還得以用公費出入一些她根本去不起的高級餐廳。

而且和記者接觸多了，自然會找到跟自己頻率比較接近的媒體人，像今天中午一起吃飯的女記者，就和葉子頗聊得來。然而就算再怎麼氣味相投，葉子也不敢完全和對方交心，因為那是一種因為「利益交換」而衍生的悲哀友誼！

好不容易和記者吃完飯返回公司，葉子坐在計程車裡構思著下一波VENUS發稿的新聞內容。參加歌唱比賽的心路歷程、私房美食推薦、最愛貼身小物、甚至連VENUS養的寵物都報導過了！G哥要求葉子VENUS一個禮拜至少要有一條新聞曝光，但有新聞價值的題材又在哪裡？

（乾脆幫VENUS搞個緋聞好了）

葉子心中一度浮現這種捉狎的想法，反正這些明星誰愛誰、誰搞誰、誰偷腥、誰婚變、誰出櫃的八卦，永遠是媒體最有興趣的消息。

只要一則緋聞，VENUS至少可以連上好幾天影劇版頭條！但用那樣的方式搶版面似乎也太自甘墮落了一點！

一出電梯，葉子帶著自暴自棄的心情走進公司。和往常不同，敏感的她立即發現辦公室裡似乎漂浮著某種詭譎的氣氛！

明明是上班時間，但企宣部裡竟然一個人也沒有！

當葉子從門廳走向座位，她看見幾個財務部的同事對著自己竊竊私語。

（發生了什麼事了嗎？）

葉子走到辦公桌前把包包放下，心中對於那些異樣的眼光頗為在意。

她往G哥辦公室走去，發現他的房間也是空的！

『別找了！他們都在大會議室開會！G哥要妳回來也趕快進去！』

眼看葉子東張西望不明所以的模樣，業務部的陳姐摒了過來，她是公司裡很照顧葉子的一個大姊，向來都把葉子當作自己妹妹一般看待！

『恭喜妳啊……葉子！』

陳姐的耳語雖低微，但聲音卻有掩不住的興奮。

『恭喜什麼？』

『啊？……妳還不知道？』

陳姐對一頭霧水的葉子說：『恭喜妳要變成VENUS的經紀人啦！』

『什麼？』葉子差點叫了出來！

陳姐的話像一輛錯軌的火車向自己直奔而來，一時間迷惑與錯愕同時逼近！

『別鬧了……陳姐！怎麼可能是我呢？』

『公告都貼出來了……不信妳自己去看！』

陳姐用下巴比了比公司的布告欄。

『可是……』

『唉～有什麼好可是的，我覺得老闆很有眼光啊，妳能力那麼好，沒問題的啦！』

陳姐伸出手搭在葉子肩膀上，又是讚許又是道賀！

（什麼地方搞錯了吧？）

第一時間趕到布告欄前，公告上清楚地寫著自己轉調部門的人事命令。

葉子有種遭人惡作劇的感覺，而且在那感覺之中隱藏著某種不安的氣息！

（怎麼會這樣？）

葉子再一次確認著自己的名字，那白紙上打印的文字那麼樣的絕對，絲毫不給葉子任何懷疑的空間！

（為什麼老闆要調我去特別經紀部呢？）

葉子不解地思索著，葉子記得自己在被總經理和G哥約談時曾經清楚表達自己並不想調部門的意願！

突如其來的發展，讓葉子有些慌亂。

雖然那慌亂中難免帶著一點被肯定的優越感，但葉子還是覺得眼前的情況很棘手……像是，自己該如何面對REMY這件事！

深呼吸，輕輕敲了門推開門板，一股沈悶的氣氛從會議室裡飄散而出。

『對不起，我剛和記者有約，不知道要開會。』

一進門，感受到大家突然聚集的目光，葉子只覺自己好像被千萬隻手摀住了口鼻一般，一下子覺得呼吸困難！

她低頭向G哥解釋遲到的原因，並刻意避免和其他同事有任何目光相觸！

『沒關係，是我臨時決定要開會的！妳坐！』

G哥蓄著鬍子的臉看不出任何情緒，葉子在長方桌子的尾端找了位置坐下。

在坐下之前，葉子特別留意了一下REMY，她發現隔著華姐就坐的REMY只是繃著臉面看著G哥，向來會和自己偷偷交換眼神的舉動已不復存在！

『葉子……妳知道我把妳調去特別經紀部的事嗎？』

『是……我剛剛知道了！』

『嗯！』G哥點點頭。『這會就是討論妳調走以後，在新的平面宣傳來之前，內部工作該怎麼做調整！』

『喔！』

葉子有些尷尬地回答，全身毛孔敏銳地感覺到空氣中有種針對著自己而來的妒意，微微刺擊著皮膚的末稍神經！

『對於接VENUS經紀的事，妳沒有意見吧？』

『我……』

面色凝重的葉子坐在桌子尾端和G哥遙遙相望，在考慮如何回答的同時，她避無可避地面對所有同事的目光。

她看見華姐和芽芽冷冷地望著自己，她也看見其餘同事不善的眼光！

而葉子最在乎的REMY……她的神情……則是冷的像冰……銳利的冰！

葉子為那數落著背叛的冰冷感到一陣椎心刺痛。

『我……』

葉子欲言又止，彷彿她要回答的對象不是G哥而是REMY！

她在吞吞吐吐之間想和REMY解釋些什麼，但REMY嘴角卻露出一絲不屑的冷笑，像是看透了什麼事情一樣！

被REMY的冷笑盯著！葉子先是著急，隨即心裡也有一種小小的不滿衍生。

（我又沒有做錯什麼！又不是我去要求的！）她想要用眼神向REMY抗議，但REMY連正眼都不瞧她一眼。

一種不被信任的感覺重重地刺進了葉子的心臟！

她像一條被下了重錨的船，動彈不得在思緒的浪濤裡！

隱隱間，葉子覺得有股看不見的力量，伸出一把鑰匙，倏然間伸入自己內心裡，放肆地轉啊轉的，胡亂找尋開鎖的竅門！

迎接那詭異的感覺，葉子覺得自己站立的地方好像在消失！她像被什麼東西用力排擠著，那力量迫使她一分一毫地從自己的身體裡離開！……那情形就像將小石塊投入玻璃瓶，原來瓶裡的水位就不得不逐漸上升……直到滿溢出來那樣！

（喀！）

出神之間，葉子聽見一個什麼鎖被打開的聲響！而那聲響的來源，好像來自於她腦海的隱晦之處！

雖然真正發生了什麼葉子自己也不清楚！……但可以臆測的是……

有什麼不知名的東西，被解放出來了！

『雖然我沒有什麼心理準備，但是……』

（是誰在說話？……是我嗎？）

當葉子一步步喪失自己對自己的主控權，她就像一個遭逢政變的君王，詫異地發現自己發號施令的權力已被剝奪！

她像瀕死前出竅的靈魂，清楚地從第三人稱聽見有人用自己的聲音說話，而且更糟糕的是，那聲音說出的答案和她心裡想的並不一致！

『……感謝老闆和總監肯定我的能力！我會努力的！』

她聽見「自己」這樣向G哥說，口吻充滿了自信與理所當然！連葉子都無法區分到底是誰在進行那完美的模仿！

（喂……妳在說什麼啊？）
葉子大聲地咆哮著！但現場所有人似乎都聽不見自己急切的聲音！
她拚命掙扎，像被某種狩獵者一口吞落食道的獵物，一種即將被完全吞噬的恐慌，讓她死命敲打著那個陰謀篡取自己的另一個『葉子』！
但沒有用！……她現在是處於另一個空間裡！像電視與觀眾那樣，隔著螢幕，她只能看著不斷前進的現場直播，沒有插手阻攔的餘地！
她從G哥身後玻璃上看見自己的倒影！對應著G哥滿意的神情，那個葉子竟露出故做謙虛的做作微笑！
她也看見其他同事臉上的神情！那其中當然包括REMY臉上露骨的失望與鄙視！
葉子看著，很用力的看著！
直到最後，她覺得那些看見……好像都已看不見！
（發生了什麼事？……難道……這是「我」設下的布局嗎？）
一張猙獰的臉，從意識的深層浮現，在葉子面前睥睨笑著。
那張臉和自己有著一樣的輪廓、一樣的面容，卻有著完全不同的渴求！
一看就知道那人有著表裡不一難以駕馭的野心。
和那張臉面對面，葉子只覺觸目心驚！……更頹然瞭解這並不是什麼突發的精神分裂！
（原來……我一直想轉成VENUS的經紀？）
她的身體軟軟的……在一種夾雜著屈辱與受騙的感覺之間，她覺得……那個葉子，完全設計利用了自己！

她到底是誰？
她……才是真正的葉子嗎？
葉子已經完全失去了辨別的能力！

耕一

章之四　衝突

『阿達仔』所帶來的衝擊，比想像中還要嚴重！

從第一次被退訂單開始，接下來兩個禮拜內陸陸續續又有不少水族館跟進。

我們水草場的收入一下子減少了許多。

從帳面上看，自阿達仔加入市場競爭以來，我們水草在中部的銷量已經減少了三成左右，而且情況似乎還在繼續惡化當中！

面對突如其來的轉變，我們就像冬天突然降臨，但心情卻來不及換上冬衣的旅人一樣狼狽，只覺迎面而來的風怎麼一下子就變得那樣刺骨。

不久之前的陽光，不是還挺和煦的嗎？

在這波冷鋒之中，雖然老爸依然硬挺著身子，不露任何沮喪讓人看見。但我知道他其實是很憂煩的。這一點可以從他異常的寡言中瞧出端倪。

因為擔心南投這邊的情況，原本一直在台北照顧妹妹的老媽還特地回來南投住了一陣子。

從國小老爸回老家種水草開始，老爸老媽就一直處於分居兩地的狀態~老爸在南投努力賺

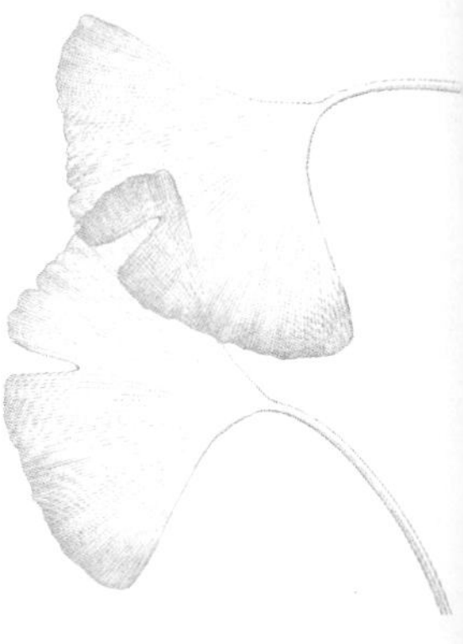

錢，老媽則留在台北照顧為了擁有較好教育環境的我和妹妹。

這麼多年下來，他們夫妻倆能相聚的時間實在少的可憐。但意外的是，老爸老媽的感情卻反而更好，這也許是聚少離多所帶來的另類收穫！

（急驚風的老爸遇到老媽的慢郎中……這種個性上的互補也是他們能一路走過來的原因吧！）

之前北部水草訂單比較多的時候，老爸一個禮拜還會回台北一趟。

然而隨著老爸逐漸把生意重心移往中南部市場之後，近年來老爸幾乎都是一、二個月才回台北一次。

要不是我現在回來南投幫忙。否則按照以前我在台北上班時的情況，要讓我與老爸見上一次面，還真不是件容易的事！

有老媽在，最高興的人其實就是我了！

一來我和老爸除了工作外，實在沒辦法好好聊上兩句。

二來我終於可以暫時不必進廚房煮飯！

因為爺爺奶奶都不在了，所以我回南投之後就必須開發烹飪的技術，平常自己下廚的老爸在我回來之後就一股腦地把掌廚的工作丟給我！

因此在南投，每天的午、晚餐幾乎都是由我負責張羅的，看著食譜學煮菜對我來講真是苦差事一件。（每天中餐必須和我們一起搭伙的國揚一定覺得更痛苦）

總之，在南投這個家裡，女主人終於暫時歸位了。

很多我這做兒子說不出口的，比如像關心之類的話語，現在都得以藉由老媽來跟老爸說。

當男人間都習慣用對戰的方式處理情感，有女性的溫柔存在，就像一部戰爭片裡出現了兒女情長的橋段，能讓肅殺的氣氛得到一份調和。

而老媽，就是那一抹難以取代的暖色系！……

訂單少了，溫室裡的工作量也跟著削減下來。

時值秋末，氣溫逐漸轉涼，水草生長的速度也不像夏天那樣迅速。但老爸依舊每天天沒亮就起床到溫室巡視！

他會細心清除水中和水草爭食肥料的絲藻！

他會一一撿去入侵到溫室裡來、把水草啃得坑坑洞洞的福壽螺和各種寄生蟲！

他會檢測溫室的水質，甚至對著那些水草喃喃自語……（簡直已經進入了神的領域）

一般來說，水草這種觀賞用的植物在越接近冬天時，會慢慢進入銷售的旺季。

尤其在過年前，可能大家會希望家裡的魚缸呈現一番不同的新氣象，因此水草的銷路也會比其他時節來的好！

為了提早為旺季做準備，每年入冬之際通常是我們最忙碌的時候！我們一方面要應付一般的訂單，一方面要多種一些存貨準備迎接逐漸增加的銷量！

但今年的情況，在經濟不景氣與阿達仔的雙重夾擊之下似乎顯得特別糟糕！

才剛剛進入十一月，我們溫室的容量就已經接近飽和。那是我和國揚每天不斷搶種再搶種累積下來的成果！

只是訂單的情況始終不見好轉，大家的心情也難免惴惴不安！溫室裡的工作氣氛也一直在烏雲密布的低檔徘徊！

『老爸還好吧？』

吃完午飯之後，老爸回樓上睡午覺，而國揚則照例到院子裡去抽菸。廚房裡只剩切水果的老媽和負責洗碗盤的我。

『我覺得他的氣色好像不太好！』我擔憂地詢問老媽。今早老爸的氣喘又發作了一次，現在他應付病發的噴霧罐是不離身地放在工作服的口袋裡。

『還不就老樣子……』老媽手中小的水果刀俐落劃動著，原本一顆完整的蘋果像花朵般盛開成一瓣瓣花瓣。

『只不過這次阿達仔的事真的讓他很生氣！你也知道你爸的脾氣！』

『這阿達仔到底是誰，為什麼可以把生意搶走那麼多？我在草屯的水族館裡看過他種的東西，說真的，品質還真的不輸老爸！』

我放下洗到一半的盤子轉頭望著老媽。

『而且好奇怪……每次我問起阿達仔的事，老爸和國揚就總是一副欲言又止的樣子！尤其是老爸，他好像把阿達仔當作天大的仇人似的……在他面前提起這個名字總沒好下場！』

『這樣啊……』

聽了我的話，老媽只是淡淡回應，我埋怨的語氣絲毫無法在她面容上成就一絲絲漣漪。

『老媽……妳是不是知道些什麼？』我對於她的鎮定感到懷疑。

『如果妳知道可不可以說一下！我實在很討厭那種只有自己在狀況外的感覺好不好！』

在我懇求的眼光裡，老媽拿了一個碗公到水龍頭下接了水，然後在水裡灑下鹽巴，最後再把切好的蘋果浸到鹽水裡。整個過程她沒說一句話，也沒與我的目光相接，好像在考驗我的耐性一樣。

『老媽？……』我忍不住又問了一次。

『唉～那是一件傷心事！』老媽先嘆了口氣，然後從碗公裡拿起一片蘋果往我嘴巴裡送來，我沒得閃，只能一口咬進，蘋果的甜摻雜些許鹹味在我嘴裡化開。

『嗯？』嘴裡有東西，我只能用喉音表達不解。

『那個阿達仔，之前跟著你爸種水草種了好幾年，聽說還是國揚的同學！』

『什麼？』我差點嗆到，忍不住咳！咳！地咳嗽了起來。

『這是真的嗎？』一些果汁岔到氣管裡去了，膩膩地好不難受，但我哪有空去擔心我的氣管！

『應該吧！』老媽輕拍我的背，臉上一副「吃東西怎麼那麼不小心」的表情。

『阿達仔從你當兵前就在這裡幫忙了，國揚還是他後來才介紹進來的！』

老媽頓了頓之後，用惋惜的口吻繼續說：

『本來你爸把他當成自己小孩一樣，教了他很多種水草的方法。只是沒想到後來他竟然跑出去……和你爸打對台！』

『所以，阿達仔背叛了老爸囉！』我問。驚訝之餘也有種恍然大悟的感覺！

（難怪他的水草種得不差……原來是老爸教出來的徒弟！）我心想。

『這我也是聽你爸抱怨我才知道的！』老媽自己也吃了一片蘋果。

『不過我知道，你爸對阿達仔是既失望又生氣……雖然他都不肯明講！』

『這也難怪吧！畢竟曾是那麼相信的人啊！』

我感嘆著，突然想起一件事。

（啊……這就是老爸一定要我回南投，然後在教種水草時又總對國揚留一手的原因嗎？）我試著排列組合腦海裡的前因後果。

小時候，當老爸剛開始種水草之初，其實我並不討厭回來這裡幫忙！是後來我漸漸長大，開始對老爸每個寒暑假都強迫我一定得回南投幫忙的做法有所不滿，那才開始反彈起來的。

有時，當別人越是規定你一定得怎樣怎樣，就算本來那是自己不排斥的事情，也會因此變得厭惡！

人都有想要掌控一切的慾望……尤其是男人！

對我來說，對於種水草這件事的興趣缺缺，說不定只是為了想逃離老爸的掌控而漸漸形成的否定！

大學畢業之後，藉由當兵，我得以暫時不去理會老爸的期待……每次放假，我幾乎都只把精力用來陪女朋友和四處閒晃，家人對那時的我來說，反而變成了次要的依靠！

而入了社會，我更是如賭氣般刻意選了搞音樂這條超級『叛逆』的道路！

那時老爸雖然也曾對我提出回南投的要求，但一心想試試自己翅膀力量的我，眼中看見的只有外面遼闊的世界！即使後來在唱片公司一路飛得跌跌撞撞，我也對那種艱辛甘之如飴！

那種不輕易妥協的倔強，一直撐到幾個月之前老爸發生一次嚴重的氣喘發作之後，我才不得不將它從心防上卸下。

看著老爸住進醫院療養了好幾天，我再怎麼不甘心，也只能接受老爸在病榻上的請求，回來做一個繼承家業的孝順兒子！

但我卻萬萬沒想到，老爸、我、甚至國揚今天之所以會陷入眼前這種進退不得的窘境中，竟然完全都是拜阿達仔所賜！

要是阿達仔沒有背叛一手栽培他的老爸，可能今天我還能留在台北做我想做的事情！可能老爸也能找到一個跟他一樣愛種水草的接班人！可能國揚今天也不會被老爸像防賊一般地提防著！

（阿達仔……你他媽的害了多少人你知不知道！）想到這裡，我心裡真是憤怒極了！雖然詳細的情況我不清楚，但我終於為眼前一切的混亂找到了罪魁禍首！

就是他，阿達仔，一切的始做俑者！

就是他的背叛帶來這一系列的連鎖反應，也讓我周遭的人必須改變他們的生活來應對這些原本不該出現的衝擊！

『你在幹嘛？洗個碗杵在那兒發呆？』看著我放著水龍頭的水不停流卻盡在那兒想自己的事，老媽忍不住輕輕推了我一下。

『幹嘛？……我在生氣啊！』我忿忿地說。

這段日子以來，為了面對回來種水草的掙扎與不情願，我已經消耗掉多少快樂！（連天天也無辜地被牽連在其中！）

而當我明白我所遭遇的並不是原本我應該承受的命運時，你應該可以想像我心中會浮現多大的怨念！

只是現在，我又能做什麼呢？拿把刀去砍阿達仔嗎？我連他長什麼樣子都不知道呢！

（不管了！我一定得找國揚問個清楚！）

就算知道憤怒無濟於事，但憤怒豈是一個蒙受不白之冤的平凡人所可以控制的！

我決定至少要把事情的來龍去脈搞清楚。就算我人在南投已然是註定的事實，但無論如何，被人從背後捅了一刀之後好歹也要搞清楚下手的人是誰！這樣我要詛咒的時候至少不會詛咒錯對象！

那天下午，我將阿達仔的事一直壓在心裡，沒有直接殺去找國揚把一切問個明白。

我像遊魂似的，雖然手上仍不停採集著鹿角苔新長的葉片，但心思卻一直圍繞在怎麼向國揚開口這件事打轉！

我覺得自己好像一個沒有任何X光片輔助的外科醫生，卻企圖在錯綜複雜的人際網絡間切除一顆牽動敏感神經的腫瘤。

人與人之間最困難的就是去掀開別人刻意想要隱瞞的傷口。

而我……甚至無法預料國揚會用什麼態度給我回應！

好不容易飄呀飄的熬到黃昏，近來身體狀況不佳的老爸首先露出疲態。

在老媽不停催促之下，還想逞強的老爸心不甘情不願地把工作交代給我和國揚，兩個老人家先聯袂進屋休息。

在爸媽離去之後，整個溫室頓時就只剩我和國揚！……而填補我們之間沈默的東西，就只剩外頭龍眼樹上麻雀吱吱喳喳的鬥嘴，和抽水馬達單調的泵水聲了。

眼看眼前是個可以發難的好時機，我暗自做了一次深呼吸，故做從容地走到國揚身旁，假裝問他身上還有沒有香菸。

『當然有！』國揚露出微笑，從工作服口袋裡拿出他愛抽的MILD SEVEN。

等到周圍的空氣浮現菸草燃燒的味道，我終於在吐出一口煙霧之後，向國揚問起阿達仔的事。

『啊……你都知道了？』

『是啊……我媽稍微跟我提了一下！』

當我把我從老媽那裡聽來的事情講給國揚聽，國揚先是一陣尷尬，然後似乎體悟這件事遲早都會被提起，於是臉色又慢慢沈靜了下來。

『你還有跟他聯絡嗎？』我問。

如果當初國揚是阿達仔介紹來老爸這兒工作的，那麼我想他們兩人之間的交情應該不錯才對。

『沒有！』國揚搖搖頭。『自從他從老闆這裡離開以後，我就沒跟他聯絡了！』「老闆」是國揚向來對老爸的稱呼。

『是喔！』我腦筋飛快轉著。

『那你知道他當初到底為什麼會離開？他要走之前有跟你商量嗎？』

『這個……怎麼講……』

『你不要誤會我的意思，國揚……』

看國揚皺起眉頭的樣子，我在他開始回答之前，特意解釋了一下。

『我沒有質疑你的意思，我只是想瞭解你和我爸、阿達仔三人之間，到底曾發生過什麼問題而已！』

『我明白！』國揚先深吸了一口菸，嘴角浮現一絲苦笑。他無奈的樣子讓我心裡有點罪惡感。

『但阿達仔要離開之前，真的沒有跟我提過他要走的事，也許他知道我一定不會認同他那樣做吧！我是事後才知道他另外找了朋友投資，自己蓋溫室、然後跑出來賣水草……』

『那朋友也是你朋友嗎？』我又問。

『不是……』

『阿達仔沒有找你一起走？』我語氣帶著懷疑。

『沒有……不然我怎麼還會在這？』

『說的也是！』

覺得自己問了個蠢問題，我癟癟嘴，趕緊抽了口菸掩飾難堪。反而國揚不以為意地繼續對我說。

『我知道以前老闆真的非常照顧阿達仔，他連一些種水草很重要的訣竅都教給阿達仔了！但就是因為這樣，我更覺得自己的同學實在很不應該！想當初，介紹我來幫老闆工作的人還是阿達仔呢！真令人難堪，叫我怎麼辦呢！』

國揚又搖頭了，我發現皺眉和搖頭是他說話時常會做的兩個動作！

『那和你沒關係啦！』我說。『你又沒做錯什麼，不必因為阿達仔而感到難做！』

『是這樣講沒錯，但我怎麼可能脫得了關係？』國揚一臉無奈。

『你這樣子跟著老爸工作，很辛苦吧？』

『嗯……還好啦！』

『你別騙我了，每天被人當作是賊一樣防著，不辛苦才怪！』

聽我這樣說，國揚緩緩將目光集中在我臉上，他深褐色的瞳仁顯得好深邃好深邃，好像心中什麼敏感的傷口被我直擊一樣。

『不會啦……』嘴巴上說不會，國揚卻嘆了一口氣。『老闆還願意讓我繼續留下來工作，我已經很感激了！』

『老實講，老爸找我回來，你心中多少會有點不舒服吧？』

『不舒服？怎麼可能？』國揚立刻否定我的說法。

『你回來是天經地義的事，你是老闆的兒子，我哪有資格去想什麼舒不舒服的事情！』

『是這樣嗎？你別跟我說你這樣夾在中間，還能工作的很愉快喔！』我盯住他的臉，同時把燒得只剩屁股的菸在地上踩熄。

『就算不愉快，又能怎樣？我真的很喜歡種水草！我也只想種水草！』國揚手上的菸也燒的差不多了。

『所以……老闆相不相信我是一回事，我自己做的能不能讓老闆相信又是一回事！……如果我的努力不能讓老闆把我當成自己人，那也只能說是我努力不夠吧！』

國揚有些激動地又掏出一根菸，點火，燃燒，吸吮！煙霧像他的情緒一樣濃稠，四周空氣跟著茫茫渺渺起來！

『有時候，信任這件事，與努不努力是沒有關係的！』我說。目的不是要反駁，我只是同情國揚的處境。

『對！但不努力……是絕對得不到別人的信任的！』他回答我。

『阿一，你能回來幫老闆忙，我真的非常高興！只是我也想用同樣的問題問你，像你這樣放下你真正想做的事情跑回南投來，你在這溫室裡的時候，快樂嗎？』

國揚用低緩的語氣對我說，深邃輪廓上的眉毛依舊糾結在一起。

『唔……』我一時語塞。

『我知道你可能覺得我好像對你懷抱著敵意，但老實說，我並沒有！我只是覺得你應該還有更適合你的地方待著！……我這樣問也許很不禮貌……但……我真的很想問你……』

國揚說的話讓我喉嚨覺得乾渴，我吞了一口唾液，想聽他到底想問什麼！

『我想問……你的心，真的在這溫室裡嗎，阿一？』他看著我，眼神銳利地像把解剖刀。

『不知道為什麼，只要看著你，我就會聯想起困在籠中的鳥！』他說。

『知道你在寫歌之後，我曾回家GOOGLE過你的名字，也從那上面找到一些你寫的歌詞，我覺得你很厲害很有才華啊！我相信，要你不寫歌跑來種水草，應該是件很痛苦的事吧？』

『嗯……有的時候，是真的還蠻痛苦的！』我沈吟了一下，有種赤裸裸被看穿的感覺。

『不……應該說是一直都很痛苦！』我老實承認我的處境。

『是啊，一個人的不快樂，其實很容易就會被看穿的，就像你也看穿了我的不快樂一樣！』

『因為你感覺總是很鬱卒嘛，老喜歡皺著眉頭！』我半開玩笑地對國揚說。

『是嗎？』

『是吧！』我說。

『我覺得你也沒有好到哪裡去！』

國揚應著我不幽默的幽默露出一抹苦笑。他拍拍我的肩膀，然後轉頭透過溫室望著遠處已開了燈的老家。

『所以……辛苦的人，不只有我吧！你很辛苦、老闆也很辛苦……尤其是老闆，我覺得，要不相信一個人，其實並沒有想像中那麼輕鬆！那和要相信一個人是一樣辛苦的！』他頗有感觸地說。

『害我們大家都那麼辛苦的人，就是阿達仔……那個混蛋！』

『也許吧！但也許不見得所有的責任都在他身上！他或許也有他辛苦的地方！』國揚的神情不像我那麼激動。

『與其怪別人，倒不如想想我們該怎麼解決眼前的問題，好像比較實際一點！』

（那是因為他是你同學你才這樣想吧！阿達仔辛不辛苦，干我屁事！他最好給我再辛苦一點！那個忘恩負義的傢伙！……敢這樣破壞別人的生活搶別人的生意！）

國揚的話語並沒有減少我對阿達仔的憎惡，反而讓我更加忿忿不平。

但憤慨之餘，他剛剛一連串針對我而來的問題，這時卻開始在我心中發酵，漸漸蕩漾開來！

（你快樂嗎？）

國揚的疑問句突然變的很討人厭，原本在談論阿達仔時我腦袋裡只有憤怒，但現在連煩躁也像被吵醒的惡犬般在我耳邊狂吠起來。

『好吧！你先忙！你的不被信任跟我的不自由，是都應該好好想想，找個辦法解決才對！』

本來我還想多問一些關於阿達仔的事！但當自己不快樂的秘密被國揚看穿時，阿達仔這個名字所代表的一切卻突然變的索然無味起來！

在那之後，我和國揚在溫室裡沒有再進行任何談話。

我回到種滿鹿角苔的培養床前，冥想再冥想，冥想到自己也變成一棵不會移動不會說話的植物似的！

空氣間有水草散發的青草味道漂浮著，我眼睛盯著培養床上流動的水紋，腦中回顧的卻是過去這一陣時間以來因為回來南投而改變的生活！

想起這段不能如己所願的日子，那種感覺很無力，也很厭煩！

因為感嘆這件事情我在過去半年之中已經重複做過太多次了！

不用國揚特意提醒，我知道我的不快樂從回來的第一天就已在這溫室裡生根蔓延！

它是我心中一棵礙眼至極的雜草，掠奪掉大部分的陽光和養分，使我的心越來越陷入陰鬱，直往枯萎的狀態沈淪！

但我根本不知道該怎麼將它拔除，這是最大的問題！

（煩死了、煩死了！）我的身體因為心煩意亂而開始冒汗！

當一個無解的問題重複又重複地演算到令人作嘔的地步，我身邊所有的風水草木都開始變成遷怒的對象！

我只覺得多待在這長滿水草的地方一秒，我的心似乎也會長起滑膩膩的青苔似的，變成噁心巴拉的東西！

為了擊退排山倒海而來的躁鬱，我不動聲色地放下手邊工作，在國揚沒有察覺的情況下一個人離開溫室。

路。

我在門廊下換掉身上穿的雨鞋，穿過院子，走出大門，步上家門外那條兩線道的鄉間小路。

我朝著夕陽走去，因為是臨時決定的出走，所以我的步伐根本沒有一個預設的去向。我只想出來透透氣，看能不能在四周稻穗形成的海洋裡找回一點沈靜的思緒！

但，看著自己的影子被夕陽拉的好長，心情低落的我只覺得自己非常孤單！

就像老家孤伶伶地佇立在一整片稻田之間一樣，放眼望去，別說是其他建築物，就連鄉間常見的竹林樹木，在方圓百里之內也好像犯了什麼罪一樣被徹底消滅殆盡不見蹤跡！

反正，我的周遭除了稻田之外，還是稻田！

那種強迫我只能接受這種景象的感覺，把我心中的沈悶，堆疊得更加寬廣！

在行進間，我仰頭凝視遠方，遠邊晚霞中有淡紅色的日頭藏頭匿尾地躲藏在雲彩之間，那柔軟的顏色讓我不禁想起天天的嘴唇。

說真的，這個時候我好想她！

不管是她的頭髮、她的鎖骨、她小巧精緻的乳房或肌膚上的細紋……只要是天天擁有的東西，我都像著了火一般的想念它們。

然而再怎麼想念，畢竟也只能是想念而已！

我依舊是孤獨一人的決定性悲哀這樣提醒我，……天天此刻就是不在我的身邊！

我搖了搖頭，把嚴重的失落感擺在一邊。我突然很同情自己的孤獨。但除了同情之外我好像也不能做什麼！

這就是我的處境，不去想我快不快樂的時候，我還有機會快樂！一旦去開始去面對自己的不快樂時，我就只能舉雙手投降！

那天晚上，我一直在外頭晃到天色完全暗了之後才甘願回家！

在回去的路上，我經過一座農路旁的小土地公廟。

這不知有多久歷史的小廟聽說在當年八七水災時曾奇蹟式地躲過大水侵襲，從那之後，這廟裡屹立不搖的福德正神就變成老家這一帶的信仰中心，聽說保鄉庇里相當的靈驗！

走近點著線香的神龕，我借用小廟裡結善緣的香火，點起一縷青煙，把我從回南投以後所面臨的許多困擾跟土地爺爺說，雖然慈祥的祂一直保持緘默！

也許知曉世間太多疾苦的祂，覺得我的埋怨只是一種撒嬌！

祂只能還我短暫的陪伴與靜靜的聆聽！……而我也知道，在生命裡遇見的苦與痛，我是沒有資格要求別人來替我承擔的！

所以，我只能在黯淡的天光裡，藉由祝禱向神明祈求賜與我破除煩惱的智慧、賜與我多點幸運！

再得寸進尺一點的話，我還期望祂給予阿達仔一點點懲罰！

那種情形就好像小學生在跟老師打壞同學的小報告一樣，我們總希望有權力影響眾生命運的神明能夠稍稍偏袒自己一些！……最起碼最起碼，千萬不要站在與自己敵對的人那邊！

雖然我知道自己從來就沒有很虔誠的信仰！但信仰在我們這些自私的凡夫俗子心中，本來就是一種期望不必付出，卻又想得到庇蔭的任性！

不管平時的我有沒有付出相對的尊敬，但我在迷惑的時候？就一定得聆聽我的痛苦，解救我的困境！

誰叫祢是神呢？

看著神龕上土地爺爺一如往常、不與蒼蒼眾生計較的笑容，我突然覺得慚愧而羞赧！……寬容的祂依舊施捨了一些慰藉給我，儘管我是如此頑愚與不負責任！

回到家，爸媽早已吃過飯，坐在客廳裡邊吃水果邊收看電視裡荒謬的新聞。

老爸因為我沒講一聲就跑出去而發了一頓脾氣！而我則避之唯恐不及地躲進餐廳裡，默默把飯吃完，不為自己失蹤的這一段時間多做解釋。

囫圇吞棗填飽肚子，我連到客廳裡坐一下的心情都沒有，直接上樓撥了手機給天天。電話那一端的她才剛下班到家，接到我的電話，她顯得十分開心！

挨著電話，我刻意選擇沈默，安靜聽天天說著今天工作上發生的瑣事，聽她轉述一些辦公室裡的無聊八卦！

我聽著她羚羊般跳躍的聲音，雖然都是一些平凡至極的內容，但從中窺視她的生活，卻讓我的心有種一磚一瓦重建起來的感覺！

因為那些沒營養的對話就像任意門一樣，讓我有種自己就在她身邊的錯覺！

那種錯覺讓我有種想哭的衝動。突然間，一種極度渴望她的心情急速地從我心底浮起！我感到胸口一陣疼痛，我覺得自己抱不到她的雙手好空虛！

就在那個瞬間，我的心裡立即做出一個決定～～**我想要馬上就見到天天！**

我顧不得今天才禮拜四，後天才是週末，一旦我的心起了想要逃離這裡的念頭，一份想要北上的渴望就脫了韁似地難以駕馭！

我告訴天天，要她給我一些時間，我今晚想給她一個驚喜！

我在她狐疑的態度中掛上電話，即知即行地將幾件換洗衣物塞進背包裡，一邊思索著該用什麼理由來向老爸請假！

我本想直接對老爸說我心情不好，明天不想上班。

但我太清楚那樣開門見山會帶來什麼後果，所以我還是胡亂掰了一個唱片公司要我去台北開會的理由來搪塞！

對於我突如其來的告假，本來情緒就不太好的老爸更加生氣。

『開會？開什麼會？再寫還不就是一些沒水準的流行歌！』

被老爸的話一激，我的情緒也上來了。

『是！我寫的歌是很沒水準沒錯，但總比在這邊一直蒔種水草好吧！……反正最近生意那麼差！』

『你說什麼！』

我的回嘴讓老爸幾乎要從沙發上跳起來，幸好此時老媽趕快站出來滅火。

『你們兩個是怎樣……』老媽擋在我和老爸中間，先白了我一眼，然後把老爸按回沙發上坐著，最後轉頭對我說。

『如果有事要忙的話就趕快去吧！』

『喔！』

有了老媽掩護，我逮到機會頭也不回地拎了包包閃人。但老爸爆怒的聲音還是不甘心地像炸彈在我身後引爆。

『妳就什麼都依他！……他說回台北就回台北……有把他老子放在眼裡嗎？』

我在老爸的餘音中逃出大門，感覺原本已經夠沮喪的心情又被流彈波及。

我咬著牙，跳上我那台用很便宜價錢跟朋友買的二手車，在黑夜裡像被什麼東西從後追趕著一樣急速將車子駛離車庫！

我沒有哭，但等我有餘力抹去眼眶旁的濕潤，老家的燈火，已在後照鏡裡變成一顆漸行漸遠的星星！而我，只是沒了命地催加油門，一路往有亮光的地方駛去！

抵達台北時，夜已經越過中點，朝全新的一天邁進。

當我帶著一身疲憊出現在天天家門口。她雖然沒有興奮得跳起來，但我卻可以從她提高的語調裡感受到她的開心！

『這就是你所說的驚喜？！啊……真令人失望！』

她故做不以為然地迎接我的到來，引得我用一陣狂親當作對她的懲罰！

她笑著從我身旁逃開，我把包包隨手一扔，和她玩起追逐戰來。

天天的套房也不過就幾坪大，無路可逃的她，沒三兩下工夫，就落入了我的掌控之中。

我從天天身後像老鷹抓小雞一樣抱住她，她咯咯地笑，髮絲在掠過我臉龐時捎來洗髮精檸檬草的香味。

我感覺到她的體溫。突然間眼眶又再度發熱，那是一個迷路的孩子回到家之後的壓力釋放！因為心安了，所以所受的委屈也一下子就爆發出來！

從老家來到天天家，本來應該是逃家，卻反而更像回家！

在天天的地盤，我可以不必再是一個假裝堅強的人，因為在這裡，我知道我可以得到寬闊至極的包容！

一開始，天天並沒有察覺到我的異樣，仍像隻蟲一樣在我懷裡不肯安分！

但當我緊緊將臉頰靠在她的背脊上時，她好像從擁抱力度的改變上察覺到我受了傷！

『阿一？』

可能是我抱她的力量太強，她停止了身體的蠕動，我聽見她輕喚著我的名，但我卻像石頭一樣沈默無語。

『怎麼了？』她想轉過身子來面對我，卻被我雙手的包圍拒絕。在讓天天見到我的狼狽之前，我想先讓我的身體恣意填補一下對她的想念！

『讓我抱一下……一下就好！』

我在她耳邊輕輕請求，而她像大海一樣接受了我的匯流！

不問任何一句話，她就那樣毫不吝嗇地讓我依靠著她！

能抱著天天……真好！

我心裡這樣想著，既感激又滿足。我發現每當自己對於生活的一切感到無能為力時，我都只能靠著天天的擁抱來求取救贖！

相對於牆上的時鐘滴答轉動，在我告解我的寂寞時，我和天天好像變成一座被時間遺忘的雕塑，直到我終於捨得將她放開，我只覺得我好像虛脫了一樣失去了所有力氣！

那一晚，我們沒有做愛！

其實我很想要她的，但很奇怪，我們卻只赤裸著擁抱入睡而已！

她沒有問我為什麼今晚突然跑上來找她，也沒有問我明天的工作怎麼辦。

她知道既然我們都已經擁抱在一起了，那些事問了也不會改變任何現況！

於是，我帶著被填滿的感覺入睡！像從十層樓的高度一躍而下，直接落入水面一樣潛入意識深層……原本紛亂的思緒完美地沒有濺起一絲水花！

歷經過一個沒有任何夢境，宛如黑洞一般的深沈睡眠，醒來時，天天的房間裡有著濃濃的咖啡香味！

『醒來啦？』

睜開惺忪雙眼，天天被陽光照亮的臉龐就在眼前。雖然腦袋還昏沈沈的，但我還是努力還給我心愛的人一個貼心的微笑！

『早安！』

她俯身下來在我臉頰上親了一下，做為一天的開始，我想不出有比這個更棒的獎賞了！

『早！』我邊伸懶腰邊說。

『幾點了？』

『快十點半了！』

『咦～妳不用上班嗎？』聽見她的回答，我停下揉眼睛的手！

『我假裝感冒，已經請好假了！今天我陪你！』

『真的嗎？沒關係嗎？』我難掩開心。

『沒關係啦！難得嘛！』

她笑了笑，同時捏著我的鼻子說：

『大懶豬，趕快起來刷牙洗臉囉！我做了早餐給你吃喔！』

『這麼棒！……』

天天的聲音有種說不出的魔力，讓我加速完全醒來！

我頂著滿頭亂髮挨近她身體，一把將天天摊抱入懷，同時輕輕吻著她從襯衣裡露出的潔白脖子。

『但我想先吃妳耶！』我說。

把身體緊緊貼著她起伏的曲線，她一定感覺到我們兩人的身體之間多了不該存在的東西！

『你想幹嘛？大色狼！』她嬌羞地扭動了一下身體。

『健康的男生醒來本來就會那樣……而我可正常的很！』

我說話間用嘴唇含住天天的耳垂，這個動作換來她一聲小小的呻吟！

我的性慾在疲憊退去之後大肆進佔我的身體！或許我連性愛都渴望的是在幸福狀態下獲得！我的身體會自動抗拒在昨晚那種混亂中乞討施捨般的歡愉！

我將整個頭埋進天天的襯衣裡挑逗她的乳房，看著她們興奮地迎接我輕佻的動作，而天天發熱的身體，似乎早就準備好迎接我的侵略……

因為任性的關係，我莫名其妙爭取到一大假期！

『出去走走吧！』

在床上纏綿了好一陣子，我對躺在臂彎裡的天天說。

難得一天非假日不用工作的日子拿來窩在床上是不錯，但窗外天氣那麼好，不做點其他的事好像又有點浪費！

做了決定，離開溫暖的被窩，我和天天換好衣服，跳上車子從往城市的北邊開，雖然一時間並沒有特別想去的地方，但就算只是漫無目地閒晃，能夠曬著太陽打開車窗吹吹風，那種感覺依舊相當愜意！

『去泡溫泉好不好？』在車子開上建國高架橋時，天天突然提議。

『要從事那麼老人家的活動嗎？』

『是人家知道你愛泡好嗎？真正的老人家是你吧！』

對於我的玩笑話，天天嘟著嘴反擊，不過這點她倒是沒有說錯，我一向都很喜歡泡湯，尤其是陽明山上那種臭臭的硫磺泉。我想，我會喜歡泡溫泉的起源可以回溯到很小的時候，老爸常帶我們全家上紗帽山泡湯的回憶開始！

我從小就喜歡那種全身浸泡在溫泉裡的感覺，氤氳繚繞，鼻子裡吸的到滿滿水蒸氣和硫磺的味道，我覺得那似乎是某種記憶的殘留，像在緬懷自己出世前包覆在媽媽子宮羊水裡的情景。當我原本沈重的身軀被水的浮力托起，我也彷彿回到生命最初的型態那樣……

想想，我們都是從一個受精卵不斷繁衍分裂，一個思緒一點慾望相互堆砌，直到超過一定的程度之後，我們就複雜到回不去原來的單純！

說真的，我覺得上帝很愛開人類的玩笑，因為我們對於自己生命起點那麼重要的事竟然一無所知，留不下任何回憶！

我們的記憶頂多從三歲以後才正式開始運作，所以我們永遠不知道我們是如何離開產道切斷臍帶，不知道我們在一出生的時候有多麼脆弱，不知道我們多麼容易只因為吸吮著母親的乳頭就能獲得滿足！

於是我們一輩子抱著遺忘起點的缺憾，對於我們從何而來這件事毫不追究，然後，就用這種輕率的態度在人生中飄搖，才會一再地陷入迷惑之中無法逃脫！

所以，或許我會喜歡上泡湯的原因，除了溫泉本身的美好之外，或多或少，我也是在和那個寄生在母親懷裡、連自己都不認識的自己接近吧！

從開車兜風變成泡湯之旅，一旦訂出目的地，原本沒有計畫的行程突然間就有了往返之間的區別！

由於時間尚未過午，這時泡溫泉有點嫌早。所以我決定先帶天天去淡水走走，等午後繞到金山，再從陽金公路回到陽明山找間溫泉旅館好好放鬆！

來到非假日的淡水，和天天牽著手並肩而行，連空氣的成分都好像多了一份難以形容的閒適。

雖然老街的店鋪依舊把鐵蛋、地瓜餅之類的土產整齊地排列在步道兩旁，但少了壅塞的人潮，我和天天就像是兩隻在人行道上漫步的貓，連店家老闆都沈浸在手上的報紙懶得理我們，整個世界有種隨時會舒服打起哈欠來的跡象！

我們沿著淡水河岸散步，從捷運公園一直走到渡船頭，少雲的秋天天空總是有種特別高的錯覺。

涼涼的風從海口吹來，我把我和老爸一些生活上的點滴說成笑話講給天天聽，一開始講就怎麼也說不完。真難想像昨天這個時候我還在為了阿達仔的事生氣，而現在的我卻如此心曠神怡！

在小巷裡吃完阿給和魚丸湯充當午餐，就在慢慢走回停車場時，我背包裡的手機竟不識相地響了起來！

（啊，該死！）

原本打算今天完全不跟其他人聯繫，但我竟一時疏忽忘了關機！

聽著手機鈴聲，我心裡不知為何有種不好的預感傳來。

微微躊躇，我想放任電話不管，但心卻被鈴聲的旋律緊緊鉤住，像吞下餌食的魚，被什麼人在電話的那一端拉扯一樣！

『你不接嗎？』

偏過頭，天天正疑惑地看我。我不點頭也不搖頭，期待鈴聲趕快自行斷掉……但天不如人願，僵持了幾秒，電話還在響，我投降似的伸手往袋子裡摸去。

『是我媽打來的！』

手機螢幕上顯現著老媽的號碼，我看了一眼，那熟悉的號碼竟給我一種輕微的緊張感！

『接吧！』天天說。語氣似乎在借給我勇氣。我依言將電話接起。

『喂～阿一嗎？』說話的人自然是老媽！

『嗯！』

『你有在忙嗎？』

『還好……妳說。』

『唉……』

『怎麼了？』老媽還沒開口就哽咽了起來，我不禁暗暗摒住呼吸！

『你能趕快回來嗎？……剛剛你爸對國揚發了一頓脾氣，兩個人吵了一架！』

『什麼！』我大吃一驚。『然後呢？』

『你爸把國揚趕了出去……結果氣喘也發作起來！我剛剛叫救護車送你爸來醫院急診了！』

『老爸還好吧？』我著急地問。

『情況是穩定下來了，不過醫生說最好留在醫院觀察一下比較好！』

『怎麼會這樣？』我一直維持的好心情一下子被打入谷底。

『老爸為什麼跟國揚吵架？』我偷偷瞄了天天一眼，她正盯著我看，一臉擔憂。

『唉……還不是為了最近生意不好！』老媽唉聲嘆氣地說。

『國揚好像說了一些什麼你老爸不該強迫你回來種水草之類的話，你爸一聽氣就來了，你也知道他的脾氣！』

『幹嘛啊～』我又驚又氣。『國揚發什麼神經？』

『回來再說吧！』

老媽在電話裡匆匆交代數句，希望我沒事的話能趕快回南投。

她不會開車，若老爸要住院，有些東西肯定得回家準備一下！

『我知道了！』

默然掛上電話，我回到的世界好像並不是三分鐘前的那個！

我一言不發把手機收回袋子裡，很想給天天一個若無其事的笑容，但我卻做不到！面對我整個垮了下來的臉，天天輕輕鉤住我小指頭，小聲地問發生了什麼事！我搖搖頭，把事情原委告訴她，每多說一個字她的眉頭就多沈重一分，好像天空裡有一隻天狗正在把晴朗的太陽一口一口吃掉似的！

因為這個意外，我原本計畫的假期必須就這樣嘎然而止。

在送天天回家的路上，我們幾乎沒有交談。雖然天天說她也想一起下去探望老爸，但我覺得以現在家裡的氣氛，天天還是不要牽扯進來多擔一些不必要的心比較好！

對於我的決定，天天有些失望，連帶也讓我和她之間的氣氛變得有點僵。回到木柵，我陪天天上樓，在家門前她轉過身來用力抱了我。

我感覺到她小小的身體與我緊貼著，她的呼吸在我毛衣上劃出一個溫暖的區域，好像在提醒我的胸膛有一部份是屬於她的領地一樣！

瞭解她捨不得我離開的心情，我輕輕吻了她的額頭。

我向她道歉，為了她的請假陪我，也為了我的必須離去！

她苦笑了一下，努力在陰霾裡展露一絲晴朗，然後硬生生將身體從我懷裡分離。

只這樣一個分割的過程，我的心就有點疼，那種疼痛敲擊著我的思緒，進而將思緒排列組合成為一種突如其來的念頭。

『下個月我們出國去玩吧！』我突然在她耳邊說，連我自己都有點意外。

『我想帶你去日本……在飄雪的時候，一邊泡溫泉，一邊看富士山！』

『真的嗎？』天天的神情將信將疑，讓我想起屋簷上戒慎恐懼的麻雀。

『真的！我一定會帶妳去……我好想帶妳去！』

我用發誓一般的語氣，希望天天明白我的決心。

我們總是計畫著要一起出國玩，但至今卻老因為時間不能配合而無法成行！

這一次，我有種莫名的強烈慾望，一定要讓我們一直期待的旅行成真！

或許……這突如其來想出去走走的想法，是為了彌補今天這一趟不完美的行程！

也或許……那是一種不甘心！

也許……在我內心裡，其實一直都想遠遠地離開這個家一次……遠離這個把我困住、而我始終無力反擊的牽絆！

即使是短暫的逃離，我也要努力逃跑一下！

帶著天天，帶著疲累的自己！我要到沒有人認識我們的地方，對自己進行一次放逐！……雖然我不知道那對我會有什麼實質上的幫助！

到達醫院時，老爸正躺在急診室最裡面的病床上沈沈睡著。

他臉上戴著氧氣罩，工作穿的運動衫從被子裡露出圓領部分，顯然當時老爸是在倉促之中被送來醫院的，連衣服都來不及換！

『嚇死我了……你爸的臉都漲紫了！』

看見我到來，老媽難過地向我描述事情發生的經過。我輕輕抱住老媽，從她依舊顫抖著的身體，我可以感受到當時情況的危急。

氣喘一旦發作讓整個氣管封閉起來，人就會像脖子被掐住一樣窒息，一步一步承受那種無法呼吸的恐懼！

而我想，在老爸病發的同時，驚惶的情緒一定會傳染給身旁的老媽！

面對那種恐慌，老媽還得帶著老爸從死神手裡逃出來，那還真難為她平時容易緊張的個性！

『沒事了……』

我摟著老媽只到我肩膀的身軀，細語安撫她的情緒，一邊凝望父親呼吸之間起伏的身軀！

我得說，目睹自己親人承受著病痛，那是一種好複雜的感覺！
躺在那裡睡著的是我那平時嚴厲而固執的老爸嗎？
我竟然覺得他佈滿細紋的臉好陌生，陌生到讓我既訝異又心疼！
望著身旁兩張自己至親的面容，一張憂愁，一張憔悴，我心裡的罪惡感隨著老爸氧氣罩裡傳來的粗重呼吸聲，變得越來越喧囂！

『對不起……事情發生的時候我不在！』我愧疚地對老媽說，也像在對父親懺悔！我伸出手，輕輕覆蓋在老爸沈睡了的手上。他的皮膚粗糙而溫暖，我因為感覺到他的體溫而心安許多！

『爸跟國揚到底怎麼了？』我問，問話同時老爸在睡夢中微微挪動了他的頭。

『他們怎麼開始吵起來的我不知道，等我聽到聲音趕去溫室時，他們已經吵開了。』老媽嘆了一口氣。

『我只聽見你爸對國揚吼「我怎麼對待我兒子不用你管」、「你覺得這裡不好你可以去投靠阿達仔啊」、「反正我這裡又不欠你一個人」之類的氣話！』

老媽有點無奈地幫老爸把被子拉高了一點。

『人家國揚從頭到尾都沒大聲講過一句話，一直想跟你爸溝通，但你爸卻像吃了炸藥一樣罵人，誰受得了！……結果國揚就說，如果你爸沒辦法相信他，那他也很難再做下去！而你這個老爸竟真的要國揚不用來了！他才趕走國揚沒有多久，氣喘就發作了起來！』

（國揚是為了我跟老爸吵架的嗎？）

聽完整個過程，我陷入沈思。腦中浮現國揚方正的輪廓和他皺著眉說話的樣子。（他該不是把對我說的那些話也跟老爸講了吧？！）

要是國揚真對老爸說些什麼我不該回來種小草之類的話，也難怪自尊心極強的老爸會抓狂了！

（這下要叫老爸再和國揚和平相處可難了！）

我心中浮現一種很麻煩的感覺，就像白襯衫沾到黑色油污，似乎怎麼用力搓洗也洗不乾淨的那種麻煩！

在忙亂的急診室裡，隔壁病床在我想事情的時候送進來好像是因為車禍而受傷的年輕人。那個看來不到廿歲的小伙子頭被劃破，手巾臨時拿來止血的襯衫早已斑斕一片。他不斷發出哀嚎，聲音悲慘到好像急診室裡的每個人都該對他心生惻隱。

我看著滿頭是血的他，發現他身邊有一個神色驚恐的女孩跟在一旁，當護士七手八腳處理年輕人的傷勢時，她想伸手去幫忙，卻被護士小姐攔阻下來。

『小姐請妳去旁邊等！』護士脫口而出的話讓女孩倒退了兩步，我看見她的眼中有淚水在打轉。

那女孩一定很不甘心自己的無能為力吧！……我猜！

她是不是那年輕人的愛人呢？

女孩不知所措的模樣那樣無助。我靜靜看著焦急的她，發現她牛仔褲膝蓋的破口下有一片血肉模糊的擦傷！但她似乎一點也沒有感覺到自己的疼痛！

『護士小姐，那女孩的腳好像也受傷了！』

不知哪來的衝動，我拉住一個經過的護士指指那女孩。護士小姐用奇怪的眼神望了我一眼，不過還是依言前去探視那個女孩的傷口！

在男孩的呼喊中，隔壁床原本睡著的小朋友也被吵醒哭了起來！

白晃晃的急診室裡除了藥水味之外，還有各種因為痛苦而發出的哀鳴！

但老爸一直沈睡著，我發現……好像他所處的地方是遙遠的外太空似的。

我擔憂地摸摸老爸的額頭，有點冰涼，卻還不至於稱得上異狀。

這就是老爸厲害的地方！

當他想要沈睡的時候，沒有人可以吵醒的他！

就像你想改變他的想法時，他會堅硬地讓你疼痛一樣！

他還是那麼樣的倨傲不群，可以是風是林是火是山，只要他確定了自己想去的地方，他就會頑強地捍衛自己的意向！

那我呢？……那我呢！……我思考起這這個問題。

我又是什麼？……我對自己的意向做了什麼堅持？這個問號讓我額頭突然滲出了汗來！

隔壁小朋友的哭聲過了一陣之後，從嚎啕漸漸變成啜泣！

年輕人也在止痛針的幫助下鎮定了下來！

當我把視線從膝蓋受傷的女孩身上轉回到老爸，我突然很清楚感覺到我對於眼前這個老人的羨慕與嫉妒！

可惡的老爸，你為什麼不軟弱一點？

為什麼長久以來我一直要自己不要變得像你一樣固執、一樣自我中心……但到頭來我的不快樂卻是因為我覺得自己跟你一點都不像？

那正是讓我覺得最自卑的地方！

我畢竟也是看著你的背影才一步步長大變成男人的啊！

（如果你是現在的我，你會怎麼解決所有的問題？）

我在心裡吶喊，對著父親沈睡的臉龐！

在他無語的沈默中，我突然明白老爸是我生命中無法逃避的試煉，就像他是線上遊戲最後把關的魔王似的！

或許我必須拿他賜予我的矛，親手去傷害這個賜給我一切的人。

經由對抗他的強悍，我才能成長！我才能捍衛自己的夢想！才能變得和老爸一樣睥睨昂藏！

但我真的做得到嗎？

時間靜靜流動著，對著從不妥協的老爸，我第一次覺得自己好像稍稍靠近他了一些！雖然這靠近，可能還是很遙遠，但似乎我已找到了抽絲剝繭的第一個線頭，能夠更明白，什麼才是將人生這個遊戲破關的方法！

我只是更需要一點啟動的勇氣吧！

「葉子」章之四——絕念

自從確定由葉子轉調VENUS的專屬經紀後，X唱片彷彿進入了戰後的重建期。一切塵埃落定，勝者不敢過於囂張，敗者仍要維持剩餘的尊嚴。於是各種惺惺作態的虛偽懸掛在每個人臉上，宛如博物館裡陳列的展覽品一樣五光十色。身處整件事的中心，葉子絕對是這一陣子X唱片最受矚目的人物。

雖然她依舊必須暫時負責公司其他藝人的發稿工作，但實際上葉子已然被總經理和G哥賦予一些新的任務。

VENUS個人檔案與宣傳照的重建、統合各媒體窗口名冊，還有詳讀各式各樣VENUS的經紀合約……葉子覺得自己在公司的地位突然間變得重要了起來！

掌理VENUS經紀的新主管ANDY，葉子已在G哥安排下見過面。

葉子從G哥口中得知，當初她之所以可以從眾多同事之間脫穎而出，ANDY對她處理媒體關係的讚賞是很重要的一個關鍵！

在經紀這個領域打滾許久的ANDY，與所有主流媒體之間的關係都非常好！

傷害那些最愛我們的人，

常常是我們在無意之中，最擅長的事。

說一句「我愛你」，在唇邊百轉千迴。

說一句「我恨你」，卻可以毫不猶豫地失控傷人！

親近，生慢侮，

最愛，因為牽扯最多，所以也最容易最恨…

愛本來就是一種充滿偏見的情感！

聽說他在與公司高層開會決定最後調部門人選前，早就將外界對X唱片幾個宣傳的評價都調查的一清二楚了！

第一次見到ANDY，葉子只覺這個將和自己一起工作的男人有著如狐狸般深邃的眼睛！他似乎不怕人家知道他同志的身份（事實上也沒有什麼好怕的），相反的，他似乎還頗以他的性向自豪。在他大辣辣的舉止中，葉子感到一種強烈想要掌控一切的氣勢！

和他交談，儘管只是閒聊一些工作上的展望，但一股莫名的壓力還是不知不覺向葉子襲來！那種感覺就好像有人坐在審判台上俯視著妳，在他面前，妳不知不覺就會覺得自己渺小了起來，彷彿自己身上有什麼不堪會被他挖掘出來一樣！總之，僅只一次短短的會晤，葉子就知道ANDY不是簡單的角色！

按照規畫，葉子將在十一月新部門成立後正式掛上『VENUS專屬經理人』的頭銜！而順應葉子的轉調，公司理應再應徵一個新的平面宣傳進來，但G哥似乎決定節省公司的人事成本。在人力精簡的原則下，之前沒碰過平面的REMY被G哥要求身兼兩職，除了活動的通告以外，也要負責平面發稿的工作！

對葉子而言，要面對之前同為競爭對手的同事們，是最為尷尬的一件事！

尤其是REMY！自從事件發生以後，葉子好幾天都沒能跟REMY說上一句話！

一方面是葉子手上的工作量暴增，常帶著VENUS在外面跑通告，二來REMY好像也刻意和葉子保持著距離似的，兩人之間的關係突然由相吸變成了相斥！

『REMY……』

很久沒跟妳說話了！我知道妳氣我，但事情真的不是妳想的那樣！

找個時間一起吃個飯好嗎？

葉子』

為了打開心結，葉子特別在帶VENUS上節目的空檔發了一則簡訊給REMY。與其繼續相互逃避，倒不如直接面對。尷尬也好、吵架也好，葉子覺得兩個人怎麼樣也要面對面把話說清楚！

尤其在這麼忙亂的時刻，葉子更加懷念身邊有REMY一起並肩作戰的感覺。這些日子以來，葉子無時無刻都覺得自己身體裡還有另一個人存在！那種人格分裂的徵狀從心中的「某個鎖」被打開後就讓葉子十分憂心！她不知道為什麼當自己面對華姐或芽芽這些同事時，有一部分的她竟會沈浸在飄飄然的優越感當中！那是之前葉子不曾有的驕傲！

葉子好想跟REMY求援，更希望有好朋友在身邊告訴她自己是怎麼了！她滿懷期待地送出簡訊。但等到節目錄完卻一直都沒有收到來自REMY的回應。

『REMY在忙嗎？』

葉子咕噥了一下，REMY回簡訊的速度向來很快，這次卻像石沈大海一般。看看手錶，公司已到了下班的時間。她拿起電話，按下快速鍵撥通REMY的號碼。第一次REMY的電話沒人回應，當葉子不死心撥了第二次的時候，電話終於接通。

『喂～你好！』

迎接葉子的是一句冷冰的應答，不像之前REMY都會以「親愛的幹嘛？」那樣親密的口吻接起電話。

聽見熟悉卻陌生的聲音，葉子愣了一下，差點不知該如何接話。

『喂～REMY……是我……我是葉子！』

明明不久前兩人還是無話不說的死黨，沒想到現在葉子連報上自己的名字都有些生疏，兩人簡直就像第一次見面的業務彼此必須互報姓名一樣。

『怎樣……有事嗎？』

REMY的回應冷的可以，她似乎人正在捷運站。葉子從話筒裡聽見捷運的響鈴。

『我傳了簡訊給妳……妳有看到嗎？』

『有啊！』

『那……你吃過飯了嗎？……我們……可不可以找個地方聊聊？』

『不用了吧！』

REMY沒經過任何思考就回答。『我覺得我們沒有什麼好聊的。』

有銳利的針藏在REMY的話語裡，葉子冷不防被扎了一下，一顆心倏然縮了回來。

『別這樣嘛！』葉子的呼吸急促了起來。『我知道我不對……但是……』

『妳又沒做錯什麼，用不著跟我低聲下氣的！』葉子的話還沒說完，就被REMY打斷。

『REMY……』

對於說著反話的好友，葉子無言以對！

她只能任由話筒裡熙攘的人聲充填兩人之間突然加深的鴻溝！

她沈默，她也沈默！……在持續的對峙中，葉子感覺自己正站在一道懸崖邊，她輕輕發出一聲嘆息，就像試著對懸崖踢下一顆石頭那樣，想要從回音裡測量那份隔閡的深度！

很遺憾的，她的耳朵聽見的只有一片死寂。

『對不起！』面對深淵，葉子恐懼地對REMY道著歉，聲音細微的不能再細微，但她想表達的歉意卻迷失在那份誤解的深邃裡。

『哼！』REMY冷笑著，帶著嘲諷的意味。『妳以為妳現在說聲對不起，就能假裝什麼事都沒發生過嗎？』

『妳就這麼不相信我？』

『妳還值得我相信嗎？』

『當然！』葉子急忙回答。『調部門的事，並不是我自願的啊！』

『是啊……妳好委屈喔！』REMY反唇相譏。『妳還真是整件事的受害者呢！』

『妳這樣說……很傷人耶！』REMY的話像利刃一般在葉子心裡劃下一刀。葉子一邊忍住情緒一邊閉上眼，深怕眼淚馬上會奪眶而出！

『我不知道該怎麼跟妳解釋……』

『不必了！還解釋什麼？』REMY聲音突然變大。

『拜託……之前說「我沒興趣」，後來說「感謝老闆給我這個機會！」……之前說「妳要加油！我挺妳」，現在說「對不起，被調部門，我也不願意！」……葉慈！……妳這個人也太噁心了吧！』

『REMY……』

被好友叫喚自己本名，葉子一時間非常不習慣！她顫抖著做了一次深呼吸，卻反而讓聲音更難以平靜！

『妳怪我、妳對我不滿……我都接受……事實上，連我自己都不知道為什麼我會答應接下VENUS經紀人的位子！REMY……我好害怕現在的自己，妳知道嗎？』

『妳怎樣干我什麼事？』REMY回答。『而且，妳少在那邊演一些噁爛的內心戲了啦！勇敢承認妳心機很重，我還會比較看得起妳一點！』

『REMY，我是不是那種人妳應該最清楚才對！』

『我曾經以為我很清楚，但現在我才知道自己是個笨蛋……』手機裡傳來捷運列車進站的聲響，葉子聽見REMY的聲音在憤怒中，還帶有一絲幾不可聞的悲傷。

『葉慈……妳是我來台北認識的第一個朋友，也曾是我在這個圈子裡唯一信任的朋友！當初我剛進娛樂圈的時候，我哥就提醒我這個環境很複雜，要我小心被騙，那時我還拿妳當例子，跟他說台北也有像妳這樣的好人……哼！結果……結果事實證明，我真是瞎翻了！』

『妳別這樣說嘛！……』

聽REMY把自己講得如此不堪，葉子的眼淚在眼眶中打轉……一方面是聽見REMY曾經那麼信任自己，一方面卻是為了那份信任現已蕩然無存！

『我很喜歡CHRIS，妳知道嗎……葉慈？』

才過了個彎似地道出心中對葉子失望的觀感，REMY此時突然話鋒一轉，把局面帶到更為失控的局面去。

『我喜歡CHRIS，一直都很喜歡他！……可能在我們一起認識他的時候，我就喜歡上他了！』提到那個令葉子錯愕的名字時，REMY的語氣也跟著心酸了起來。

『妳說什麼？』葉子不敢相信自己聽見的。

『有時候，我真的很嫉妒妳！』REMY咬牙說著。『妳長的漂亮、又有能力……妳幾乎擁有所有我想擁有的東西……以前，我把妳當作自己最好的朋友，也把妳當作模仿的對象……但現在，我卻發現自己應該從頭就開始恨妳！』

REMY的話似乎在葉子的背後重重推了一把，葉子不由自主地朝懸崖跌落。

（CHRIS？……REMY喜歡CHRIS？）

葉子在墜落時聽見的駭人的風聲來自四面八方！……按照這樣的速度再墜落下去，她的心肯定會跌個粉碎！

『葉慈，妳這女人真他媽的幸運妳知不知道？為什麼我們同時遇見CHRIS，但他眼裡卻從來只有妳？為什麼我向他表白，他卻告訴我他喜歡的人是妳！甚至還要我幫忙追妳！』REMY幽幽的語氣仍不放過葉子。

『為什麼我們工作一樣認真，我卻永遠得不到G哥的賞識？為什麼我那麼努力爭取調部門的機會，結果他們選的人還是妳？為什麼我什麼都不如妳？』

在話筒那一邊，REMY哭了！……難以抑止地哭了！

『這幾天我一直在想，要是我身邊沒有妳就好了！或許沒有妳，CHRIS就會和我在一起……或許沒有妳，我就可以變成VENUS的經紀人！……真的！要是我從來就沒遇見妳，或許我會比現在過的好上一百倍！！』

在REMY的泣訴之中，世界靜止了下來，地球不再旋轉，一切存在的東西也因為這種靜止而開始崩解。在那瞬間，葉子的心終於撞擊到堅硬的懸崖谷底！

一陣錐心的痛傳來，所有有形的東西的都潰不成型！

在那種幾乎快被肢解的痛苦中，葉子的眼淚隨REMY的啜泣一起滑落，一克拉一克拉的罪惡感在葉子衣襟上擊出窟窿一般的斑點。

她哭得很小心，不讓自己發出一點聲響，像是怕搶奪了REMY發洩的權力一樣，只敢讓眼淚無聲地流！

為什麼？為什麼直到今天，自己才知道REMY對CHRIS情有獨鍾？

葉子的記憶飛回到三個人相識之初，CHRIS常會開著車來公司樓下等自己與REMY下班，在結束一天的忙與累之後，大家一起去吃點小吃，或偶而上一下酒吧聽聽爵士樂喝點小酒！

要是遇到興致好一點的週末，他們會更瘋狂一點。三個人會約好一起去夜店跳上一整個晚上的舞，然後在天亮前去吃盤涼麵再各自筋疲力盡地回家！

葉子記得那時候不管做什麼，和CHRIS與REMY在一起的感覺是絕對快樂的！她不用考慮男女之間複雜的感情問題，只是純粹找到共享生命的朋友！

大家年紀相當，身邊沒有什麼迫切的煩惱，工作上的鳥事會有，但總覺得大家一起做做夢、一起罵罵這個荒謬的世界，累了睡覺醒來的明天還是依舊美好！

只是曾幾何時，曾經那麼單純的三人組合卻被愛情這個麻煩的東西介入了！

CHRIS對葉子感覺的質變，破壞了某種均衡！

當團體當中有人執意越了線，原來由三個點建立起來的立體世界，同時也就塌陷了一角。

而原來由那種3D所包含著的海闊天空，也就因此被壓縮成扁平的二維世界，失去了廣度與深度。

雖然葉子和REMY依舊要好，但曾經那個存在的三人世界卻是怎麼樣也回不去了！

『REMY……對不起！』葉子哽咽著從喉嚨深處擠出聲音。

『我知道現在跟妳道歉……一點意義也沒有，但我還是得向妳表達我的歉意！……我竟然都沒發現……妳對CHRIS……』

『不用了……』REMY似乎不願聽見CHRIS的名字再從葉子口中說出。

『是我自己笨！我應該一開始就把妳當作敵人的！』

葉子怎麼想也想不透，那個拼命勸自己和CHRIS在一起的REMY，竟反而是最想和CHRIS在一起的人。自己猶豫了半天才接受的情感，對好友而言卻是求之不得的幸福！

『我不是……你的敵人……』葉子咬了咬下唇。『REMY……妳對CHRIS……唉……妳怎麼不早說呢？』

『說？……說出來自取其辱嗎？』

『如果妳告訴我妳的情況，我再怎麼樣都不會跟CHRIS在一起的！……』

『現在說什麼都太晚了啦！』

REMY用力打斷葉子的話，之前或許是因為在捷運站裡，因此REMY一直壓抑著哭聲，但此刻她卻無視一切放聲哭了起來。

隔著話機承受REMY的悲傷，葉子只感到徹頭徹尾的心疼！

她好希望REMY能夠狠狠地痛罵自己，淋漓痛快的，不留情面的！直到REMY能把過去這段時間承受的壓抑與委屈釋放開來為止！

『REMY妳聽我說……』葉子試著拿出最誠懇的聲音。『不管怎麼樣，妳都是我最好的朋友！CHRIS的事……我一時之間不知該怎麼處理會比較好！……但在工作上……在工作上我還是希望能和妳一起並肩作戰……現在的情況……就當是我先幫妳開路嘛！……以後等整體的情況順利了……我一定會向G哥爭取，把妳也一起拉過來好不好？』

『哼……不用麻煩了！』REMY語氣轉為強硬。

『我不需要妳的同情！……告訴妳一件事……今天我已經遞了辭呈，我才不想繼續留在公司看妳虛偽的嘴臉！』

『什麼？』葉子失聲叫了出來。『遞辭呈？』

對應葉子的錯愕，REMY暫時在話筒那端沈默了下來！……她不發一語，只發出窸窸窣窣的鼻息，好像利用那種無言的抗議對葉子進行著凌遲，更像是在看不見的電話彼端享受著報復的快感！

『為什麼這麼突然……』葉子震驚得喃喃自語，她料想不到REMY竟會採取這麼激烈的手段。『妳不必放棄這份工作啊！』

『我想怎樣，難道還要妳同意嗎？』

『不是這樣嘛！』葉子焦急解釋。『我只是覺得妳努力了那麼久……就這樣放棄，不是很可惜嗎？』

『可不可惜，都無所謂了！』REMY停頓了一下，吸口氣，彷彿將自己的情緒調整到最銳利的冷漠，然後再用那種冷漠當作武器攻擊葉子。

『有些感覺一旦被破壞，就怎麼樣也回不去了！』她說。

『我所失去的，並不僅是一個當經紀人的機會而已！我還失去了一種自在面對妳的自信。我不想再見到妳，我不想再遭到那種被背叛的感覺！』

『REMY……難道……妳怎麼樣都不肯原諒我？』

『原諒……哼！我哪有原諒妳的權力！妳不是無辜的嗎？』

面對葉子極力表現的歉意，REMY不願妥協。她語氣是輕的，但意思裡的絕念卻重到葉子用盡全身的力氣也動搖不了。

『葉慈……我該走了！我想離開妳，離開這個醜陋的環境！』

在REMY說話的同時，捷運進站的響鈴又再一次響起，而她對葉子說的話，也像是某種訣別。

『我想……我真的是一隻誤入邪惡森林的小白兔！』REMY自嘲地笑了笑。

『台北、娛樂圈、還有妳……對我而言可能都太複雜了吧！』

『REMY……算我求妳……不要離開好不好？』葉子的心痛極了。『事情難道真的沒有轉圜的餘地？』

『再見了，葉慈！』

『REMY～等一下』一聽REMY要掛上電話，葉子急的大喊，但她搆得著的東西只剩手中通話過久發熱的話機。

『再見！』離葉子好遠的REMY如是說……那聲再見，並不像是為了要再次相見而存在。斷線！……葉子與REMY……斷線了！

她消失的那樣絕對，絕對到葉子立即按下重撥鍵，也無法追上REMY離去的身影。

『您撥的電話已關機，請稍後再撥！』

葉子聽著冰冷語音，那聲音說得事不關己，葉子卻已然崩潰。

她從來都不知道，原來，當你完全被另一個自己所珍惜的人放棄時，你就會沈到深深的深海裡！

那不是那種蔚藍的海，海水中沒有斑斕的魚，沒有豐饒的海草，也沒有盡頭或可以觸底的地方。你在沈沒的時候，甚至連一絲光都無法擁有，只剩下漆黑！

在那裡，你將被沈重的水擠壓變形，你越想呼救就越會在嘴裡嚐到苦澀的鹹味！你的眼淚在形成瞬間，就被悲傷的海水同化，連哭的權力都被剝奪！

在那樣的絕望裡，你只能呼，不能吸！感覺失去一個人的無助與悲痛像窒息一樣將你推向悲哀的極致！而你知道，等到信任像最後一絲氧氣從你的肺裡消耗殆盡。他眼中的你，也從此跟著死亡了！

你會沈溺在後悔裡，放棄了回到未來的意念，說不定一輩子，你都將這樣繼續沈沒下去！……一直……一直！

那天晚上，是個起風的夜晚。

遭REMY放逐的葉子，真的就像一片枯葉，在帶著水氣的夜風中，跳起孤獨而哀傷的旋舞！

獨自走在回家路上，葉子心頭千思萬緒，如她被逆風吹亂的長髮雜亂無章。

她心想著許多事……包括自己是不是該放棄轉調經紀的機會、包括怎麼去和公司商量，看能不能請G哥出面說服REMY不要離開公司。

（真是的，要是當初不要答應調部門的事，今天就什麼問題也沒有了！）

葉子心中浮現強烈的懊悔，現在的她腹背受敵，前方有好友執意的決裂、後面有內心的責難在懲罰自身的愚蠢！

那種內外交迫的撻伐依附在陰暗天空中，隨著風雨欲來的跡象，葉子只感到無以復加的壓迫感！

踏著虛浮步伐，葉子回家前，必須經過那條燈火通明的永康街。

那是一個充滿誘惑的地方！各式各樣的美食狩獵著原始的慾望，空氣中各種馨香正以無限妖媚的姿態將飢餓滲透進周遭的繁華裡。

面對空洞的身體，葉子感到飢腸轆轆，卻弔詭的沒有一點食慾。

她幾乎毫不駐足地與身旁覓食的人群交錯而過，只在轉入家門巷口前，回首看了看身後那個運轉如昔的世界。

這城市並沒有因為自己的煩惱而跟著多愁善感起來。

就像以往當自己快樂時，根本也不會去在意這世界別的角落是不是有人正面臨煩惱一樣！

往來的行人，沒有人發現她的沮喪，葉子就這樣被排擠到世界的邊緣。

她急忙掏出鑰匙，爬上樓梯，將房門打開、走進、再狠狠關上！

她想把所有人摒除在外，好把自己鎖進一個自怨自憐的空間，彷彿公寓的門板就是囚室的柵欄。

她在第一次開燈時沒按到電源開關。電燈沒亮，房裡昏暗，將錯就錯的葉子索性就讓房間維持在沒有面目的漆黑裡。

脫去鞋，和衣倒在床上，刮過窗子的風嗚嗚噎噎，卻感覺不見外頭真正下起雨來。葉子心裡惦著未關的窗，急欲起身，無奈整個人卻像乾涸的池塘般抽不出一絲力氣。

在黑暗中，葉子閉上的眼睛清楚看見REMY那張不再對自己微笑的臉龐。

只和那神情一交會，葉子心裡滂沱的雨就下了下來。她止不住的淚水從灼熱的眼裡湧現，有種哀愁的預感確定這場方興未艾的雨勢將氾濫成災。

她靜靜哭著，涕淚縱橫，連呼吸都被愁緒堵塞！

她的眼淚蜿蜒流過耳朵，模糊了REMY說的那句「再見」，然後一股腦落在無辜的床單上，那些乾燥的纖維收容起葉子無法承受的失落！

她很久沒覺得自己這麼孤單，感覺自己的心似乎被拔掉了塞子，所有和快樂有關的東西幾乎都從胸前的那個窟窿流盡，只留下空蕩蕩的回憶殘骸，說不定將手拱在嘴邊對著裡面吶喊還會聽見層層疊疊的回音，而每個反撲的音浪都是哀傷。

在這種孤單裡，葉子想起了CHRIS！

但想他的念頭才起了徵兆，一陣歇斯底里的反抗就立即襲來！

因為REMY的關係，CHRIS儼然成為葉子心中的痛點。

一提起他，葉子的思緒就像不小心摸到滾燙火爐而急縮回來的手，一顆心被罪惡感炙的隱隱生疼。

（怎麼辦？……怎麼辦？……怎麼辦？……怎麼辦？！）

葉子一連問了自己好幾次同樣的問題，但想了再多，紛亂卻沒有絲毫改善。

在失去REMY，而自己又不想讓CHRIS靠近的困境裡。

意外地，葉子聽見了另一個聲音！

『妳還是那麼愛哭啊？』那聲音嘲笑地說。

『分開那麼久了，妳還是一點都沒變嘛！……妳這個永遠都長不大的小女孩！』

一陣壓迫著胸口的驚愕，讓葉子忘記了呼吸。

那聲音的到來毫無徵兆，但說話的音調、口吻、語氣卻全都那樣熟悉……甚至在耳膜接受到訊息之前，葉子就已經知道那個說話的人是誰。

是『他』！那個在很久以前就遺棄了自己的『他』！

葉子絲毫沒有懷疑那人的身分，而那份篤定也讓她的哭泣嘎然而止！

（你為什麼會在這裡？）

葉子用帶著強烈警戒的語氣和那聲音對話，像被侵犯領域而蜷曲起來的蛇！

她不明白為何在這種最不願意被『他』看見的狼狽裡，『他』的聲音，卻是唯一現身陪伴自己的東西！

『不是妳要我來的嗎？』那聲音不解的問。

『是妳說妳需要我，我才從「那裡」回來找妳的耶！』

（我需要你？）

葉子試著睜開眼睛在黑暗房間裡找尋『他』的身影，但黑暗就是黑暗，任何東西被「黑」給染上，都變成了相同的面貌……沒有任何分別。

（你在講什麼，我什麼時候說我需要你了？）

『無時無刻喔！』那聲音回答。『妳無時無刻都在說喔！』

（你少在那裡胡說八道！）葉子生氣的反駁。

（我早就和你沒有任何瓜葛，更別說想你了！）

『是嗎？』那聲音呵呵笑了起來。『葉慈……妳愛逞強的個性，也一樣沒改呢！』

（誰逞強了？有想就是有想……沒有就是沒有！）葉子板著臉，眼神在黑暗中摸索，彷彿只要『他』再靠進一步，她隨即就會展開反擊似的。

（請你離開好嗎？我現在心情很不好，想一個人靜一靜！）

『我也想走啊！』

那聲音突然從一百八十度的對面轉移到葉子身旁，好似在葉子耳邊說著悄悄話。

『可是妳看……現在可是妳拉住我讓我離不開的唷！』

（你夠了！）

聽著『他』莫名其妙的言詞，葉子完全被激怒！

她向著黑暗揮手，想把那聲音驅離，但就在手揮空的瞬間，一朵微弱的火焰卻意外地在眼前盛開！

（啊？）葉子驚呼一聲。

那是一根燃燒的火柴！

隨著火光移動，葉子的視線裡看見了一張只有下半部的男人臉龐！

他所有的一切都很模糊，包括輪廓與線條……但他那滿布鬍渣的嘴角上卻叼著一根香菸，更叼著一抹倨傲微笑。

『妳看吧……妳就愛把我們之間的關係搞得那麼複雜！』

將火傳遞到菸頭以後，男人把火柴輕輕一甩，原本燃燒的火焰就倏然消失無蹤。在還原的黑暗裡，只剩他嘴邊剛點燃的菸發出一明一滅的光明。

（為什麼？）

只經歷一朵火焰從誕生到死亡的剎那，葉子的語氣就已然完全萎靡！

是不是剛剛短暫的明亮已經帶來了什麼轉變？

『妳還認為我在胡說八道嗎？』『他』完全是以勝利者的姿態在問著。

隨著『他』的言語在腦海裡嗡嗡作響，葉子陷入了一種完全的迷惘之中！

她深深吐出一口氣，帶著顫抖，然後在雙眼發熱的情況下確認了自己雙手所能感覺到的感覺！

是的……她是在『他』懷裡！

而她的雙手，正緊緊擁抱住那男人的身軀，像飢荒一樣渴求！

（怎麼會……怎麼會這樣？）

即使方才的光那樣微弱，也足夠葉子把一切事物看清楚了！

原來，她一直以為是那聲音在向自己進逼；結果，事實上卻是自己主動將『他』拴在自己可及的範圍！

即使不甘心，但男人所說的好像才是真的！

留下『他』不讓他走的人，是葉子自己…而不是別人！

『妳這樣子我很困擾耶！從分手以後，妳就把我關在「那裡」，妳既不肯讓我走，又不跟我說到底妳想從我身上得到什麼？』

男人吐出了一口煙說。

『妳要知道，雖然我就是『他』……但我也早就不是『他』了！我只是妳用來自慰的工具……比情趣用品還不如，這點妳到底想清楚了沒啊？』

（我……）

眼前的局面讓葉子不知該說什麼！她以為自己早已放下『他』，事實上，她卻比從前更用力地擁抱著『他』！

她的驚惶無以復加，心中被REMY捅出的傷口依然存在。但透過那個傷口，葉子卻因此窺視到自己內心更深層的世界。

『妳根本還渴望著被「他」喜歡吧！』男人用銳利的語氣問。

（沒有！我並不需要，也不渴望被你喜歡！）回這話時葉子覺得心被什麼撞擊著。（我一點也不喜歡變成你喜歡的樣子，以前在一起的時候是這樣……現在分手了……更是如此！）

『不不不！』男人對著自己懷裡的葉子說。

『妳這樣說不對喔…妳是「不喜歡」變成他喜歡的樣子…但是，妳卻「想」變成他喜歡的模樣啊！』

（我「想」變？）

『是啊！』雖然看不見『他』，但葉子卻可以感覺那人在點頭！

『我非常確定，就像確定毛蟲想變成蝴蝶一樣確定唷！妳以為妳為什麼會接受公司調妳去新部門的安排啊？還不是因為妳覺得妳不想再做以前那個軟弱、被『他』欺負拋棄的葉慈了！……』

（我不是為了那個原因！）

『妳少來！』男人又笑了。『那時候妳被另一個妳從身體裡擠出來的情況又怎麼說？』

（我……我不明白，我也不知道該怎麼解釋！）

葉子把頭埋在他的胸膛裡，既抗拒，又迷惘，卻好像有一些瞭然。……她很難說明那種複雜至極的情感。

『妳無須明白……只需誠實就好！』那男人回答。『就像妳現在抱我抱得那麼用力一樣誠實！』

（你說的東西，太虛無飄渺了！）

葉子感覺臉上皮膚被淚痕掘出兩道緊繃的運河。

『他』總是這樣！……態度既曖昧又不肯把話說清楚。

葉子想起在那段感情後期，每當她因為越來越覺得不被重視而陷入恐慌時，『他』也總用這種不著邊際的答案，來應付葉子急欲確認兩人關係的心情！

『因為愛妳，所以才要讓我們兩個人保持距離！』

這是『他』最經典的一個答案……那時的葉子幾乎已經感覺不到那個男人的心思停留在自己身上！

在離開他以後，葉子曾問過自己一個問題……那就是為何『他』可以在相愛的那段時間裡，肆無忌憚地要愛不愛？

簡直就像開玩笑一樣，說不愛就不愛的『他』，對於葉子而言到底什麼樣的一個人？

沒錯，在葉子十八歲那年父親突然生病過世時，『他』的確曾用無微不至的照顧讓葉子在生命的無常中找到了暫時的避風港！

失去了最疼愛自己的爸爸，『他』在葉子最無助的時候出現。

就算『他』從沒說過任何類似承諾的話。但那時每晚都會出現在葉子身旁提供依靠的男人卻用體溫給予了葉子最需要的安全感！

葉子一度以為，自己這一輩子大概不會離開『他』了！

面對那個把自己救出高塔的英雄，葉子回敬給『他』最為寬闊的溫柔與包容，即使貶抑自己原本的性情也在所不惜。

但沒想到，當葉子漸漸放下喪父之痛，漸漸不再懷疑心愛的人會像父親一樣突然消失之後。那個曾為自己療傷的男人似乎也用完了所有的耐性！

是因為傷癒的葉子開始想做自己了，所以和『他』之間的摩擦也變多了？

還是因為時間本來就是愛情的天敵，二人在一起久了，自然會顯露出失去激情的疲態？

曾經，葉子愛『他』愛到什麼都可以。

但後來她卻覺得自己付出再多也喚不回『他』對自己的在乎。

不再溫柔的『他』，開始把生活的重心轉到工作、朋友和狩獵其他女人身上。

他變得越來越自私……而葉子甚至不知道自己到底犯了什麼錯！

就這樣……歧見、爭吵、冷戰開始入侵兩人之間，愛情像因為溫室效應而不斷萎縮的南極冰山！

最後……她終於受不了而向『他』提出分手！

（你到底要我怎樣！？）

葉子當然不想再當那個處處受制於『他』的葉子，她加重了語氣，要男人說出他話裡真正的意涵！

『我很想告訴妳啊！但只要是關於『他』的事，就只有妳才知道答案啊！……妳到底想怎樣，我也無法替妳來告訴妳。』

男人吐出最後一口煙，葉子看見那菸頭的光點被拋棄到地上，隨即被黑暗吞噬。

『而且……我也該走了！』

（在把話說清楚之前，你不准走！）

葉子命令似的阻止男人逃避，這男人總這麼不負責任地把問題留給自己！

活在自以為誠實的狀態之中，永遠是一種無根的漂浮。

即使你覺得你正被燦爛的光點圍繞著，那種有光，仍悲哀。

你遲早會有沈沒的一天！

就像當初分手雖是葉子提的，但她也無法接受『他』分手時那種事不關己，連一絲努力都不肯再付出的態度！

『是現在的妳在心裡想趕我走耶！』男人抗議。『根本是被戳破了堅強假象之後的妳惱羞成怒了！』

（我哪有？）

『妳沒有，但「真正的」妳有！』

（什麼？……）

『呵呵，再爭辯也無法改變「真正的」事實……我想，等妳能再誠實一點的時候，我們會再見面的。』

男人的聲音突然變成了風，存在於四面八方。

她驚覺原本手裡能擁抱的『他』，此刻開始像氣化的乾冰般從指縫間流失！

『再見了，葉慈！……』

緊隨著男人消逝的尾音，葉子聽見身旁有電話的鈴聲響起，銜接的精準度宛如經過什麼精密設計似的！

（喂～～）

她不理會那鈴聲，不甘心地朝著聲音逝去的方向吶喊了幾聲。

但如鬼魅般的『他』，卻已然不在！

（『他』又回到「那裡」去了嗎？）

雖然不確定『那裡』是哪裡，但葉子卻直覺『那裡』一定就存在於距離自己不遠的地方！因為『他』說他總可以聽見自己對他的呼喚。

（為什麼受苦的總只有我一人？）葉子對於男人的來去自如感到嫉妒與生氣！

來自背後的鈴聲……聲聲在催！

忿忿不平的葉子沈默了幾秒鐘，像在等一杯滾燙的水變涼似的期望擺脫『他』的糾纏……也或許，她其實是在掩飾心中對於『他』離去的不捨！

當葉子終於轉身面對現實，她那沒有開燈的房間，似乎也從夢的幻境裡恢復了原狀。雖然房間同樣是黑暗的，但此時的世界卻找回了輪廓，和之前完全漆黑的那種已經不一樣了！

她定了定神，找出包包裡不肯安靜的手機，其上顯示的號碼……是CHRIS！

在那瞬間，因為矛盾的關係，葉子心裡泛起一陣絞痛！

而這電話，她也不知，該不該接！

「耕一」章之五——逃脫

『喂！難得出來玩，不要擺張臭臉好嗎？』

夜越深，夜店裡的音樂越見張狂，和我說話時，就算我們是並肩坐在吧檯邊，但小P卻仍得用吼的我才能聽見他說什麼。

『是嗎！我看起來很憂鬱嗎？』

我喝了一口加了冰塊的威士忌，心想今天我到底是哪根筋不對，竟會主動想喝這種烈的要命的玩意兒！

『媽的，你一副就是女朋友跟人家跑了的樣子！』

看我明明心情不好卻還要否認，小P比出中指，給了我男人間特有的問候。

要不是我的聽力已經被音樂霸佔了，否則我應該還可以聽見他呵呵的嘲笑聲。

『她是跑了！』我也對他吼。『跑去參加她大學死黨的告別單身PARTY了！』

『女人也搞這套啊？』小P說。『我以為那是男人才會玩的花招呢！』

『你以為現在女人還跟以前一樣？』我笑他還不知道世界的秩序已在崩解。

『以後地球很危險的，所有男人可能得移民到火星去了吧！』

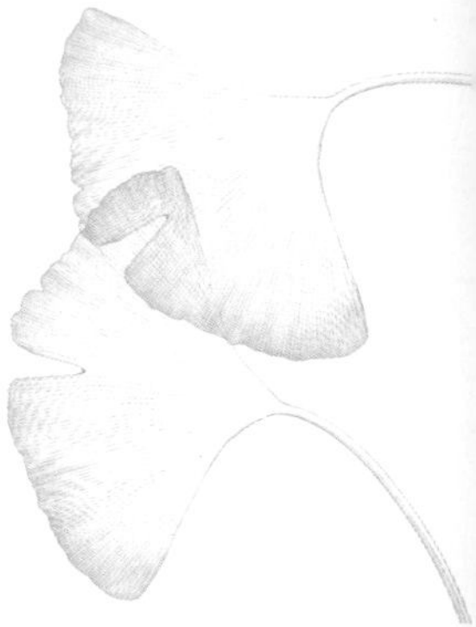

我仰頭喝完威士忌，只覺喉頭一陣灼燒。

週末，一週之末！好像一首曲子的副歌一樣，人們似乎想把所有精華能量都集中在最後幾句歌詞，等高潮唱盡了，精力用光了，再把倦怠的身軀留給下一週的開始！

凌晨三點，許多人正在沈睡，但也有許多人把夜的燈紅酒綠當作是他們的陽光！

在瀰漫菸味與各種體味的空間裡，小P用眼神對周遭異性的胴體進行不帶血腥的狩獵！反而今天約他出來的我斜靠在大落地窗上，在無聊之餘把目光轉移到自己在玻璃上的倒影。

『你看起來真像個LOSER……』看著另一個自己一個人喝悶酒的模樣，我苦笑敬了他一杯。『你會看起來那麼窩囊……一定是酒精的緣故！』

我想著想著，又想多斟一杯烈酒來喝！

因氣喘而住院的老爸，禮拜五發作，禮拜六就嚷著要出院！

在病情控制下來以後，儘管醫師仍建議多留院觀察幾天，但一心掛念水草的老爸，卻怎麼樣也堅持要回家休養！

回到家，老爸就像回到了叢林的百獸之王一樣。

在他的叢林裡，他不必隨著醫生的囑咐吃藥休息，反而整個世界要以他為中心旋轉！

星期天，平時難得回南投的老妹，特地當天來回探望了老爸！

老妹肯回來當然是件好事，但令我不平的是，老爸竟然把近來難得展露的笑臉全都拿來迎接妹妹……但只要一跟我講話，他又會擺出他那張撲克臉。（於是原本想要跟老爸好言好語的

我，又被迫和老爸維持起緊張的關係）

『唉～老妹真的比較好命，老爸對她好的像客人一樣！』

『唉唷，你妹難得回來嘛。』

當我私下抱怨時，老媽也只能對我還以苦笑。所謂親近生侮慢，當你的存在已被認定為理所當然的時候，你就同時被剝奪了爭取尊重的權利。

那感覺就像坐在電影院第一排看電影一樣，所有的好位置都得讓給那些「難得」出現的人，我發現老爸對於情感有著嚴重的遠視症狀，而且他自己都渾然不覺！

星期一，老爸和國揚衝突過後第一個上工的日子。

一心期待國揚能如常準時出現的我，終究還是失望了！

對於和國揚吵架的事，老爸好像完全當它沒發生過似的。雖然本來國揚的話就不多，但少了他，整間溫室裡的沈默卻顯得猙獰了好幾倍！

在工作時，我和老爸毫無交集地躲進忙碌之中，他無言，我無語。

所幸這星期南部進來了幾筆大訂單，手上有事可做，否則我連呼吸著溫室的空氣都覺得是件痛苦的事！

我從來不知道，原來僅只是一個人的現身與否，竟會對整個空間的氛圍產生那麼大的影響。而為了避免獨自面對老爸的局面在未來重複出現，我只好暗地裡找出國揚的電話，試著和他聯絡。

但不幸的是，國揚似乎早預料我會這麼做，所以手機一直都沒開。

一連幾天，我只要想到就會試著撥打國揚的號碼，但結果卻都一樣沒有回應！面對擺明不會再補人進來的老爸，我把煩躁都寫在臉上。在那不耐煩裡多少也包含對老爸趕走國揚的不滿！

我覺得國揚是一個認真做事的人，也算是我在這個溫室裡僅有的『同伴』！即使不算深交，但在某個方面，我覺得國揚反而比老爸了解我的想法。

老爸從來不知道，他是一個很容易把壓力加諸到別人身上的人！因為老爸對自己的一切都太過自信，相對地就很容易壓迫到與他共事的人。

老爸真的很強，但我卻認為真正的強者應該有種讓弱者跟著一起變強的力量。在水草的領域裡，老爸絕對值得尊敬，但是，他卻沒有讓我愛上水草的能力！

因為，在這溫室裡，我是自卑的！

為了改善僵局，我試著和老爸溝通，但我才一提到國揚，老爸就立即用猛烈的砲火把我轟了回來，連警告我胳臂不要向外彎那樣的話都說了出來。

顧及老爸的身體，我把情緒隱忍下來，但心中卻已氣極！

我向他冷戰，堅壁清野地冷！但我的任何手段，卻都動搖不了老爸的頑固。

他完全無視我的抗議，自顧自地在溫室門口掛上一台收音機，藉此中和溫室裡靜的可怕的氣氛。

看他擺明一切沒商沒量，希望找國揚回來的想法，也從此在我心裡死亡。

我太瞭解老爸，他若把門關上，我唯一能做的，就只有出去流浪。

不是我的想法刻薄！但我覺得，那時倒在病床上的老爸，似乎要比清醒時要可愛上一萬倍！

和老爸周旋了幾天，週末一到，我就立即逃難似的往台北逃竄！

我一心期待著與天天相聚，更希望能從她身上獲得一點補給，以彌補心情在這幾天的缺氧。

但很不巧，天天一個即將結婚的同學竟在此刻辦了要命的告別單身派對。

我禮拜五晚上到台北時，天天已經前去和她的死黨們狂歡了。

見不到天天的面，我想擁抱她的慾望，只能像乾燒的茶壺，把一身情緒悶到接近爆炸邊緣！

『喂～小Ｐ，有沒空啊，好久沒聚了……一起去匪類一下吧！』

退而求其次，天天不在，我還是得為FRIDAY NIGHT找到出路。

雖然臨時把小Ｐ當成了替代品有些不好意思，但和他真的有一陣子沒見了，想找他一起喝杯酒的心情，倒也不是將就湊合。

『哇！我們不亂搞的李老師今天吃錯了什麼藥，竟找我出去匪類？』

接到我突然的邀約，小Ｐ在電話裡猛虧我！要不是我偶而還抽兩根菸，否則以他的標準，沒有『不良嗜好』的我根本連一項混唱片圈該有的特質都不具備！

既然我開口了，小Ｐ也很夠意思的推掉手上的聚會，和我相偕在台北的夜裡一起探尋這城市的背光面。

我其實不想幹嘛，只是想找尋放鬆！如果能藉由酒精讓我忘記一點有的沒有的，那更是個不錯的選擇！

很久沒有來這種人多又喧囂的地方了……我心想。

帶著一肚子鳥氣，我從南投那個孤獨的星球降落於此。在人擠人的狹小空間裡，不用我去接觸別人，別人也會被迫貼近我的身軀。在這裡，彷彿每個人都各自以自我的苦悶為祭品，跟著音樂舞動、隨著酒精麻木，然後藉這種儀式讓不該附著在心裡的髒東西昇華！

或許是我沒發現，在每個寂寥的夜裡，這些陰暗卻華麗的城市角落就會升起狼煙一樣的東西。那是好多人集結在一起的寂寞，變成幽靈，如同妖氣，搖搖晃晃地飄向天際，對上帝抗議～『WHY LIFE SUCKS？』

聽見子民哀嚎，於是萬能的祂賜予我們音符、醇酒、藥物、性、迷幻和用之不竭的空虛！在這個夜的失樂園，我看到各式各樣的人……

男的、女的、高的、矮的、胖的、瘦的、美的、醜的、醉的、醉倒的、沒醉倒的、穿得多的、穿得少的、能上的、不能上的……

不管是誰，大家都一起分享這屋裡的酒醉金迷與污濁空氣，有種同流合污、大家一起攪和的受虐美感！

我們隨著漫無目的的音樂搖晃漫無目的的肉體，反正對我們這群年紀尚輕的人類而言，時間就像天文數字一樣揮霍不盡，所以又有誰會在乎這幾個小時的墮落與無秩序！因為……越墮落……就越是解放！

（解放？……這是解放嗎？）我混沌的腦吃力地轉著。
我想起有首歌是這樣寫的～『寂寞，是一個人的狂歡……狂歡，是一群人的寂寞！』
同樣是寫歌詞的我，好嫉妒有人可以把我們的虛無寫得那樣驚心動魄！
『喂……幹嘛……那麼想喝醉嗎？』
去舞池繞了一圈回來，額頭見汗的小Ｐ看著我的酒杯露出驚訝神情。
不到一個小時的時間，和他SHARE的一瓶威士忌已被我一個人喝掉大半！
『想醉啊！』我聳聳肩。『但他媽的就是醉不了！』
當心裡的陰影太龐大，連濃烈的酒精也不見得扳倒我的意識，我這樣認為。
『你到底怎麼了？』小Ｐ掏出菸，問我要不要，我搖頭拒絕。
『真的是感情出了問題？』
『沒啊！』我又搖頭。
『那是工作囉？』
『有部分是……但……好像也不盡然！』
我覺得困擾我的是一個更巨大的東西，但我卻沒辦法形容它。
『靠……你的答案會不會太複雜了點！』小Ｐ頗不能理解地將菸點燃。
『唉，你知道的，我們搞文字的就愛這個調調，裝複雜！』我自嘲，腦袋像是裝了鉛塊一樣重。
『對了，說到文字，我倒是想把你上次那首沒中的詞拿來寫曲子，可以嗎？』
『你是指……那首「你會在那裡」？』
因為吵雜，我和小Ｐ一來一往對話都很費力，我覺得在這種環境談事情是件相當荒謬的事。

『對！就是那首！』

『那詞……你有感覺？』

『我覺得很好啊！』他點頭。

『那就拿去吧……』我打了一個哈欠。『反正也沒人要！』

『喂～你在自暴自棄喔！』他把頭略微壓低望著我泛紅的臉。

『雖然你總是被我老闆打槍，但要對自己的東西有點自信嘛！至少……我覺得你寫的蠻屌的！』

『哪裡屌？』

『都很屌啊！』

『這些屁話……拿去跟顏允隆說吧！』

不知從何而來的怒氣，突然之間，我竟覺得小P的話語刺痛了我。那細微的刺痛從心臟鑽進去，隨著血液連鎖反應傳遞到身體周遭，然後在每個角落裡不斷擴大，我覺得我被那種痛楚激怒了！

我把裝著酒的酒杯重重往吧檯上一蹬，杯裡淋漓的酒水就這樣潑到我毛衣上。面對我突來的發作，小P一時先忙著躲避四濺的酒汁，然後用不可思議的眼神看著我，好像被一隻向來溫馴的黃金獵犬攻擊般錯愕！

『你喝多了……』他說，糾結的眉宇崎嶇不平。

對應小P的話，我愣住，覺得自己身體開始顫抖。

『對不起……』我試著吐氣……濃烈的酒氣讓我反胃。對於自己失控的原因，我一整個渾渾噩噩。

『我也不知道我怎麼了！』我說。

『回去吧！』他拍拍我，眼中有著諒解！

一次難得的夜店行，就被我失控的言行給破壞了！

走出PUB，一被外頭冷空氣襲身，在稍獲清醒的同時，我竟不支地伏在路旁嘔吐了起來！我嘗受著內臟翻攪的苦，一波又一波地將肚裡的污穢嘔出。再用一種好像要把現在過去未來都悉數毀滅的方式咳嗽著。

如此狼狽，我真該覺得慚愧！

我竟讓我的不快樂那樣一目瞭然，還在水溝蓋上留下噁心的痕跡。

相識已久的小P，或許是第一次見到我喝醉的模樣，我在他臉上看到了啼笑皆非的神情。

今天晚上是我約他出來的，結果我悶了整個晚上……不跳舞、不把妹、拼命灌酒還發了飆……連帶地也讓他看了一場莫名其妙的鬧劇。

『我送你回家吧！』小P說。

『我沒事……我自己坐小黃回去！』為了不想讓愧疚繼續加重，我拿出最後一絲意志力，希望能掙脫小P攙扶，維持一點僅存的尊嚴。

在我堅持下，小P莫可奈何地幫我招了計程車，打開門，把我塞進後座，然後又再一次確認著我的清醒程度！

『可以的啦！』我說，然後又跟他致了歉。

『神經！』

對於我的客套，小P打了我的頭一下，然後說下次等我心情好一點的時候再一起出來鬼混！

『別想太多了！阿一……』在關上車門之前他告訴我。

『不管你為了什麼在煩……記住！你都不是世界上最不幸的人！開心點！』

深的不能再深的夜，現在應已走進黎明的範疇了吧！

為了怕我再吐，在回家路上，司機先生好心搖下車窗，讓我嘴裡殘留的酒氣可以隨著經過的寒風遠去！

平穩的車子，在車輛零星的道路上以絕對超速的速度飛馳……但沒有人介意，在黑夜裡似乎什麼違規都可以被原諒！

偶而停下等待紅燈時，我望著隔壁並排車子裡的駕駛，突然發現每個夜歸人的眼神裡，好像都有疲憊、有失落，都一樣茫然望著前方……被動等待下一個能夠前行的綠燈來臨！

他們在想些什麼呢？

他們要去的地方，有人、有幸福在等待他們嗎？

他們有什麼期待，又有著什麼樣的失望？

他們和我，為什麼看起來那麼相像？

『記住！你不是世界上最不幸的人！』

小P的話語，在車子再度行駛時悄悄鑽入我被酒精攪和的腦海。我沒有辦法做出任何思考……只能僵直地和那句話對望！

對於我的處境，我像數學白痴面對著微積分一般束手無策，但我知道，只要再撐一下子，我就可以倒回床上沈沈睡去……暫時把一片混亂的我放下了！在耳邊風切聲之中，深夜的收音機裡傳來哀傷的情歌。我輕輕閉上了眼，覺得自己是這個夜裡最孤單的旅人！而我的寂寞，陪伴額前的亂髮被風吹起，像在飛翔一樣！

那晚，我做了一個奇怪的夢！

它讓我覺得奇怪的地方，不在於它的情節荒謬跳接，而是在那個夢裡，我看見了好多個好多個我！

現在的我、小時候的我、學生時代的我、生氣的我、快樂的我、悲傷的我、受困的我……甚至，還有我還不認識的我！

有成千上萬個赤裸的自己，彼此堆積成一個金字塔人丘，像巢穴裡的螞蟻相互踐踏！我踐踏著身邊的我，同時也被另一個自己踩在腳下！

那是一個昏暗的空間，感覺像圓形、又隨時會改變型態似的……在邊緣可以被解釋為牆壁的立面上頭，到處沾滿了如異型唾液一般黏膩的東西！

我是在什麼生物的胃裡面嗎？我不禁這樣懷疑！

在混亂中，仰頭一看，我從無數雙都是我的眸子裡尋找到這夢境裡唯一的光源！一個光點，就在「我們」正上方，時強時弱，搖擺不定，像眨眼的星星！
就是為了靠近那一點點光芒，每一個我才會紅了眼地拼命往上爬……
雖然即使站在那個由『我』堆砌起的金字塔頂端，伸出手距離光源也至少還有七、八個人身的距離，但『我』還是非得搶著站上那只能由一個人佔據的頂點不可！
誰知道如果你就甘心被埋在這亂集團的底層，你的身體會不會就最先被周圍不斷湧現的黏液給消化掉呢！
說真的，做這個夢的感覺真怪……因為我根本不知道該用什麼角度來解釋那些『我』的詭異行為！
因為不管怎樣，我都是勝利者！（站在人山最頂層的！）
同時間，我也是失敗者！（被擠壓在人群下動彈不得的！）
我就算贏了，但如果我也被吃掉了！……這樣的勝利，算勝利嗎？
還有……『那光源到底是什麼』？
我為什麼非得要對一個連我自己都不知是啥的東西爭先恐後？
一切都沒有解答！我發現夢裡是不存在任何聲音的！
我像靈魂出竅者飄浮在空中俯視所有的我，只覺得悲哀……感覺自己好像再怎麼掙扎，也無法擺脫被消化掉的命運一樣。
照這樣下去，我遲早都會消失，然而做著夢的我卻只能袖手旁觀而已，什麼忙也幫不了！

觀賞著自己的無助與盲目，我浮現很哀傷的情緒！

那哀傷強烈到我從夢裡醒來時，眼裡竟充滿了久違的淚水！……

我幾乎已經記不得上一次自己的哭泣是在何時，我更想不起當時是為了什麼原因，而那淚水又是奉獻給誰。

總覺得，男人到了一定的年紀後，心境就會變得沙漠一樣似的荒涼、貧瘠……只剩下不知為何而戰的自我意識徒增迷失！

睜開了眼，用模糊視線確認自己身在何處！望著頂上有點陌生的天花板，我花了幾秒鐘才想起這是台北的家。

我被酒精侵蝕太深的腦袋漂浮著不可思議的痛楚，好像有什麼人拿著荊棘正對著它鞭打，每一次脈搏運作都是一次殘忍的凌遲。

頂著宿醉，我在床上掙扎了一會兒！從窗外陽光的質感判斷，時間應該已經過了正午！搖搖晃晃起身，空蕩房裡只有我一人，可能老妹不知道我回家，所以在出門前也沒有來跟我打招呼。

在從前，當老爸還沒有回南投種水草以前，這四十幾坪的房子供我們一家四口居住大小剛好適中。然而現在我和老爸大部分的時間都不在台北，據老媽描述，每當老妹上班時，她一個人在家常會覺得這間公寓空曠的可怕！

（這家……少了點家的感覺！）我內心感慨著。

這幾個月以來，對這間住了二十多年的房子而言，我突然變成了客人！每次北回，來去匆匆，我通常只是回來吃個飯，或拿一些房裡的物品，其餘時間幾乎都膩在天天那裡！

於是乎，像是為了彌補和它的疏遠似的，我突然決定先不要急著過去天天那裡，我想先留在這房子裡等頭痛舒緩之後再說。

吞了兩顆鎮痛錠，瞄了牆上時鐘，下午三點，一如嘵時間肚子就餓了起來。打開冰箱找東西吃……老媽不在，冰箱裡果然也相當冷清！翻了半天，我只找到一顆瘦弱的蘋果堪稱食物。

走到客廳，邊啃蘋果邊打開電視，把遙控器按了兩輪，卻找不到一個頻道可以讓我停留下來。難得想待在家，無所事事的狀況令我沮喪。

我擔心再這樣無聊下去，那屢屢讓我失控的心魔又會跑出來肆虐！

（對了！我來蒐集一下去日本玩的資訊好了！）

如溺水時拾獲浮木，我為思緒找到去路。

之前答應要帶天天去日本玩的，過了一個禮拜我卻還沒把想法變成計畫。主意一定，我直衝書房打開電腦，試著在旅遊網站上搜刮資訊。

我在東京有相熟的朋友，之前也說好若是前去日本可以前去依靠，在以『隨心所欲』為出遊的最高原則下，我希望這趟旅行的型態是自由行。

藉由網路，我一一找尋可以前去的景點。

等天天晚一點打電話給我時，我已經列印出一大堆相關資訊。

『妳聖誕節前後可以請假嗎？』隔著電話，我問天天。

『應該可以吧！』天天的回答不是很確定。『我還有幾天年假沒用完。』

『那我們去日本的時間訂在十二月二十號出發好嗎？』我說。

『這樣到聖誕節那天回來，妳只要請三天假就好了！』

以我的經驗，出去玩這種事，依靠的是一股衝動！如果拖拖拉拉的不夠果斷，等興頭過去，真的成行的時間不知得等到何時。

『好哇！』天天語氣聽來很興奮。『這倒是你回南投唯一的好處！』她挖苦我。

想想，和天天在一起三年多了，非得等我離她離得夠遠，我們才有機會第一次一起出遠門去玩，這情況還真是諷刺的可以。

確定了日期，本想再和天天討論要去的地方，但天天卻說一切我決定就好。

雖然我心裡其實非常希望能和天天一起規畫這趟『我們的』旅行，但一想可以盡情規畫自己想去的地方，心中又有那麼一點感謝天天的包容。

計畫成形，我先發了封MAIL給東京的朋友，再去電我以前上班時認識的旅行社，請他們幫我代訂機票和旅店。

等一切聯絡完成時，外面的天色已經昏暗，但我卻反倒像剛昇起朝陽似的，輕鬆地哼起了歌。

（哇……好久沒聽見自己哼歌了呢！）

雖然還有很多安排旅行的麻煩事要做，但實際感受某件期待的事正在進行，卻實在有種振奮人心的效果。

從老爸發病到眼前這段時間，我的情緒像極了萬花筒，只要有任何一絲輕微碰撞，都會帶來心境上的連鎖反應。

在那樣的碰撞中不斷地適應、重組、改變自己的心理狀態……感覺真的很累！

也許『人』在上天的設計圖上，是屬於一種對環境變動十分敏感的動物。（尤其像我這種「想太多」的類型）

人的生理會隨時依據著心理狀況而進行微調，而每次微調都損耗著能量。

我想……那正是讓我感到疲憊不堪的原因。

那天晚上，我和天天一起吃了晚飯，還相偕看了場電影。

劇終人散，在回家前，我突然提議一起散散步。

我們把車開到離天天家不遠的政大，在深夜時分，走上那寧靜似乎一踏就碎的河邊長堤。

夜晚風寒，多雲夜空漂浮著幾顆落單的星星，行走在路燈與路燈間明明暗暗的堤防，天天拉高領子，把身體挨進我懷裡，開玩笑地數落我們這種半夜散步瘋子般的行為。

（十四天……再十四天！）行進間我摟緊她，默數距離旅行出發的時間。

即使對怕冷的天天過意不去，但我就是克制不住一種想要走一走路的慾望！

我其實不是想散步，我只是不想停下來！

我在心中吶喊，心情意外地相當亢奮，彷彿肌膚下方一公分的地方，就有沸騰的岩漿在毛細孔中流動一樣。

只不過是一次旅行而已！我無法理解為何自己竟會期待到這種地步！

在遙遠的異國……有什麼人，什麼事在等待我嗎？

我總覺得此刻我的亢奮，是個不尋常的預言，是在向我透露著什麼！

黯淡到幾乎不存在的月光，靜靜沈沒在流經政大的那條小溪上！那暗夜裡的河流有個很美的名字，叫……醉夢溪！

所有的夢想，流經這裡，都會掬起一絲喜悅醺然而醉嗎？

做了美夢，醉了一場，醒來之後的我，會比現在過的更好嗎？

我聽不見任何回答，只聽見流水潺潺。

我順著它的流向行走，露出微笑，當作一枚擲入溪水的許願錢幣，希望我的期待，也有醉夢的權力！

於是，在溪水低吟的祝福中，我吻了天天！

貪婪的，自負的，而且……極其幸福的！

我知道有好的事物即將就要到來！……我是這樣相信！

再有主見的河流，終究也得彎彎曲曲地回到海洋的懷抱。

我們只是在這條運河上，旅行過一遭的浮萍。

沒有結局，也許才是最好的結局！

因為在回到大海之前，我們還有開闢支流的可能性！

不知後會有期之時，你我會是什麼樣的光景？

是悲，是喜，還是早已無所謂悲喜？！

葉子

章之五——黑雨

據說，在原子彈爆發的同時，全世界就只剩下了光！

強烈的光，從白色，粉紅，逐漸轉為藍色，它焚燒一切、摧毀一切，將所有和幸福快樂有關的事，吸納進一朵蕈狀的雲，翻騰、攪覆，直衝天際……

然後天空，會降下黑色的雨！……一場令人絕望的黑雨！

十二月，吹著東北季風的台北天空灰濛濛的，好像多愁少年般怎麼樣也找不到放晴的理由！當忠孝東路上的木棉樹再也找不到一片樹葉的蹤影，葉子知道，冬天這個憂鬱的季節，真的已經到來！

取代REMY的新活動宣傳，上星期剛來報到。他是個高高壯壯剛退伍的小男生，喜歡嘻哈打扮，笑起來臉上會有陽光殘留的味道。他的到來，為向來陰盛陽衰的X唱片增添了一點陽剛的氣味！

因應新部門的成立，公司特別將原有的空間配置做了一點改變。

葉子搬離原有的座位，在靠近總監辦公室的地方有一整塊靠窗的區域是留給特別經紀部的辦公區。

葉子換了一張大一點的辦公桌，同時增添了好幾個專屬她使用的公文櫃。

只因VENUS是目前X唱片最重要的藝人，因而葉子感覺公司對待自己的規格也比之前提升了許多。

在新部門上班，葉子首先必須習慣的是各種會議與會晤的增加。

新上任的部門主管ANDY要求嚴格而瑣碎，以前葉子只要管好平面部分的宣傳工作就好，現在突然之間葉子必須和各種媒體、廠商、廣告公司都有所往來。

為了協助VENUS進行更全方位的發展，也為了讓自己更快能在這各個領域上手，葉子每天都得安排時間和不同的製作單位、劇組、公關公司接觸。

同時之間，ANDY打算幫VENUS全盤訂定新的操作策略……甚至連宣傳照、企劃書以至於合約書形式都想進行一些改造。

明瞭ANDY想在短時間內讓VENUS更上一層樓的野心，葉子只得隨之付出一個又一個加班的夜晚。又要帶通告，又得頻繁應付ANDY對於各種新行銷方式的發想需求。在蠟燭多頭燒的情況下，身體很少出問題的葉子也開始頻頻出現胃痛、失眠等等症狀！

但為了不被冷眼旁觀的同事們看笑話，尤其是在華姐、芽芽面前，葉子會刻意將身上的疲憊隱藏起來。她要自己像一隻孔雀般在她們的羨慕中昂首闊步，卻忘了，其實她的心早已在壓力中瀕臨破碎！

不必多言，對於REMY的想念，葉子只隨著忙碌程度而與日遽增！

有時候，在思緒的空檔，葉子會怔怔望著坐在REMY原來位置上的新同事，自顧自地發起呆來。

在那裡存在的，為什麼不是她熟悉的身影？

REMY永遠不會吝於給予自己的微笑與支援，又為什麼通通都不見了呢？

曾以為REMY提辭呈只是一時氣憤……只要氣頭過了，她應該就會前嫌盡釋地原諒自己，繼續待在X唱片才對。

但誰也沒想到REMY離去的決心，竟出乎意料的堅決。

確定離開之後，REMY一直放著尚未消化完的年假。她迴避著葉子，也迴避著從前的一切，她連辦公桌都是趁公司下班之後的深夜自己前來整理的！

當REMY避不見面的這段期間，葉子在好友一直未開的手機裡，留下一通通無奈的留言。基於愧疚，也基於失去一份友誼的恐慌，葉子心中有好多話想對REMY說。

她訴說對過去的緬懷、訴說歉意、也訴說著未來的各種可能性！

她語氣有時惶恐、有時故做輕鬆，有時說著說著就哽咽了起來！

她說得掏心掏肺，發自至誠，只盼那份誠意能讓REMY突然接起電話，願意笑著說一切都已雨過天青，而兩個人的友情從未變質。

只是掛上電話以後，葉子發現自己陷入的還是連光都逃不出去的黑洞！

在那黑洞裡，她孤立無援，卻也同時認為那種絕望是老天給自己的懲罰！

而在她最脆弱的時候，她依舊不敢、也不想與CHRIS聯絡！

推說新工作忙碌，葉子幾乎斷絕了與CHRIS之間的往來。

REMY、葉子、CHRIS三人就像彼此玩著躲貓貓，她躲她，她躲他，形成一個不對等的算式，痛苦永遠在無人回應的電話中輪轉。

基於內咎，葉子覺得自己好像只要再靠近CHRIS一步，這世界就會繼續崩壞下去似的。雖然她也知道事實也許並非如此，但她卻蠻橫地推開CHRIS。

對於CHRIS的無辜，對於他突然被自己冰凍起來的狀態，就算再愧疚，葉子也選擇視而不見！

於是，一場核爆的楔子，就在這段荒謬的三角關係裡，埋下了伏筆。

REMY回公司辦離差那天，台北難得出現燦爛的陽光。

相異於窗外的晴朗，REMY帶著倔強，無言走進了葉子身在的辦公室。

幾日不見，REMY略顯清瘦。令葉子心驚的是她的一張臉竟蒼白到像失去了五官一樣，只剩憔悴與失落填補著臉龐的空缺。

在葉子眼裡，那怎麼會是平時飛揚跳脫，永遠靜不下來的REMY！

不像了，完全不像了！

忍著強烈的心疼，葉子不敢輕易向前和REMY說話。

她只能像一道陰影一般等在電梯口，希望曾是好友的REMY至少不要連再見都不說一聲就離開！

（我該跟她說些什麼？）

等待是一種酷刑，當心中有太多話想說，葉子反而完全不知該如何開口！

（她永遠都不理我了嗎？她會把接下來要去的地方跟我說嗎？）

無數問題在葉子心裡縈繞，不確定的感覺一吋吋累積成恐慌。

她手足無措地面對同事的異樣眼光，等著REMY把該辦的手續辦完，當REMY完成一切朝自己走來，一接觸她那沒有靈魂進駐的眼神，她彷彿看見一片樹葉在寒風中離枝，飄啊飄，再也回不去原來的枝芽！

突然間，她完全明瞭，眼前這個REMY，已經不再是從前那個和自己情同姊妹的女孩！現在，兩雙同樣疲憊的眼眸即使交會，看的也不是相同的方向了！

『妳……要保重！REMY！』

葉子記得這是她對她說的最後一句話！但REMY卻保持完全的沈默，無言的眼神滿是空洞，風一吹都可以發出嗚嗚聲響！

她撇過頭去，不肯讓葉子直視她的臉龐，兩個人尷尬地對峙直至電梯到來。

葉子忍住想一把拉住REMY的欲望，直到電梯門關上的前一刻，REMY眼裡才出現一絲像是哀傷的漣漪，但那是不是葉子自己的錯覺呢？

一份溫暖，自葉子生命裡渺遠了！

在那之後，她似乎連自己的體溫都感覺不到！

為了習慣那種殘酷的冰冷，葉子一個人躲去無人的樓梯間，而遺憾的淚水，就這麼止也止不住……

午夜十二點，拖著加班後困乏的身軀步下計程車，深夜的嚴寒讓葉子畏縮，連身影都變得渺小起來。

回家前，她在巷口7-11買了瓶罐裝咖啡，葉子將它煨著臉，搖搖晃晃走進路燈微弱的暗巷，而那裡的昏暗，同時喚醒了葉子心中的恐懼。

最近，葉子異常怕黑！自從REMY離開，而自己逃避著CHRIS以來，害怕黑暗就像一種疾病一樣，寂寞的葉子喪失了所有對於黑暗的抵抗力！

『他』會出現在黑暗之中！

葉子知道，那正是恐懼的來源！

咖啡的熱，在低溫中蒸散，像是自嘆息中衍生的霧氣，乘著一縷白色絲綢消失在空氣裡。只沒幾步路距離，咖啡所能給予的溫暖，已經不再那麼強烈！

走在僻靜巷道，兩側五層樓高的舊公寓只剩幾戶亮著的燈光，此刻葉子周遭世界的人，睡著的或許比清醒的人還多！

（如果說，睡眠能讓人暫時忘記痛苦！那麼……我好像連也暫時逃避的權利也沒有？）嫉妒很多人在夢境裡安眠，近來總是無法入睡的葉子有些悵然。

鄰近家門，葉子掏出鑰匙，回到熟悉的領域讓她略微心安。

她以為自己獲得了暫時的安全，像在暴風中暫時躲進颱風眼的寧靜裡。

只是冷不防，黑暗裡出現了一個灰暗身影，他來到葉子身後，伸出手，試試探探地碰觸葉子……唐突的動作破壞了葉子的孤獨。

『嘿！』

那影子發出聲音，緊貼她耳後。葉子驚跳了一下，只覺心臟幾乎就要靜止，一股毛骨悚然癱瘓了她的身體，她想叫出聲，卻怎麼樣也無法回應！

『葉子，是我！』

在她幾乎站不住腳的同時，一雙寬厚的手輕輕覆蓋在葉子肩膀上，葉子還承受著那人溫熱的鼻息。

是CHRIS！

一旦確認了身後是那個讓她既排斥卻又想念的人，葉子閉上眼睛，眼眶之中突然有熱潮湧現。

她感受到CHRIS手上的力量，甚至感覺皮膚與那力量產生了共鳴！

她訝異自己竟那麼懷念CHRIS的觸摸，懷念到有些動彈不得！

『對不起，嚇到妳了嗎？』

見葉子身體不住顫抖，CHRIS慌亂把葉子轉過來欲直視著她，但葉子卻只將臉藏在長髮的陰影裡，輪廓一片模糊。

『沒……』

葉子不敢面對CHRIS，眼神在黑暗中游移。她的聲音簡短地猶如一把利刃，輕輕一切，兩人立即陷入一種失聯的沈默……而CHRIS只是睜大了眼，深情又不解地望著眼前這個謎一般的女人。

『你……在這裡幹嘛？』

一陣風吹來，葉子臉龐被其中的低溫刮得生疼，囁嚅許久，她卻問了一個奇怪的問題。而在此同時，CHRIS感覺懷裡的葉子想要掙脫，一種害怕她又要逃跑的惶恐，讓他立即出力將她小小的身軀緊抱住！

『妳問我在這裡幹嘛？』CHRIS難過地嘶吼：『妳竟問我在這裡幹嘛？』男人試圖吞下帶著心痛的怒氣，他用冰冷手掌托起葉子更冰冷的臉龐！

『妳突然間不接我電話，完全找不到人！妳竟問我在這裡幹嘛？』

CHRIS將委屈訴說出來，洶湧卻小心翼翼。

『妳可知道過去這兩個禮拜我是怎麼過的嗎？我一方面為手上的CASE忙翻了，一方面還要擔心妳怎麼了！……打妳手機……妳不接，傳簡訊給妳，妳也不回應！……我邊對客戶做報告，一邊掛記著妳，好不容易今天工作告了一個段落，我在兩天幾乎沒睡的情況下頂著九度氣溫在這裡等妳……妳竟然問我在這裡幹嘛！』

CHRIS狠狠吐了一口氣，把葉子的臉拉到有光線的區域來。

『妳可不可以告訴我，這一切到底是怎麼一回事？』

一接觸到CHRIS布滿血絲的眼睛，葉子的心狠狠地抽痛了一下，他滿臉疲憊與散亂的髮，全都說明了CHRIS曾歷經的熬煎。

但她要怎麼跟CHRIS解釋自己是身陷在一個難以解釋的混亂裡呢？

『能不能，請你……不要問！』她暗自咬緊了牙根，淡淡地說。

『不要問？』CHRIS聽見了一個他認為最荒謬的答案。

『這就是我在這裡等妳等了二個小時所得到的答覆？』

『我並沒有要你在這裡等我！』

葉子伸手握住CHRIS手腕，把CHRIS的手掌從臉頰上挪走。

『妳在講什麼？……妳沒有要我在這裡等妳？……』CHRIS手一轉反握住葉子的手，意外於葉子的冷漠，更被她的話語激怒。

『妳以為我吃飽撐著在這裡吹風嗎？葉子，妳到底怎麼了，這不像是妳會說的話？』

『我沒事！』葉子把臉偏到一邊。『我……我只是到新部門上班壓力有點大而已……』她故做從容地說。

『真的只是因為這樣？』葉子的解釋根本說服不了CHRIS。

『妳看起來很不好！』

『我很好啊！』

『是嗎？』CHRIS望著明顯口是心非的葉子！

『我這幾天打REMY手機，她也不開機，問你們公司總機，結果她竟然說REMY離職了，妳們之間是不是怎麼了？不然REMY怎麼會突然不做了呢？』

『是！我們之間鬧翻了！怎麼樣……你滿意了嗎？』

CHRIS的問題直擊葉子要害，為了不讓那個攔住悲傷的閘門崩解，葉子猛然爆發出反擊的力量！

『為什麼？』CHRIS愣在原地，不敢相信自己聽見的。而葉子只是劇烈喘著氣。

『因為葉子已經變了！』她說，說得連她自己都形同頓悟。

『她變得自私、虛榮、勢利、貪婪！她變的誰都不愛了……只愛自己！』

葉子雙眼僵直地睜著，似乎想用無情的字眼在CHRIS心上抓出一道道血痕似的。CHRIS從沒見過如此陌生的葉子！既悲傷，卻又有種理所當然的殘酷。彷彿在她柔弱的嘴唇下藏著野獸的牙！

『我不懂……』CHRIS搖搖頭，包覆葉子的雙手握的更緊。

『這段時間發生了什麼事，妳告訴我好不好？……再怎麼樣，我都是妳男朋友啊！我應該有權利知道我愛的人怎麼了吧？』

『哼！』葉子冷冷哼了一聲，從CHRIS嘴裡講出的「男朋友」三字不知為何聽來十分刺耳。

『你確定你愛我嗎？你確定你愛的是『我』嗎？』葉子直視CHRIS。

『還有……你確定，我愛你嗎？』

葉子的態度極具攻擊性，CHRIS被逼退了一步，但他還是堅定地對她說：『我當然愛妳！』CHRIS露出苦笑。『我想，我也相信……妳應該愛我才對！』

『你不要太相信我！』

她不敢相信自己竟會這樣回答CHRIS。『連我自己都不敢相信自己了！』她說。

『葉子……』CHRIS完全不懂她這番話的意涵，卻有種絕望的預感在滋生。

『別說了……我累了，你回去吧！』

『就這樣？』

『沒有用的……』葉子自顧自地搖起頭。『沒有用的！』

『妳就這樣……想把我們之間……結束掉？』

CHRIS猛吸了一口氣，說出心中恐懼的極限！

他望著她倔強的神情！不久之前，那個臉龐會微笑，會嬌羞地承受自己的吻，會做可愛的鬼臉，會對自己說～「我愛你」……但如今，那裡空無一物，像海市蜃樓消失以後的沙漠，彷彿一座繁華城市在爆炸之後瞬間消失……只剩下黑雨！

是的……雖然看不見，但這個悲劇一般的黑夜正在下著黑雨！

『也許吧！』

葉子眨了眨乾澀疼痛的雙眼，留下令人遺憾的答案！

她從CHRIS的手心裡抽出雙手，因為CHRIS體溫的關係，她的手指稍稍回暖了些……但那份溫暖，卻正好也能讓葉子找到力氣轉身離開！

『匡噹！』

葉子留下錯愕的CHRIS，將門甩上發出巨大聲響。

一道薄薄的門，就把世界分隔成裡面、外面，這邊、那邊，那是多麼簡單的二分法……只需要一點間隔，任憑兩個人再怎麼接近也會變得遙遠！

葉子什麼都不想，逕自爬上樓梯，開門，進屋，將整個房子的電燈全部點亮！玄關、臥房、浴室、檯燈、峇里島的貝殼燈……她讓這個只屬於自己的領域充滿了光亮，宛如白晝……然後她就躺在一片光明的讚嘆中，哭泣！

無法抑止的哭泣，像為了淘空自己靈魂一般劇烈地持續著！這房裡的光越強烈，存在於葉子背後的陰影就越深沈。

她不敢想像現在的CHRIS心中會有怎樣的感受，更不敢去想現在讓自己流淚的原因到底是什麼！

是為CHRIS？……是為REMY？……是為自己？……還是因為『他』！

那種不知為何而哭的感覺如此虛無，她覺得回到家裡的自己，卻依舊還是無家可歸。

那個夜晚，是台北入冬以來最寒冷的一個夜晚！

強烈寒流從遙遠的西伯利亞前來，不是帶來寒冷，而是奪走了原存在於空氣裡的熱量。對很多人而言，那是個很難入眠的夜，尤其對於迷失了的葉子而言，更是如此！

經歷過這場風暴，CHRIS仍不死心地前來葉子家找過她幾回。

就算他覺得原來的葉子已消失在某個遙遠的地方、就算葉子怎麼樣都不肯讓他再靠近一步……但CHRIS就是無法放下心中對葉子的執念！

『我對你已經沒感覺了！』葉子對執著的他說。

『你還是把我忘了吧！』

CHRIS在這段愛情裡被宣判了死刑，像無罪的罪人，沒有犯罪動機，也沒有作案過程、只有突來的刑責宣判了分手的結果……這玩笑似的結局讓CHRIS悲傷……更覺不甘心！

『我到底是哪裡做錯了？』

CHRIS不止一次這樣詢問葉子，而葉子的回答總是幽幽一句：

『你沒錯……是我錯了……是我從一開始就錯了！對不起！』

她寧可為自己的任性對CHRIS道歉，寧可將他從家門前逼走，就是怎樣也不肯將心中真實的想法透露給CHRIS知道。

（我這麼做是對的！）

葉子告訴自己，愛情本來就無從爭辯，該來的就會來，該走的自然就會走，像四季一樣，流轉之間無須哀傷，反正，人的情感總會自己找到出路。

但是這樣的她，每一夜卻在明亮的房間裡難以入睡！

有時候，『他』會趁葉子進入淺眠時回到這小小的房間，望著葉子許久不曾露出笑容的臉，點一根菸，用女人的寂寞助燃，安靜地給予同情和嘲諷。

只是每次葉子驚醒，『他』卻可以在葉子眼睛睜開前從容離開。

葉子知道『他』來過這裡，她的味蕾甚至能夠嚐到空氣裡殘存的菸草味道，卻無法拿出任何『他』存在的證據！

她偶而會夢見REMY，夢見那個被自己傷透心的女孩，在分不清時間地點的畫面裡，挽著一個熟悉的男人，相偕走在一條鋪滿楓紅落葉的道路上。

他們朝向遠方，迎面燦爛的陽光在他們背後拉出幸福的剪影……

每次夢見這樣美麗的夢境，葉子都會露出難得的微笑。

她會在夢中叫喚那個幸福的REMY，如釋重負，彷彿從罪惡中破繭重生。

然而，等夢裡的REMY轉頭與葉子眼神交會，那美夢卻會開始變成噩夢……

像是潮水退去一樣，夢的顏色會被一種不祥的氣氛抹去！

陽光不再金黃，楓葉不再殷紅，女孩深邃的瞳仁不再發出光采！

驚惶間，REMY和那男人從腳尖開始堅硬石化，就連他們飛揚的衣角也在風的吹拂下凝結於僵硬的角度！

在此同時，葉子看見自己滿頭黑髮開始質變，原本如絲綢亮麗的髮絲不知為何變成了一條條蠕動的蛇……牠們交纏、齧咬，吐著囂張的蛇信，也帶來了毀滅！

在只剩黑與白的空間裡，REMY對葉子露出怨毒的神情，她的身體仍在衍化成石頭，所有的詛咒從雙眼出發，期待葉子收到她的怨念……她手不能動，脖子不能轉，只剩眼眸在做最後的掙扎……

在與葉子相視的最後一眼，REMY的眼裡落下了一滴淚水，只是那眼淚還來不及離開眼眶，就變成石像上一個水滴狀的皺摺，永遠離不開傷悲！

葉子通常會在這裡驚叫著醒來！大汗淋漓，難以平息！

她會在急促的呼吸裡掩面痛哭，明瞭自己原來就像希臘神話裡的梅杜莎一樣，雙眼能讓一切變成石頭，更能讓所有和自己接近的人，最後都落入冰冷而不幸的世界中。

她摧毀了REMY，而夢裡REMY身邊的男人，更是無辜的第三者！

他是不該被牽連進來的人，他不該愛上自己，自己不該靠近他……然而，這些『不該』拿到此刻來說，卻都早已於事無補！

就這樣，在一個又一個殘破不堪的夜晚折磨下，葉子像是失去日照的植物一般，逐漸萎靡、逐漸憔悴、逐漸失去對自己的憐憫！

『好啦！葉子姊，別難過嘛！這部偶像劇拍不到，以後還有別的機會啊！』

時間來到葉子清醒的時候。

襯著窗外不斷後退的景色，VENUS和葉子坐在計程車裡，她們剛錯過了一部戲劇的試鏡時間。

在回公司的路上，VENUS的安慰靜靜在葉子耳邊發酵，反而產生一股強大的反作用力，加重了葉子心中的沮喪！

（怎麼會犯這麼嚴重的錯誤呢？記錯通告時間！）

外頭的台北正在飄雨，計程車司機似乎認出了VENUS的身份，屢屢從後照鏡瞄著兩人，像是窺探著什麼八卦般猥瑣。

這開著暖氣的車子裡充滿讓葉子煩躁的鬱悶。

她不發一語盯著雨中狼籍的道路，即使VENUS挨過來靠在身旁，葉子仍不願讓頹喪的表情被VENUS看見。

『欸……說說話嘛，妳這個樣子很恐怖耶！』

VENUS調皮地側過臉由下往上打量著葉子的臉龐，越過了某條線，葉子知道自己躲無可躲。

『對不起……這一次是葉子姐搞砸了，那個導演的試鏡是不等人的，還害妳被誤會是在耍大牌！』葉子向VENUS道歉。

『還好吧！是那個導演太機車了啦！遲到一小時又怎樣，都跟他們解釋是記錯時間，我們也道歉了啊，態度還那麼兇！』VENUS袒護葉子，臉上也寫滿了不在乎。『幸好這部戲我是沒希望了，要不然要跟那麼龜毛的導演一起拍戲，我不瘋掉才怪！』

『喂！不可以這樣，守時是很重要的，尤其妳還是新人，不可以那麼沒禮貌！這一次完全是葉子姐的錯，回去我會跟公司解釋，一切由我負責！』

即使內心千瘡百孔，但葉子在VENUS面前還是得裝出一副專業幹練的模樣。對於葉子的逞能，VENUS看在眼裡滿滿都是破綻！

『葉子姐……』凝視著葉子，VENUS收起洶氣，語氣變得認真許多。

『妳最近好嗎？』她問。

順著問題，葉子回望VENUS的大眼睛，在那幾乎看不見雜質的清澈眼神裡，她突然覺得自己有些自慚形穢。

她原本只想隨口說聲「還好」敷衍，但似乎言不由衷的話語對那雙眼神來說是種褻瀆……她思索了一下，彷彿看著自己走進了告解室，而在那裡，有個年輕而單純的靈魂正在等著聆聽她的懺悔。

於是葉子選擇改口。

『唉！還挺糟糕的……』她說，第一次對其他人承認自己過得不好。

『為什麼？……嗯……是不是跟REMY姐的離職有關？』

『有部分是吧！』意外的，葉子竟然沒有迴避這個曾刺痛自己的問題。

『最近，我非常討厭自己！討厭到想把自己去掉的地步！』

葉子喃喃自語地說著，語氣裡的沈重讓她們兩個人都沈默了下來。

此時車子剛轉上種滿大王椰子跟榕樹的仁愛路，窗外原本就黯淡的光線經樹蔭遮蓋，又更顯得昏暗。

『失去一個人的感覺，真的很糟對不對？』

十六歲的VENUS聲音裡有早熟的滄桑，葉子一時間不知該如何回答她的問題。

『這幾個月，我跟我的前男友，已經完全沒有聯絡了！在學校裡遇見，他都裝做不認識我……呵呵……這也許就是他分手時所謂的「做好朋友」吧！』VENUS輕咬下唇，和葉子交換了眼神。

『幸好我現在常常得請假，否則只要一接近他們班教室，我的心就會一陣絞痛……就像有人拿它當做毛巾擰一樣！』

『真的！』葉子撥了撥VENUS的頭髮，她完全能體會那種悲傷的感覺。

『不過妳知道嗎……葉子姐，幸好我最近交到了一個好朋友！』

嬌小的VENUS把身體挪開葉子身旁，坐直和葉子面對面相望。

『喔～新男友嗎？』葉子一臉好奇。

『不是啦！妳一定想不到。』

『誰啊？』

『是JOJO啊！』

『JOJO？』

葉子詫異地看著VENUS，她臉上寫滿一種年輕人才有的無畏與直爽。

從VENUS出道以來，即使雙方公司一再否認，但誰都知道VENUS和JOJO是彼此王不見王的死對頭！

『妳們有一起上過通告嗎？妳是怎麼……』葉子不明白從來沒有交集的兩個人怎能發展出

友誼。

『是我主動打電話找她的！』VENUS露出微笑。『就算我們遇不到，但我們總有共同的藝人朋友吧！要要到JOJO的電話並不難。』

『這樣好嗎？』

『哪裡不好？你們大人想太多了吧！事實上我跟她本來就沒怎麼樣！JOJO也說她對媒體老愛炒我們的新聞煩死了！』

VENUS挑了挑眉，有所不滿。

『就是因為她瞭解我的痛苦，所以我們才聊得來，JOJO說她當初就是受不了公司想把她做成白癡偶像才會跳槽的……那些報導說她是為了簽約金才離開公司，根本就是G哥放給媒體的風聲吧！』

『喂！妳不要亂說！』

雖然VENUS在說這些話時放輕了聲音，但畢竟在車裡談論這些總是件不妥的事。葉子在說話時特地看了看前面的司機，同時對VENUS使眼色，希望她先閉嘴，但顯然VENUS沒有意會過來。

『有時我把一些公司很賭的事跟JOJO說，這才發現原來那些鳥事她以前也碰過。』VENUS自顧自地繼續說。『我們都覺得老闆和G哥不會做唱片！』

『夠了！VENUS』葉子壓低聲音打斷VENUS。

『葉子姐不反對妳和JOJO做朋友，但我希望妳不要把公司的事跟她說……畢竟她還是妳的競爭對手！』

葉子突來的強硬語氣讓VENUS愣了一下。她看著葉子指責著自己的神情，一股莫名倔強，不禁從心底蔓延開來！

『你們為什麼總把JOJO當壞人呢？』

VENUS反駁葉子。『JOJO也會把她的事對我說啊！甚至她還會教我一些表演上的事呢！』

『就算是這樣，我還是希望妳和她保持點距離……相信我，這是為妳好！』

『是為我好還是為公司好？』

『你好公司就好……公司好妳更好，那其中有差別嗎？』

『當然有差別！』

VENUS的聲音大了起來，大到連司機也回頭瞟了一眼，但VENUS根本不在意。

『在你們眼中，我根本只是替公司賺錢的道具而已，對不對？』

VENUS生氣地詢問葉子。

『只要能幫公司賺錢，就算我痛苦的要死，你們也不會在乎……對不對？』

『不好意思，司機先生，前面麻煩先停車！』

眼看VENUS已經失控，葉子顧不得公司還沒到，只得匆匆要求計程車靠邊！

『VENUS，妳聽我說！』

付錢下了車，站在飄雨沒有人的人行道上，葉子搭著VENUS肩膀，試著和這個早熟的女孩溝通。

『這些問題，我們之前就已經討論過了……我也曾對妳說，不管別人怎麼想，但葉子姐絕對是站在妳這邊的！』

『哼……真的嗎？』VENUS顯然餘氣未消。

『妳要是真站在我這邊，就請相信我和我的朋友，不要把每個人都當成壞人！』

『我沒有把誰當作壞人，我只是提醒妳身為一個藝人該有的專業，不隨便跟公司以外的人談公司的事也是專業之一，妳懂嗎？』

葉子盡量讓自己保持冷靜，但她發現她的語調還是不自主地上揚了。

『妳相信我，我知道妳不好受，我也明白妳急於擺脫一些妳不想接受的事……但妳答應過說妳會在討厭自己中去學習喜歡自己的方法……不是嗎？』

『我是答應過！』

面對著葉子，VENUS收起忿忿不平，反而苦笑起來。

『但這過程要多久，葉子姐？……一年？五年？十年？二十年？五十年？』

她質疑地看著葉子。

『為什麼教我這些的葉子姐妳，自己也被困住了……為什麼妳也會對我說……妳很討厭自己？』

『我……』葉子一時啞口。

『我懷疑妳所說的方法，根本只是一種逃避，是在欺騙自己……根本就解決不了問題！……討厭就是討厭，不會從討厭變成喜歡的！』

細細的雨落在兩人衣服上變成深深淺淺的斑點，葉子竟覺得那些斑點好像自己靈魂上的髒污。

『在不對的位置上，做不對的事，愛不對的人，演不對的角色……人怎麼可能會喜歡自己，怎麼會快樂？……除非妳假裝！』

VENUS一邊搖頭一邊說：

『但我們能假裝多久？……一輩子嗎？』

（是啊~妳再繼續騙妳自己一輩子吧！）

VENUS的話語，像投入葉子腦海裡的石頭，幾經撞擊，盪漾出高高的波浪，讓葉子為之飄搖！

（連一個十六歲的女生都比妳清醒，葉慈，妳還不承認妳在惡搞妳自己！）

在葉子耳中，VENUS的聲音突然變成了『他』的，那人直接與葉子的靈魂對話著。她慢慢收回搭在VENUS肩上的手，臉上浮現一種千真萬確的寂寞。

（妳還在堅持什麼？）『他』問。

她其實早就明白自己的不誠實，但就是不知該如何對自己誠實，才會一個人徘徊失落了那麼久！

『葉子姐……走吧！……逃跑吧！』這一次，換做是VENUS拉住葉子的手。

『帶自己逃到對的地方去吧……否則，我們會繼續痛苦下去的！』

『對的地方，在哪裡呢？』葉子的聲音有些無助。

『至少不是這裡，這是可以確定的吧！』

當VENUS這樣說的時候，有領悟的神情，從葉子臉上浮現。

雨中的車輛，在潮濕的柏油路上帶起雨水、盛開成飛濺的水花。

一輛過去，兩輛過去……那路面上小小的水窪永遠無法平靜，一而再再而三地承受著車輛的翻碾。

這就是命運大致運作的模式嗎？

被無法改變的環境限制著，人只能守著自己小小的困境，只能遙想自由與寬闊……努力了再努力，卻幾乎改變不了什麼……

在看似寬鬆的命運裡，葉子有種被緊緊綑綁住的感覺，她感到極致的哀愁！

但這一次，她或許會真的選擇逃跑，也說不定！

耕一、葉子

章之六——交會

一列箱根登山列車，緩緩駛離箱根湯本站。

脫離車站月台遮擋的陰影，列車在起動時先劇烈地震動了兩下，然後再以緩慢速度朝有陽光的地方行駛。

面對著有坡度的軌道，車子無辜給人笨重的感覺，但它火紅車身，卻發亮的像是一道延燒的野火，準備撲向滿山遍野被雪染白的森林。

列車右手邊，有一整面長滿針葉林的山坡，左手邊則是依河谷而形成的市集。在小溪邊，一幢幢低矮的日式平房顯然經過規畫，一個勁的都是白屋黑瓦；不管是土產店、旅館、餐廳還是便利商店，沒有人刻意突顯出自己的妖豔，每一棟緊鄰的房子都很有默契地維持著箱根質樸的氣質。

隨著逐漸攀升的高度，腳底下那些停在火車站前的巴士讓人聯想起迷你的樂高積木玩具！如劍一般的晨光從車窗斜映進來，一種溫和的明亮，讓車裡面窗而坐的葉子不禁瞇起了眼睛。

在車椅位於小腿的位置，日本電車體貼地為旅客設置了加熱器。如果不是親身體驗過室外

將晴將陰，

人活著就是這樣，

在難以控制的天氣之下，安身立命，且戰且走。

而我們與之對抗的武器，

有時竟只剩下貧瘠的樂觀。

二度的低溫，葉子可能就會被那穩定傳來的熱能和外頭的陽光給欺騙，以為薄薄的玻璃後面是一片暖冬。

葉子是在昨晚八點左右到達箱根的！

在火車站附近的小旅社待了一晚，吃過白飯配著鹹魚、漬菜、納豆的日式早點。

葉子終於得以在這班清晨七點半出發的列車上，眺望到慕名已久的箱根風情。

按照手中的地圖看來，箱根溫泉區其實是泛指整個圍繞著早雲山與芦之湖的狹長河谷。而從山腳下的箱根湯本到早雲山的入口強羅，則大約得花上半個小時的時間。（早雲山是箱根眺望富士山的著名景點）

雖然再過幾天就是聖誕節，但今天卻非假日時段，上山的旅客並不多！

在這節可以容納二十到三十人的車廂裡，現在僅有一對三十多歲的日本夫妻與葉子遠遠分坐著。

配合著電車發出的沈吟聲，那對夫妻低聲地以日語相互交談，他們語調中的愉悅，與葉子的沈靜形成明顯的對比。

自從乘坐的飛機離開台灣，不管是在繁華的東京暫留或是搭乘小田急線前來箱根，葉子的旅程都只有自己一個人。

一個人的旅行，是用自由換取寂寞，也用寂寞來陪伴自由！

尤其在這種人生地不熟的地方，寂寞的成分裡通常隱藏著對於陌生的恐懼。

雖然在這麼孤單的旅行裡不會有人催促自己的腳步，也不用和別人爭執想去的地方，但是身旁沒有人作伴的感覺，卻也是一種難以形容的壓力。

或許是為了平衡一個人的單薄，也或許是因為車裡過於充足的暖氣，當電車搖搖晃晃經過塔之沢站後，葉子就脫下身上的羽絨外套，把它緊緊抱在懷中，當作唯一的朋友陪伴著自己。

在行進間，葉子像想起了什麼重要的事情似的，從包包裡拿出iPod。

她扯下白色毛線帽戴上耳機，用戴著手套的笨拙手指按下按鍵；經過幾秒的等待，一陣吉他前奏俐落地在葉子耳邊響起。

『給生命一段 自我放逐的旅行 目的地對自己保密
聽著迎面風 不給方向的指引 用迷路去寫下日記
偶而要帶領自己遠離開人群 想一想孤單的原因
若寂寞是生命必須承受之輕 晚一點頓悟也可以』

耳機裡的VENUS開始唱起『弦外之音』這首歌，中板旋律滿富著進行感！

葉子的額頭依舊斜靠著窗，在四周滿溢的異國氛圍之中，她的心情因為聽見熟悉的語言而稍稍放鬆了些。

經過塔之沢站後，箱根鐵路正式進入一段S型向上攀行的陡峭坡道，原本沿著鐵路蜿蜒而流的小溪，隨著一個大轉彎，突然間就像被沒收一樣隱沒在一片杉木林裡。

『從熟悉的城市逃離 找地圖上沒有的天晴
我的眼睛和情緒 太容易下雨

只要隨公路 彎彎曲曲 堅持一點小任性
耳邊就有美麗快樂的旋律』

耳機裡的VENUS努力對抗一種失落的感覺。
「繼續走就對了！向前走到許多不明白的答案自然會明白的！」
她好像藉由旋律這樣說著！

『哼一段弦外之音 幸福前的練習曲 期待那首歌曲 吟唱出未來風景』

在音樂陪伴之下，葉子看見鐵軌兩旁因海拔漸高開始有了白雪的痕跡。
『雪耶……』她口中小聲地讚嘆著，但語氣並不算特別興奮！……那或許是因為窗外一整片銀白色的世界讓她感到自己更加渺小的原因！

『心中的弦外之音 神秘的應許之地 邊唱歌邊前進 就遇見風和日麗』

看著無數冰晶在陽光之下閃閃發亮，葉子一邊用手擋在眉毛上面抵抗強光，一邊想起旅遊指南上這樣寫著：『箱根鐵道在夏天時會開滿各種顏色的繡球花，冬天則有銀色森林雪景可以欣賞！』

說真的，現在葉子心中還比較期待百花盛開那種充滿生機的感覺。
不知為什麼，葉子就是覺得一整排光禿禿的樹木在冷風中佇立的樣子，會讓人有些感傷。

『所有葉子都到哪裡去了呢？被冬天帶走了嗎？』

葉子腦海裡怔怔地想著，同時也想起自己這一趟旅行的目的。

『我這片「葉子」又該往哪裡去呢？……』

五天四夜的日本行，是上禮拜臨時才決定的事情！……

雖然聖誕節是各種演唱會、商演的高峰期，但所有通告早在前幾個星期前就已敲板定案。在最忙碌的平安夜只要有人帶著歌手在各演唱會間趕場就好了。

經過協調，G哥同意讓精神狀況不佳的葉子在聖誕節這個檔期請假，雖然近來工作頻出狀況的葉子讓ANDY有些失望與不滿，但為了面對接下來更忙碌的跨年活動，ANDY也只能期待葉子能經由休息找回以前的幹練。

好不容易得到長假，葉子刻意為自己安排了一趟前往日本的旅行。

一方面，葉子希望藉由出國遠行來理一理自己混亂的思緒。

另一方面，在聖誕節這個特別的節日裡，葉子似乎已然無法在台北這城市找到一個平靜的角落。

她感到無比孤單，卻又無法說服自己回到CHRIS身邊，雖然葉子知道CHRIS始終還在等待著自己！

或許，只有藉由橫渡一整面海洋，逼自己離開熟悉的地方投入另一個陌生國度，葉子才有面對孤單的能力！

用探險的孤獨來減輕寂寞的重量，這是葉子不得已必須進行的交易！

在前往早雲山這段蜿蜒的旅途上，她看著面前閃閃發亮，堆積成一片的銀色雪花，內心寂靜的發不出一絲聲響。

而冰冷的冬天，就這樣在她的胸懷裡，越積越深，越積越深……

❄

在遇見那個穿著白色羽絨大衣，獨自佇立於強羅車站前等待纜車的女孩之前，我的情緒還一直因為天天臨時無法前來日本而暗自低落著。

在我計畫中，這場屬於我們兩人的日本之旅，應當從此刻即將探訪富士山的腳步開始，逐漸步入高潮才對！但沒想到這一趟我期待已久的旅行，卻完全沒有依照我的劇本行走！

二天前，在機場揮別天天，我一個人坐上飛機，看著身旁那個本應屬於天天的座位被一個商人模樣的中年男人佔據。在四個小時的飛行中，那男人還用連續不絕的鼾聲嘲笑我，讓我更加生著悶氣！

被諸事不順的厄運整整囚禁了兩天，不愛逛街的我在東京的行程形同雞肋（這兩天本來就是為了天天而安排）。直到我來到強羅，故事的發展，才有了離奇的轉折！

雪，自淺灰色的天空落下，不稀疏也不濃密，簡直像是經過精密計算似的，為強羅乾淨而透明的空氣憑添一份詩意的朦朧。

會注意到那個白衣女孩，與其說是我發現她的存在，倒不如說是一種不得不發生的結果。因為聚集在這小小車站準備搭電纜車前往上強羅的旅客中，大部分不是夫妻、情侶，就是一整群集體出遊的朋友……只有我和那個女孩兩人形單影隻，像兩顆沒有衛星的星球，各自在寂寞的軌道上運行！

第一眼見到她，我並不是被她外貌所吸引！引起我注意的，是她身上無比誇張的厚實防寒裝備！

從毛線帽、耳罩、圍巾、手套，到身上包得圓滾滾的衣裳，幾乎不用任何說明也可以知道她怕冷的程度，恐怕是所有旅客中之最！

那麼畏寒的女孩在日本人中不多見，有的話也不會一個人在這種時節像神經病一樣的跑到箱根山上來。

所以我猜測她應該不是日本人，而且那種猜測十分篤定，因為在等待纜車到來的過程中，我曾看見她手上翻著一本中文的旅遊雜誌！

巧合的是，那本介紹箱根的圖冊，我背包裡剛好也有一本！

從強羅到上強羅之間，雖然僅僅只有大約二、三百公尺的直線距離，但這段路程卻是連汽車也無法行走的陡坡……連接兩地最快的交通工具，就是眼前即將到站的登山電纜車。

環顧四周，包含我和那女孩在內，所有旅客不過也才十多人。

當登山纜車的車門打開，大家魚貫上車尋找座位坐下之後，整個嶄新充滿現代感的車廂仍顯得空空蕩蕩。

在列車還沒有啟動之前，我先在那女孩後方的位置坐下。

纜車內的暖氣溫暖而充足，我看見她輕搓著雙手，似乎因為脫離了外頭的嚴寒而鬆了一口氣……看見她的舉動，我不禁莞爾，心中浮現強烈的親切感。

因為她怕冷的樣子，跟天天像極了……雖然想起天天，難免又讓我心情一陣低落！

『嘿……這個位置有人坐嗎？』

或許是身在國外比較沒有顧忌的緣故，當纜車起動之後，我幾乎沒經過什麼猶豫，就做出一件讓我自己也意想不到的事情！

可能是一路一個人坐火車所累積的孤單在作祟，我竟然離開座位來到女孩身邊向她搭訕，這對不擅於與陌生人交談的我來說是極為大膽的舉動！

『啊？』

或許是我的聲音破壞了她的沈靜，也或許是我的出現太過於突然。我感覺她似乎被嚇了一跳。她身體微微一震，抬起頭用帶著疑惑的眼神望我。

『妳應該也是台灣人吧？……妳和我一樣一個人來箱根旅行？』

在氣氛還不至於變得尷尬前，我趕緊追問，試圖拉近我們之間的距離。

但奇怪的是，當那女孩的視線與我臉龐一接觸之後，她竟就像看見了什麼不可思議的東西般失了神。

我看見她的眉宇無意識地緩緩鎖緊，眼眸中似乎出現某種混亂，像是一泓清澈的泉水被我踩起的泥沙給弄混濁了似的。

『對不起，小姐！妳聽得懂我講的話嗎？』

被她這樣直直地盯著，我顯得有些狼狽。

我感覺這車上其他的乘客都在注意我，好像我在做什麼非法的勾當一樣。

我甚至懷疑起剛剛我對這女孩所有的推測……說不定她根本不是華人，也不怕冷，她手上的那本雜誌也不是我擁有的那本。

杵在這樣進退兩難的場面裡，我開始後悔自己因為一時衝動而做出隨便亂搭訕的決定！

所幸，在我想挖個地洞躲起來之前，那女孩終於對我有所回應。

她似乎也對自己的恍惚感到困窘，只稍稍把她的身體挪的更靠近車窗一點。

我猜想，那應該是她給予我的暗示，允許我可以在她身旁坐下。

『不好意思，嚇到妳了吧！』

在坐下時，一面表達歉意，我一面把包包裡的旅遊雜誌拿出來，在女孩面前晃了晃。

『都是因為這本書的關係，我看到妳有一本一模一樣的！』

『啊？』

女孩又一次輕發出驚呼，她望了自己包包一眼，然後再看看我手上的冊子，一臉難以置信。

『很巧吧！』我說。『所以我才猜我們應該是來自同一個地方的同胞！』

當我說話的時候，女孩把臉稍稍轉過來面向我，她的視線雖然不再像之前那樣緊盯著我看，但我卻查覺得到她的緊張與不安！

『小姐……我沒有惡意！』看她不自在的樣子，我對她說。

『但如果妳不希望被打擾的話，我可以回我原來的位置坐。』

『不……沒關係！』女孩突然搖頭說。

雖然只是簡短的回答，但我至少可以確定二件事～

一、她真的是台灣人。

二、她並不是啞巴。

『我只是……一下子聽到國語，有些意外而已！』

女孩側著臉，緩緩將那幾乎遮住大半個臉的圍巾解下，我看見她長長的髮也跟著地灑在雪白的羽絨衣上，形成黑與白強烈的對比！

『也對，要是有人突然沒禮貌的來搭訕，我也會嚇一跳的！』我說，同時注視著她。聽我這樣調侃自己，女孩嘴角出現了隱約的笑意。

『妳一個人要上去看富士山？』

看她表情稍稍放鬆，我頓時放心不少，連語氣也跟著輕鬆了起來。

『是啊！』

『真的？妳真特別！』

『哪裡特別？』

『喔！妳別誤會……』我連忙解釋。

『我的意思是，大部分女生來日本玩，都比較喜歡在東京逛街血拼，會特地跑來箱根的人並不多……況且……妳又是一個人！』

『是嗎？』女孩細細的唇微微一抿，宛如帶著惆悵。

『可能……我比較喜歡山吧！』她說，同時把臉轉過去面向外頭飄著雪的世界，一轉過去就是一陣沈默！

『是啊……我覺得，箱根這裡比東京有味道多了！』看女孩一下子又掉進了安靜裡，我翻了翻手上的雜誌試著再延續話題。『只是，剛剛在山下還出大太陽的，一過強羅竟然就開始下雪……書上說要在箱根上面眺望富士山還得靠運氣，希望等一下山上的天氣不要讓我們看不到富士山才好！』

『看不到山……看雪……也很美啊！』

『妳不怕冷嗎？』我笑著問。『看妳穿這麼多！』

『怕啊！』女孩沒有回頭，仍然背對我。『但就是特別怕，所以才希望它冷一點啊！』女孩聲音輕輕巧巧地鼓動著我的耳膜。

『是嗎？』

我原本以為她的回答是隨口說出，並沒有什麼特別的意涵，但當我想說一些玩笑話回應時，我卻從窗戶上看見了她異樣的倒影！

她的臉蒼白而不帶表情，像浮雕般帶著不動聲色的愁，她的輪廓連同一種很淡很淡的絕望，靜靜懸掛在車窗上那個左右相反的影子裡！

在剎那間，我覺得我的心好像被什麼看不見的東西撞擊了一下。

我慢慢收起臉上的笑容……突然覺得眼前遇到的這個女孩，竟像深奧難懂的神諭一樣，在表象之後隱藏著一片深邃，而那深邃，似乎不是我能用輕率的態度去褻瀆的！

『妳果然很特別！』

只因她的一席話，我的語氣也跟著變得沈靜了下來。

我鼻子聞到她身上的香味，是令人愉悅的玫瑰香。

我大腿外側輕輕和她接觸著，與她分享兩人之間逐漸回暖的體溫！

我必須承認，經過這幾分鐘的接觸，眼前這個不說話的女孩，竟已讓我產生一種類似被吸引的感覺。

那不是長驅直入式的喜歡她或怎樣，而是一種從外表上完全看不見的動搖。

那是遇到同類的感覺！

那感覺既陌生，又熟悉……好像在差異中，有什麼頻率，是我們彼此同時都擁有的東西！與她並肩而坐，我難以控制地，有一點點激動！

而那激動，也暫時讓我失去了使用語言的能力。

我只望著她的側影，望著與她背影融為一體的雪景！突然覺得就這樣安靜地與她比鄰而坐，好像也是一件不錯的事情。

❄

『為什麼？……連名字都不能告訴我嗎？』

『如果你能答應我說的這幾件事，說不定，我可以答應和你一起走一段路！』

『不問姓名，不問過去，回國以後不要聯絡？……這是某種遊戲嗎？……還是妳有其他理由？』

在前往大涌谷的路上，兩人的對話說到這裡，葉子臉上出現了曖昧而意味深長的沈吟，她像是刻意維持著什麼秘密一樣，不肯將壓在底牌下的心思讓身旁的男人知曉。

『有很多事，是不需要有理由的！』葉子說。

在她回答時，他們兩人已從登山纜車換坐成高空纜車，在到達早雲山的置高點前，旅客乘坐的交通工具必須一再改變，彷彿進行著接力賽一般。

懸吊在橫越山谷的鋼索上，葉子感覺自己開始緩緩滑行，等車廂一離開旅客待位的月台，存在於兩人腳下的，就是突然間變得無比深峻的山谷。

『我們只要遵守著規則去做……就不會犯錯的！』

葉子的語氣像隻蝴蝶，也像纜車外似晴又似陰的天氣一樣難以捉摸！

惱人的雪，只在強羅到上強羅之間下了一陣，一到了早雲山上，原本像鵝毛一樣飄著的雪反而不再下了！

這樣的天氣雖然有利於看到富士山露臉的機會，但此刻葉子的心情卻反而隨著天氣好轉而陷入一片迷霧之中。

一切的轉變，都是因為『他』的出現！

（我到底在幹嘛？）

葉子輕咬著自己下唇，腦海混亂至極，她不明白為何自己已經逃到這麼遙遠的地方，卻還是逃脫不掉某人的糾纏！

就像此刻，這世界上竟會有一個與『他』長的十分相像的男人靜靜坐在自己對面，提議一起分享這原應只屬於葉子一人的旅行。

其實，對於這個突然出現的男人，她大可以斷然拒絕他的接近……然而葉子卻沒有這麼做，這是葉子自己都覺得弔詭的地方！

可能，男人的出現，實在巧合地過於不可思議，不可思議到讓她想看看接下來的進展會是如何！

也或許，對於『他』的現身，葉子心裡甚至還有一絲絲的喜悅，只是她不願意承認而已也說不定！

『好吧！我答應妳，不問任何有關於妳的問題，而同伴的關係，也僅止於在國外這段期間！』

隨著纜車的爬升，男人用迷惑的神情反抗了一會兒，最後終於無奈地答應葉子提出的條件，但顯然他對葉子的好奇也跟著越加濃烈！

他與葉子相互望了一眼，好像在簽署什麼約定，而不管男人的退讓是出自真心或只是暫時的迂迴，葉子都心生感激！

她給了他一個笑意明顯許多的微笑！

因為風大，懸空的纜車不時左右搖晃著！

在到達大涌谷之前，整個早雲山的碎石山壁上都佈滿了積雪，像是厚厚一層糖霜！在兩人左手邊，垂直綿延好幾百公尺深的絕壁，多處都漂浮著硫磺地熱冒起的白煙，樹木只稀疏生長在某些向陽的斜坡上，那些背負著白雪，樹葉全掉光的枯枝顯得十分蕭瑟！

在葉子的想像裡，兩條綿延將近三、四公里長的纜車鋼纜，就像穿越在早雲山這個巨人面前的紡紗線……一輛一輛間隔而行的車廂則是忙碌於線上的梭子。

紡著紡著，人類在大自然面前顯得渺小無比的感覺就油然而生！

乘坐著遊人的車廂，一邊是來，一邊是去，雖然渺小，卻都擁有挑戰天險的勇氣！這方越爬越高，那方則在不斷降落！

在輕微的懼怕之中，葉子只覺自己正在飛翔！

『妳還好吧？……妳臉色看起來有點糟！』

一共可以搭乘十三人的纜車現在只有他們兩人乘坐，車廂裡除了空曠之外，風刮著車窗而發出的嗚嗚聲也讓人心生恐懼，所幸車內同樣有暖氣，外頭的低溫才不至於帶來威脅！
『我很好啊！』葉子回答，她知道自己臉色的蒼白絕不是源自哪裡不適。
『真的？』
『真的！』
『妳是不是有什麼心事？』
『嘿……你犯規了喔……你才剛答應說你不問問題的！』
『可是……』
『你看……富士山！』葉子突然驚呼！
她知道男人還想追問些什麼，所以刻意將話題轉往陽光指向的方向。
此時纜車剛剛急昇越過一座高大的山頭，一過了某個高度，整個視野突然像拉開布幕的舞台般豁然開朗。
一座龐然滿覆著白雪的錐形巨山，出現在西北方！雖然它的全貌被雲霧遮蔽住半屏，但它雄偉、完美、均衡而對稱的山勢，還是擁有瞬間震懾人心的力量！
『真美！』葉子讚嘆著，乍現的聖山抵擋了一切言語的流動。
『的確很美！』男人像是放棄似的應和葉子，從他口中吐出的悠長的氣，擾動了空氣，也將他的無奈表達地既含蓄又露骨。
（只是一個和「他」長的相像的男人，我是不是應該別想太多！）
貼著冰冷玻璃，葉子靜靜看著美景。女人心的複雜在男人看不見的地方糾葛交纏！

再一次遇見『他』，不是幻影，而是活生生觸手可及的『他』，葉子克制不了自己產生某種模糊的期待……如果在這麼美的時刻，『他』能由從身後緊緊地抱住自己，那該是一件多麼美好的事？

這種不受葉子自身歡迎的想法，在她腦海中揮之不去，當她感覺越罪惡、越骯髒……當她越逼迫自己不能表示出一絲絲對『他』的懷念時，她的心就越不受控制，固執而任性地浮現那種妄想！

而或許是葉子的意念洩漏了某種訊息！

就在那一刻，她的肩頭感受到男人的碰觸……葉子為了這個意外幾乎顫抖起來！

那觸摸輕柔中帶著試探，像是安慰，不帶著任何情慾，彷彿只是單純地想與葉子為伴！

（謝謝！）

安靜中，葉子沒有出聲，也沒有反抗男人的靠近。

她在嘴角漾起一絲寂寞而感激的微笑，至於自己眼角的微濕……她覺得，什麼也不必解釋了！

❄

因為使用「箱根周遊卷」的緣故，在到訪箱根的這幾天之中，不管是電車、纜車、巴士還是航行於芦之湖上的觀光船，我們只要出示手上的「FREE PASS」，就可以無限次數地使用當地的交通工具，可說是既方便又划算！

軟弱，其實是一種堅強，

因為一個人願意承認自己的弱，是強悍的！

堅強，也許是一種軟弱，

因為堅強的人，往往是在害怕自己會害怕！

隨著相處時間增長，漸漸地，女孩似乎已然比較習慣身旁有我這個程咬金陪伴著。一路上，她的話不多，只要我不提話題，她就好像站立在什麼鬆軟的流沙上，會慢慢下沈，下沈，直到淹沒在最純粹的沈默裡！

她有時會偷偷望著我，凝視得出神，彷彿在我臉上尋找某個失落的世界，但最後卻連她自己也迷失了一樣！

每當她做出這些奇怪舉動，我會先裝作沒發覺，然後再找個時機，故意問她一些無關緊要的問題將她從恍惚中救出，同時接受她以困窘表情暗自傳過來的道歉。

說實在的，她真是一個特別、神秘、又有趣的人。

她越不想讓人瞭解，我心中想瞭解她的渴望就越強烈！

在到達芦之湖之前，我和她先在早雲山最高的一站，也是眺望富士山的最佳地點大涌谷逗留了一陣。在低於攝氏零度的低溫中，我們彼此拿出相機，為對方以富士山為背景拍了幾張留念的照片，卻有默契的不找人幫我們拍攝合照！

離開大涌谷，再度搭乘纜車慢慢下降，當我們的高度漸漸可以看清楚下方森林裡每棵樹的輪廓時，轉而映入眼簾，是原被杉木林遮擋住的一座美麗湖泊，在微弱陽光下閃耀點點波光！

走出湖畔的桃源台車站，我們坐上一艘仿十七世紀歐洲戰艦造型所建造的觀光遊輪，這艘擁有三根桅杆的大帆船在高達三四層樓高的船身上漆以紅白兩個明亮的色彩，像一團火點燃在芦之湖的湛藍湖面上，連水中倒影都看得見其燃燒的痕跡。

我和女孩步上遊輪，感覺比想像中平穩，我本來想前往開著暖氣的室內船艙就座，沒想到女孩竟說她想去甲板上吹吹風。

『妳確定？』我斜睨看她。『湖上風大，會很冷唷！』

對於我的質疑，女孩擠回一個無所謂的笑容。她以實際行動走向船尾雕有數座海盜塑像的甲板上，我心存懷疑地跟在其後，船艙外的強風讓我臉皮瞬間緊繃了起來。

『嘿！這個妳拿去用吧！』

當女孩選擇在第三層甲板一個背風的角落停下來時，我從包包裡拿出一個暖暖包，把它揉了揉，然後直接交到女孩手裡。

對於手中突然承接到的溫暖，她露出意外的神情。

『沒想到你竟會帶這種東西？』她挖苦我。『看來你也挺怕冷的嘛！』

『當然不是我準備的！』我立即反駁。『這種程度的冷根本不算什麼好嗎！』

『那是誰準備的？』

『呃……我媽幫我準備的！』

不知為何，在回答女孩問題時，我直覺地想掩飾些東西，而且我還儘量將那種掩飾做的不動聲色。

『你不必對我隱瞞你有女朋友啊！』

雖然我自覺語氣什麼的都很自然，但女孩好像還是察覺了什麼。

女孩把玩了一下暖暖包再看看我，眼神平和，卻有種鋒利的敏銳。

『我哪有隱瞞什麼？』

『是嗎！……呵呵。』

儘管嘴巴上嘴硬不肯承認自己的心思被她看穿，但我其實非常訝異於女孩展現的敏感，在剛剛那一瞬間，我心中的確閃過天天的身影！

『好吧！……我承認，這本來是我女朋友買來她要自己用的！』和女孩對視了兩眼，我頓了頓……訕訕說出了實話。

我知道自己不擅於說謊，而且也真的沒有什麼好隱瞞的，所以也不用和她玩言語上的捉迷藏了？

『本來？』女孩挑了挑眉，表情帶著些許勝利姿態。『你女朋友怎麼了，為什麼沒有跟你一起來？』

『甭提了……鳥事一樁！』我撇過臉看著寬闊的湖景，無法預知何處才是湖心。這芦之湖呈長條狀南北縱走，在四周杉木林的簇擁下，它就像一個羞澀少女般不讓人一次看盡她明媚的姿色。

『妳不是說我們之間最好不要問太多嗎？』我回敬一句。

『隨便你……』女孩聳聳肩，似乎就算話題就這麼不清不楚結束也沒關係似的。

見她反應如此，我的心被一種奇怪的失落感搔癢著，當她臉上表情越不在乎，我反而更想把情況說出來。

人就是這樣犯賤，越不該吃的餌，就是越會想去吃它！

『唉～好吧！』我嘆了口氣，心甘情願地上鉤。

『她本來現在應該在我身旁的，但她在機場出關前被海關攔了下來。』

『為什麼？』聽我出聲，女孩的眼光又從遠方回到我臉上。

『因為海關說她護照的空白頁上有污損，護照失效，出不了國。』

『啊？你們出國前沒檢查嗎？』

『是我女朋友自己笨，上次出國時竟然拿護照來抄她朋友的住址電話！……我們想說護照距離期限還很久，所以也沒特別留意！』

『嗯……這的確是一件很殺風景的事！』她露出同情的表情。

『但你就這樣丟下她，一個人來日本玩啊？』

可能是聽到我悲慘遭遇的關係，女孩的話多了起來，語氣也親切多了。

『我本來是打算就不要出來玩的了！』我而帶苦笑。

『但我真的氣不過，我期待這趟旅行期待了好久，結果竟然臨時出了這麼大一個包，一不甘心……就一個人跑來了！』

『無論怎樣也想離開逃跑一下……是嗎？』

『什麼？』

剛剛那句話女孩喃喃說在嘴裡，我聽的不是很確定，但她那如羽毛輕的語氣，卻在我心湖上激起了很大的波紋！

『逃跑？』我愣了一下看她。

『旅行，其實就是一種逃跑……不是嗎？』她說。

『哈！……是啊，就是想逃跑，一點都沒錯！』

我自言自語掩飾被看穿意念的困窘！搔搔頭，然後又加強了口氣對她說了一次。

『無論怎樣我也想離開原來的地方……逃跑一下！』

在對話之間，我們的船突然劇烈地晃動，我能清楚感覺遊輪的引擎奮力運轉著，準備帶我們航向未知的角落，而在我的胸口的地方，好像同時也有些亂流出現！

『逃跑……有什麼幫助嗎？』女孩的聲音沒有表情。『若問題的根源沒有解決……再怎麼逃，也是於事無補啊！』

『但至少逃跑可以離開我們原來所在的地方。』我回答。

『有人說，逃……它的反面就是迎接！不逃，我們怎麼知道，自己原來是被什麼東西給困住，又怎麼知道該用什麼方法去把困住我們的東西解開！』

『那……你看清楚你的問題了嗎？你找到解決的辦法了嗎？』

『我啊……我不知道！』我搖搖頭。

『妳呢？』我反問。『妳的逃亡又有什麼收穫？』

『我的逃亡？』女孩有些錯愕，像水面上被我們的船驚起的水鳥。

『這同樣也是妳此刻人在這裡的原因吧！』我直直看著她。

『我這不是發問喔！我是直接猜中了謎底……對不對？』

『我要是回答，那就害你犯規了！』

刺骨的風，微微挪動女孩額前的瀏海，我看見她那雙黑白分明的眼眸，突然間蒙上了一層幾乎看不見的薄霧。

我知道，我也刺中她的要害了！

龐大而豪華的船，以不疾不徐的速度切劃過水面，發出沙沙潮水聲，也將本來平靜地像是一面鏡子的湖水激起一層又一層皺摺。

看著我們的前進破壞了芦之湖原有的靜謐，我心中不免產生些許罪惡感！

但此時真正牽動我心情的東西，我想，不是周遭的美景，不是與我們漸行漸遠的富士山，也不是一刀一刀刮在臉上隱隱生疼的寒風。

我是被女孩憂傷的神情，悄悄地困住了！

❄

在元箱根湖畔的餐廳用過簡餐，走出戶外，剛剛搭載旅客前來的遊輪，此時恰巧步上歸程。它從碼頭離岸，帶走了一批旅行團旅客，然後把寧靜，還給了這湖、這山、還有午後的一片晴朗！

當周遭旅人都各自前往他們要去的方向，突然間，葉子四周圍的空氣好像開始沈澱，吵雜被抽離，剛抵達目的地時的興奮漸漸平緩，在變得澄清的思緒中，葉子對於『他』的存在，也已漸漸地處之泰然！

無可否認，她的身旁現在只有他，好像某種懲罰一樣，老天爺安排讓那個男人陪著自己遺世獨處……她連每一次呼吸所產生的白霧，都變成那男人所呼吸的空氣的一部分……切割不開彼或此！

『去箱根神社，好嗎？』

男人微微領先葉子半個身子，回頭時燦爛的陽光將他臉上鬍渣和眼睛旁的細紋都刻畫地鉅細靡遺。

葉子覺得，他和『他』之間最相像卻又最不像的地方，就是眼睛！

他們同樣有神，同樣散發著光采……但他不像葉子曾愛過的那個『他』一樣，眼神總是飄移不定，同時帶著不受感情牽絆的冷酷。

相較之下，那男人的眼神溫和多了，溫和到顯得有些缺乏自信！葉子直覺，那是曾受過傷害，卻以不對的方式痊癒而遺留下的傷疤。

『沒有車可以直接到神社那裡，我們得走一段路！』

走過芦之湖的沿岸長堤，遠遠的，箱根神社著名的紅色大鳥居就緊挨著湖的東岸豎立。看著遠比雜誌裡美麗的風景，像個遠足的孩子一樣，男人臉上出現興奮的神情。

他領著葉子通過神社最下層的小型鳥居，整個箱根神社位於芦之湖畔一個小小的丘陵上頭，要抵達得爬上一段階梯。從入口處緩階向上，頓時間，寬闊的天與湖都被兩側高聳的杉樹給吞食，鋪展在兩人面前的是厚重的樹蔭，與身後強烈日照相比擬，鋪著石磚的小徑宛如置身幽冥。

『箱根神社建於西元八世紀，是當地人為了保佑船隻平安下水航行而建，因為歷史悠久的關係，據說連江戶幕府的德川家康都曾來這裡參拜，也是日本少數幾個建於湖畔的神社……』

一邊行走，男人一邊唸著雜誌上介紹的文章，不時與葉子交換眼神，相較之下，一路都保持沈默的葉子沒有什麼明顯的情緒。

失去了日照的庇護，道路兩旁的殘雪越來越豐厚，原本潔白的雪在遊客踐踏之下變成黑黑骯髒的雪泥，同時也讓整條小徑顯得狼狽而濕滑！

和在陽光下相比，這樹林間的溫度低的超乎想像，葉子一路上不斷將戴著手套的手在交互摩擦，卻還是忍不住顫抖。

好不容易，沿著石階來到神社正殿入口，出現在兩人面前的是二三層樓高的赤色鳥居和提供淨手之用的手水舍。

再從這裡的石階往上走，神社就已然不遠！

像是進行什麼探險一般，男人在葉子注視下脫掉手套，用木杓從石槽中汲起一泓冷冽而純淨的泉水洗手，但顯然那不是個明智的決定！

『哇！好冰……』

看著男人齜牙咧嘴的表情，葉子稍稍揚起嘴角，她明白男人是故意想用誇張滑稽的動作來淡化兩人之間的隔閡……對於他的用心，葉子暗自銘記於心！

來到本殿，神社紅身黑斜瓦的建築安靜座落在樹蔭之間。環顧左右，偌大廣場上只有稀疏不到五個遊人到訪。

走到拜殿前，男人拉著葉子先鞠躬、掏出五圓日幣銅板擲入一個添香火的木箱，然後按照日本人的方式、擊掌兩次、合十默禱，最後不能免俗地再鞠一次躬，完成參拜儀式。

只是站在神社代表神明的鏡子前，葉子沒有許下任何願望，也未祈求任何庇佑。她只是靜靜看著男人閉眼唸唸有詞的側臉，好奇於他的虔誠，到底是為了想解決什麼迷惑而產生！

對葉子來說，她一向不是很依靠信仰的力量！她敬鬼神，卻從來不覺得自己應該從那份尊敬裡擷取什麼利益！

況且，自從和『他』分手之後，葉子早已習慣用理性的方式來處理自己生命中所會面臨的困難。

什麼該捨，什麼該得，什麼應該快樂，怎樣將悲傷從自己的心裡分割！

若不是近來身邊發生了太多事，否則葉子認為自己早就有辦法控制自己身而為人所必須承擔的愛恨癡嗔！

如今，男人參拜的模樣讓葉子頗為自慚形穢，忽然間，葉子覺得與自己並肩而立的他，似乎比自己富有許多！

至少，他不會將自己需要別人幫助的一面隱藏起來！

只因為這一點小小的差距，葉子就感到無比自卑！

於是，搶在男人之前，葉子慌張地離開神龕。

她心虛地往側殿行走，卻看見走廊下方一個像是布告欄的長板上掛滿了一整面琳瑯的許願牌！

那一面又一面寫著祝禱的木牌，上面都承載著一份願望……或者說，那是一份許願者赤裸裸毫不避諱表露出來的脆弱！

祈求事業順利、祈求家人平安、祈求學業進步、祈求愛情圓滿……

若人已是無所畏懼的強者，那麼何需尋求這些心靈上的慰藉？

還是只要人活著，再怎麼樣都難以達到百分之百毫無破綻的堅強……而那這正是為何信仰會存在的原因！

（為什麼妳總得這麼逞強？讓別人知道妳愛他，讓自己承認妳軟弱之處有那麼丟臉嗎？）

在冷風吹襲下，成串的木牌不斷輕輕晃動，葉子在恍惚間好像聽見那個自己愛過的男人又在她耳邊這麼詢問。

那是一個葉子無法回答的問題，因為其實她也對於自己那種病態式的「害怕軟弱」感到難以解釋！

『妳知道日本的神社裡都沒有神像嗎？他們都只放了一面鏡子在神龕上，為的就是讓來參拜的人照照鏡子，反省一下自己！』

眼見葉子呆立在許願板前，男人來到葉子身後，想看她到底是對什麼產生了興趣。

『怎麼樣……妳許了什麼願望？不知道日本的神聽不聽的懂我們用中文許願？』

男人沒有發覺葉子暗地裡遭受的撻伐，他帶著觀光客的好奇趨前仔細看了其中幾個許願牌上的內容……臉上輕鬆愉悅的模樣讓葉子頗為嫉妒！

『我們到別的地方去吧！』

當自卑感逐漸加重，直到變成一份對於自己的憤怒時，葉子轉身，冰冷地催促男人離開這個讓她感覺節節敗退的神社。

『妳怎麼了？』男人不解於葉子臉上的不悅。『剛剛不是還好好的嗎？』

『沒事！』

明瞭自己心情的轉折太過於複雜，葉子不想多做解釋。

『我們還有其他的地方要去吧！』她說。

『既然是逃跑……就不要一直待在同一個地方……』她呼出一口氣，哀求似地望著男人。

『否則……我們會被那些緊追不捨的煩惱給追上的！』

她用盡全身力氣地對他說。

耕一、葉子

章之七——清醒

與她相遇的第一個晚上，我一別於自己一個人用餐時的簡約，主動提議試試看箱根此地的懷石料理。

結束參觀箱根音樂盒館、箱根御關所等景點之後，在女孩沒有反對的情況下，我們先一起從箱根町坐十來分鐘的巴士前往我旅館所在地仙石原，並決定當晚就在下榻旅店的餐廳用餐。

由於女孩住的旅店遠在山腳下的箱根湯本，回去的車程至少要一個小時，所以我們用餐的時間必須提早，以免錯過了巴士與列車的收班時間。

其實，一開始當我提議一起去仙石原走走時，女孩的態度還頗為猶豫。

而說真的，我並不是懷抱什麼惡意的期待才邀請她到我住的地方來的！

我之所以會想帶她來這裡，純粹是因為我東京朋友的強力推薦。

說起「仙石原」，在前來日本之前，我根本對這個地方一無所悉，旅遊書裡對於那裡的報導也少的可憐！

但是我那朋友一聽說我要來箱根，卻二話不說建議我把原來預約在小涌谷的飯店退掉，改訂仙石原這裡的飯店。

他對我拍胸脯保證，若想在箱根追求最好的住宿享受，那麼可以一邊泡湯一邊遠眺富士山的仙石原，絕對是最值得推薦的地點！

基於有好康要與同伴分享的理由，我誠心地邀請女孩加入我的行程。而我坦然的態度也說服了她！

如今，當我和女孩擺脫一般遊客路線，搭乘巴士往一大片森林的深處駛去時，我內心不禁浮現起一種探險的緊張感。

比鄰而立的高大杉樹，吞食了彎彎曲曲的道路。在林樹與林樹間偶而有一大片芒草原出現（仙石原以壯闊的芒草原景觀著稱），那白茫茫的芒穗在風的撫動之下曲身搖晃，讓此間景色更顯蒼茫。

走著走著，我竟有種幻覺，彷彿現在的自己是和心愛的人拋棄一切，正準備前往世界的邊陲展開新生活一樣，有種既期待又怕受傷害的狹促不安！

所幸，經過一小段山路的蜿蜒之後，蕭瑟的感覺隨著建築物的出現而沖淡！

當巴士駛進仙石原市町，車窗外的景色突然繽紛起來。

那種繽紛並不張牙舞爪，反而以一種悶騷的姿態透露著它的嫵媚。

這是一個步調緩慢的小鎮，感覺山、樹與微風才是此間的主角，而人只是以輔助配角的身分在此附著著而已……街道窄窄的，車輛稀少，並立的小商店看起來都有些歲月的痕跡，臉色紅潤的老嬤嬤們彷彿在暫停的時間裡靜靜賣著柿餅、羊羹之類的土產。

當巴士離開主要的大街轉進住宅區，有別於大街上以日式平房為主的建築，我們眼前出現一幢幢融合了和式與歐風的別墅式民房，和箱根町那種熱鬧中帶著拘謹的風味相比，仙石原這裡走的是寧靜優雅的日歐混和風！

按照朋友給的指示，我和女孩在旅館附近的巴士站下了車，從站牌到旅店還要走上五分鐘的路程。

此時正好是當地小學的下課時間，馬路上剛放學的日本小朋友三三兩兩並行著。幾乎可以稱做是夕陽的陽光把整個地區漆上一片亮亮的金黃。

這裡的住宅幾乎都是獨棟式的，小巧但精緻，大多漆成白色。住宅前都有開放式的草坪，十分整齊的草皮像地毯一般鋪著。在這個迫近聖誕節的時節，有幾戶人家已在門板上掛上槲寄生，營造出一種幸福的氣氛！

行走在灑滿陽光的人行道上，耳朵聽著日本小朋友用童稚聲音說著我們聽不懂的童言童語。在那一刻，我與女孩靜靜地相視一笑，完全對眼前童話般的景色著了迷！

『妳確定妳還要回箱根湯本？』

我暗自慶幸聽從了朋友的建議來到於此，神情也不自覺地驕傲起來。

『我朋友說天氣好的話，從這裡就可以看到富士山！我訂的旅館更有可以邊賞山邊泡湯的露天溫泉……怎麼樣，要不要考慮留下來？』

對於我的邀約，女孩以一種詫異的眼神回應我，似乎不太相信我竟如此直接邀請她與一個認識不到六個小時的陌生男子一同過夜。

『妳不要誤會！』女孩的反應讓我有些尷尬。

『我的意思是，因為我訂的房間是雙人房，所以也會有兩張泡湯卷，如果等會妳真的覺得這裡不錯的話……嗯……我願意出讓我的房間讓妳睡！』

『喔……這樣啊……對我這麼好？』看著我想解釋什麼，但又好像越描越黑的窘態，女孩臉上似笑非笑，諱莫如深。

『你把房間讓給我，那你自己要睡哪？』

『如果妳可憐我……那麼借個浴缸讓我睡好了。』

對於女孩的問題，我以很嚴肅的態度回答，但回答的內容卻完全不是那回事。

對於我無厘頭的答案，她先愣了一下，然後忍不住哈哈笑了起來。

『那半夜如果我要上洗手間的話，是不是還得先把你趕出廁所！』

『不用吧……我又不介意看到什麼！』看著女孩的笑顏，我的心也好像突然間輕盈了起來，這還是我們相遇以來她第一次開懷地展開笑靨。

『我介意啊！』她說，用笑彎的眼睛回應我的貧嘴。我走在女孩右邊，臉上堆滿愉悅，似乎快樂的心情能夠抵擋空氣裡的低溫。

不知道為什麼，原本想邀請她留下來的想法只是隨口說說，但哈啦了兩句，此刻我卻真的有種希望女孩留下的強烈念頭。

在那一瞬間，我心中浮現些許罪惡感，這一趟本應屬於天天的旅程，即使她不在我身邊，我也應該在心裡留一個空位給她才對！

但現在的問題是，天天的確有在我心裡啊！

只是為何在我的情感裡，現在有一塊神秘的部分，像一個過去被鎖上，但如今卻無緣無故自己解鎖打開的房間，誘惑著我前去一窺究竟！

我希望女孩陪伴的感覺，到底是以什麼為出發點呢？

我發現我沒有辦法集中思緒，因為女孩在我掙扎辨別自己是否做了一件不對的事情時，說了一句帶著衝擊性的話語。

『如果天黑之前，富士山還願意從雲層裡再露一次臉的話……我就留下來！』

她說，臉上的笑意還留著餘溫。

『什麼？』我既驚訝又意外地看她。

『如果我自己拿不定主意的話，那就把決定留給命運好了！』

她在說話時看著原來富士山存在的方位，如今那裡被一層厚厚的雲彩所掩蓋著！我跟隨她的眼光，看著隱藏起富士山的那一片蒼茫，突然對於她的說法深有所感！

『交給命運嗎？真是個偷懶又不負責任的方法……』我定下神，嘆了一口氣說。

『但是，我喜歡……也好像應該如此！』

我對著女孩笑了笑，發現我們兩個人，似乎都對於什麼隱晦不明的東西，感到無能為力！

或許，這才是我希望她留下來的原因吧！

❄

當天空的顏色漸漸暗下，從溫熱泉水表面盤旋而上的蒸汽，反而顯得更加清晰可見。這室外溫度因為失去了陽光而急遽下降，圍繞在露天浴池周圍的樹木也在間歇強風吹襲下搖晃不已！

望向只看得見零星幾顆星星的天空，葉子隱約期待著眼前那一片漆黑空間，是不是能下起潔白的雪。

雪，美麗而孤單的雪！第一場下在自己全身赤裸時的雪！極冰冷與極溫暖同時存在，沒有原因，葉子就是認為那樣絕對性的衝突，存在著不可思議的美感！

時間漸漸晚了。距離末班巴士發車的時間也越來越迫近。

處在瀕臨臨界點的不安中，葉子的肉體卻躲藏於鈉炭酸溫泉的懷抱裡。

她的心情漂浮著，在滑膩膩的觸感中載浮載沈，如同迷了路般，既沈不下去，又浮不起來。

帶自己走進岔路的男人，正在鄰近的男湯裡！

吃完豐盛的晚餐，葉子心中對什麼事都無法確定的感覺卻始終沒有被餵飽！

而她，還要以這種不確定的姿態，等待命運來幫自己選擇答案！

隨著夕陽的餘燼在遠方熄滅，葉子無從逃避，黑夜就是黑夜，在認定上已經失去了模稜兩可的空間。隱身於雲層之後的富士山，在天黑之前，終究還是沒有再次露臉！

按照自己與命運之間的約定，此時已該是葉子起身告別那個男人的時刻。

但令葉子感到意外的，是她，竟然猶豫了……

一些原先與葉子一起泡湯的女遊客，在露天浴池逐漸被夜幕覆蓋了之後，陸續滿足地上岸離去。

挨著因霧氣而略顯昏暗的燈光，葉子周遭突然陷入一種絕對的安靜！現在陪伴著葉子的，只有四周用石頭和寂寞堆砌起來的精緻造景。

葉子抬頭望了一眼懸掛於橫樑上的時鐘，那不斷行走的秒針，仍公正而固執地挪動著時間，一刻也不曾停止。

判讀了時鐘代表的數字，感覺回頭的機會越來越渺茫，葉子先深深吸了一口氣，然後突然將身體完全沒入水中，試圖把自己的一切，都交給溫熱的泉水掌管。

她閉上眼睛，停止呼吸，不做任何抵抗，等待血液裡的氧氣一點一滴消耗，像揣摩著自己死亡的模樣一般！

僅只一分鐘不到的時間，一種痛苦的窒息已像繩索一樣把葉子綑綁起來，而生命想從喉嚨深處奪竄而出苦悶，則拼命凌遲著葉子的神經……

為什麼在每一種出口之前，總是會有巨大的痛苦，如同守衛般絕對地看守著？以生命來說，臨死前的痛苦，到底是為了讓我們因為恐懼而增加求生的意志，抑或只是不願讓我們輕易地從生命這場試驗裡解脫？

而相同的，愛情呢？

為何明明知道有些人早應該、也早已經從我們的生命裡消失離開。那麼為什麼那些令人痛苦的思念，卻還是不斷會在那顆沒有把「愛」清除乾淨的心中肆虐！

得不到、放不下、捨不得、忘不了！只因想把一個深愛過的人從生命裡拿走之前，我們都得千辛萬苦，撐過「失去」這件事所帶來的痛楚！

雖然我們都知道在失去的那端是自由、是天堂！……但我們總在那深刻痛苦的守衛之下投降了……繼續沈淪下去！

（就這麼死去……是否也不失為一個不錯的選擇……只要再一下子，再一下子！……一切的煩惱，就都會消失了！）

有一瞬間，死亡的念頭真實而深刻地浮現在葉子心裡……她的身體極痛苦，思緒卻極清晰！她早知道所有痛苦的根源都來自於自己，卻明白自己始終都只是個脆弱膽小而無助的人類……雖然，她一直假裝自己很堅強！

很多事情，就包括今晚要不要留下來與男人過夜這事，其實葉子心中早就有了答案！但在膽怯的面前，答案和實際行動卻往往背道而馳！

（我好討厭自己……好討厭好討厭好討厭！）

葉子咒罵著葉子，彷彿受苦的肉體是別人而不是自己。

但接續在咒罵之後，葉子也聽見自己倔強地大喊。

（但我是不會就這樣輕易放過我自己的！）

於是，在認清了自我軟弱，卻又不甘於屈服的那一瞬間，葉子猛然浮出水面，一下子跳脫死亡的陰影。

她喘著氣，在空氣再次進入肺臟時開始劇烈咳嗽！

然後，在眼眶溢出淚水的同時，她做了一個她早就做好的決定。

今晚……她要留在那個男人身邊，不管他是自己愛過的『他』，抑或只是個意外闖進自己人生的人都無所謂！

葉子只是想完完全全地誠實一次……不管這種誠實，是不是會對自己帶來傷害。
她厭倦了一再對自己說謊的感覺。
她想改變！

❄

在寂靜無聲的夜裡，聽著一個陌生鼻息在自己身旁規律地運行著，這種吵雜，足以讓奔波了一天的我，擁有一整晚失眠的理由！
房裡因為暖氣的放送而維持在溫暖的範圍內，我甚至稍覺悶熱地把手跟腳伸出棉被外面擱著。
在沒有開燈的昏暗中，藉由窗外路燈的投射，我看見房間玻璃上有著一層霧氣。想必今晚室外的溫度一定十分寒冷……只是我身處在一個受保護的環境裡感覺不到而已！
翻來覆去，就算睡不著，夜還是在慢慢的消逝中。
望向黑暗裡猶如一個小丘壟起的雙人床，在那原來應當屬於我熟睡的地方，現在卻睡著一個我連名字都不知道的女孩！
在一種無法進入夢鄉的煩躁中，我想起今晚女孩向我說她要留下來時的情景。
『我決定了……我今晚要留下來！』
『真的嗎？……我沒看見富士山啊？』
『是沒有……但我還是要留下來！』
『喔……』

『你的床願意借我睡嗎？』
『當然！如果妳決定了的話……』
『我是指……我一個人睡！』
『當然！』
就這樣，她在過了離開的最後期限之後，決定留下來過夜。
我想，任何一個正常男人在聽見一個女人說她願意和自己一起過夜的時候，很難不想入非非！尤其她還是個頗為美麗的女子，但我卻不敢那麼明目張膽地讓我的慾望橫行。
一來，我覺得女孩想留下來的原因，和一些慾望之類的東西，應該無關！
二來，在今晚……我的心裡，一直惦記著天天！
那不是基於罪惡感什麼的才想起她，而是當我的房裡不應該，卻實際多出另一個人時，自然而然該去想的事情。
我知道自己和女孩不會發生什麼，我們只是同樣感到寂寞、同樣感到困惑，又不巧同在逃跑的路上，偶遇的一對同伴而已……我一直不斷這樣提醒著自己！
（她為什麼可以睡得那麼好……她那麼相信我嗎？）
既然睡不著，我乾脆從鋪著墊被的地毯上坐起！
我靠在牆壁上，思索著奇怪的問題。
那些問題包括如果我對天天說……我在國外和一個認識不到一天的女孩同房共度了一宿，她會不會相信我這一類假設性的提問。
有趣的是，我很有自信地覺得，就算此刻天天從門外突然衝進來，我還是有辦法讓她相信我沒有對不起她。

人與人之間的信賴是日積月累而來，這點平常我就十分在意。但越是這樣想，一種想要犯一點罪的心情卻反撲而生！

為什麼我總要當好人？

為什麼前女友把我甩掉的時候，我得祝福她？

為什麼老爸的夢想，我得幫他完成？

為什麼別人抄襲我的歌詞時，我不能還手？

為什麼當天天不能來日本時，我不能當面狠狠罵她一頓？

為什麼我不能為所欲為，按照慾望去做我想做的事？

為什麼我不能當個壞男人、不孝子……當個既厚臉皮又想搞一夜情的禽獸？

那些所謂的『壞人』每天在報章雜誌上出現……混得好的，還能上電視把自己淫亂、勢利、黑心、但卻又令人「羨慕」的生活在一堆談話節目裡描述的活色生香。讓我想不透為何我非得把自己的生活搞得跟苦行僧一樣安分守己！

這世界明明有許多秩序在崩解，而我又對那些崩壞感到無能為力！

那麼與其讓自己一直穿著道德的袈裟，倒不如乾脆承認自己根本也是一隻會說話會穿衣服的動物而已！

勇敢承認了……說不定會因而輕鬆爽快一點！

『你在幹嘛？……為什麼不睡覺？』

當我唾棄著自己乖乖牌的形象唾棄到沸沸揚揚的境界……不知從什麼時候開始，女孩已經坐在床鋪上凝視著我！她突然發出的聲音嚇了我一跳，但當我與她黑暗中炯炯有神的眼睛一接觸之後，我直覺上立即明白……她根本和我一樣，一點睡意也沒有！

『沒幹什麼……跟妳在做同樣的事而已。』

『跟我一樣？那你覺得……我在幹嘛？』

『我不知道……』我的眼睛一眨也不眨地對抗著她。

『但我現在想到床上去睡……和妳一起！』

『是嗎？』女孩的表情在黑暗中看不清楚是否有何劇烈的波動。

『為什麼？』她問。

『沒有為什麼……就是想而已！』

『很想嗎？』

『很想……比很想還要想！』

『這樣啊……』她幾乎沒有遲疑地回答。

『那你就上來吧……反正這原本就是你的床！』

❄

黎明，在黑夜的盡頭，理所當然地將一夜的混亂劃下句點，然後再與全新的一天接軌！

過去的這幾個小時，是讓葉子感到無比奇特的一段旅程，雖然她根本什麼也沒做，只是靜靜地躺在一個陌生男人身旁，睜大眼睛，毫無睡意地撐到天亮而已！

在這段時間裡，男人的手，是與葉子十指交纏的！

一開始，兩人的手指只是無意間於被褥中輕輕觸碰了一下，但一旦沸騰的體溫有了連接的隘口，那無心搭建起來的橋，卻再也找不到拆除的理由。

她知道他也沒睡，兩個人有很多事想說，卻完全不用言語交談。

男人開始持續用手指間或地在葉子手背上磨蹭……充滿安慰，也充滿曖昧的。

但奇怪的是，男人與女人，卻沒有想要進一步做什麼的意思！

對葉子而言，男人的手指，做的似乎是比兩人用性器官劇烈交合還要更加親密的事。

他的手指在葉子手背間的窪地上來回擾動，像一陣陣刮了又停，停了又刮的颶風，在葉子心中惹起看不見的海嘯！

一個又一個浪頭，朝著葉子許久沒有靠岸的心洶湧襲來！

拉扯之下，錨泊的鏈斷了！堅強的桅杆倒了！葉子驚覺自己已然離開了過去數年來自己一直認為安全的海域，往一面如地獄般翻攪的未知怒海飄去！

葉子一方面嗅到危險的氣味……痛苦、悲傷、死亡好像都橫亙在前方！

但同時也托這種厄運之福，她竟在一種衰敗的預感裡找到解放的感覺！

她甚至覺得……就那樣沈沒進深深的深海裡，好像也沒有太大的關係！

❄

或許是因為一夜幾乎沒睡的關係，一大早躺在床上，我的胃抗議似的瘋狂餓了起來！為了消滅飢餓所帶來的不適，我掙扎起身走到小茶几前把礦泉水扭開，仰頭一口氣喝掉半瓶水……而在這期間，我感覺躺在床上的女孩眼睛一直盯著我看。

『你看起來很糟！』她用明顯沙啞的聲音對我說。

聽她這麼一講，我一邊把保特瓶旋緊，一邊瞄了一眼鏡子裡滿頭亂髮、鬍渣亂長又明顯睡眠不足的自己。

『是蠻慘的……』我苦笑著把水放下。

『不過……妳也好不到哪去！』我回看女孩浮泡的雙眼。

在那一刻，我們兩人都發出了乾乾的笑聲，那笑聲聽起來跟開心無關，只是為了化解兩人共度了一個什麼都沒發生，卻好像有『什麼』已經改變的夜所帶來的尷尬而發出的聲音！

我們心知肚明，在言語上，眼前這種搞不清彼此關係的混沌狀態，對我倆而言是一種保護，誰也沒有必要去追問任何問題或釐清一些事物，我們本來擁有的就只有當下……既然如此，就認命吧！

我們都是鴕鳥！但至少此刻都不是立即會被誰審判的鴕鳥！

『走吧……吃早餐去吧，我餓死了！』

我伸了一個懶腰，想把自己從一場沒有睡著卻實際存在的夢境裡拉回來。但一個原本就「醒著」的人要怎麼再次清醒，這一點，我倒覺得有些棘手！

❄

經過一番討論，在男人的規畫下，兩人決定吃完早飯後視天氣狀況來決定今天的行程……若天氣晴朗可以看到富士山，那麼兩人就繼續留在仙石原，享受一下有奢侈山景陪伴的露天溫泉。但若不幸富士山依舊不肯露面的話，那麼兩人就只好轉往其他的景點走走。

結果，一直到用完早膳回房為止，滿心期待能與富士山再見一面的兩人，依舊還是失望了！

今天仙石原的雲量有點多，葉子望向富士山的方向，只能看見一片白濛濛的雲霧。對於本來存在的東西卻偏偏被命運阻隔著，葉子心中覺得有些遺憾！

首選計畫無法如願，那麼兩人只好選擇替代方案。由於葉子部分的行李還留在箱根湯本第一晚下榻的旅館內，所以兩人得先往回走把葉子的飯店退掉……然後再聯袂回到元箱根！

『我朋友建議這兩家旅館都住住看……所以我們就麻煩一點，轉移一下陣地吧！』

對於今晚要住的地方，男人沒有問葉子是否還願意分享同一間房間，他是以一種『妳沒說不要，我就當作妳要！』的態度，來替葉子做出決定！

對於此點，葉子不置可否，她直覺地認定，要不要再與男人一起過夜，得等今晚來到之時，她才會有答案！在那之前，所有的感覺都是臆測，她想等更精確的時機，再來決定自己的抉擇！

就這樣輾轉來去，葉子隨著男人來到芦之湖畔一間小巧別緻的宿屋。

面對沒有明顯招牌的旅店，男人先確認了半天，然後才走進屋裡比手畫腳地完成住房手續，還順便預約了晚餐的私房料理（美食是這間民宿之所以會被推薦的原因！）

這看起來有些年歲的純日式宿屋不大，卻緊鄰著芦之湖而建，簡直就像浮在水面上的浮雕似的。葉子覺得自己幾乎只要稍稍用力一點呼吸就可以為窗外暗藍色的湖水帶來漣漪的樣子。

帶著疏離，葉子把一切溝通的工作交給男人。當穿著和服的親切老闆娘用日英語交雜推薦著一些值得去的景點時，葉子只望著清冷湖面發呆。

『來吧！來討論一下，從老闆娘那裡得到不錯的資訊！』

幾隻水鳥倏然飛起，葉子也好想就這樣隨牠們振翅遨翔而去，但她知道自己沈重的身軀只有雙手沒有翅膀……所以，她還是乖乖地在男人呼喚之下回到現實世界。

『你決定就好吧！』

『別這樣嘛……一起決定比較有參與感！』

男人不給葉子逃避的理由，一把拉著她坐在旅店前的花台上研究地圖。

經過一番意見拉扯（其實大部分是男人自己一個人的意見在拉扯），他們決定前往位於伊豆半島北邊的著名景點修善寺。

由於從元箱根到修善寺，兩人必須先坐五十分鐘左右的車到達三島市，再由三島車站轉換伊豆箱根鐵道才能抵達目的地！所以算算總計一個小時的行程，當他們到達修繕寺時，時間可能已是中午過後！

面對不算短的車程，男人在上車之前，特地到附近一家商店買了麵包和熱咖啡，以備在轉乘舟車勞頓中有所補給。

上了車，可能是昨晚無眠的緣故，一坐上巴士柔軟舒適的椅墊，葉子就感到一股深沈的疲憊，像滴入清水中的墨水般，從身體深處逐漸滲透開來。

等到車子啟動，靠窗的她很自然地就把臉朝向窗外，她望著芦之湖秀美的景色，同時在車窗上望見自己昏昏欲睡的倒影。

一路上，低頻而固定的引擎聲像催眠曲般持續放送，加上車內的溫度宜人，種種因素讓葉子與男人輪流打著哈欠。他們偶而彼此相望用微笑調侃著對方的疲態，但倒鮮少真的以言語交談！

就這樣，既平和又安靜，旅行好像來到激流之後無波的深水區，所有擾動只在內心最深處秘密地進行著。

看著外頭樹木紛紛向後逃逝的景色，葉子不知為何有種放心的感覺，是因為男人存在的關係嗎？還是因為現在旅行暫時擁有目的地的緣故？

不要去想……也不必去想！

葉子的潛意識要自己放棄所有思考能力，任憑沈重眼皮乏力地將視野輕輕拉下。

在半夢半醒之間，葉子恍惚看見許多雜亂景物~仙石原的民房、大涌谷上的富士山、混著泥沙的髒雪、枯樹、湖水、有著紅色鳥居的神社、和男人共享的失眠房間……各種毫無關連的記憶碎屑大量灑在夢的畫布上。

接著，無預兆地視野一跳，她看見自己走出了畫的邊框，行走在一段向下的石階上，彷彿是從什麼很高的山上走下來一般。

為什麼葉子會夢見這樣的夢境？而那種知道自己正在做夢的感覺更是十分詭異！

只是……讓葉子難懂的情境還不只這些。一晃眼，她發現原本空無一人的身旁現在有人正與自己說著話！那含糊的聲音前一秒還沒有，這一秒卻已然清晰地震動耳膜。

她狐疑地側眼確認，那人……竟是許久不見的CHRIS！

CHRIS？一見到他，葉子心情瞬間沈重起來！她看見他說話的嘴型，第一時間想的卻是自己該不該逃開！

但夢似乎早有安排好的劇本，迫於某種難以抗拒的力量，葉子只能繼續陪走在CHRIS身旁，他們順著山徑石階下坡，而路也毫無止境地在下方灰白雲霧中看不見盡頭！

不知什麼原因，葉子完全聽不懂CHRIS像嗚咽又像嘶吼的語言，但她卻看得出他的兩隻眼睛寫滿傷悲，雖然他的表情是帶著愛憐！

『你想跟我說什麼？』

她有些心疼地問著，同時想用手指輕撫他的臉。但CHRIS卻搖著頭拒絕葉子的靠近！在CHRIS搖頭同時，突然間，哭泣的他停下腳步，葉子在往前走了二級階梯後才發覺，她驀然回首，對CHRIS的止步感到不解。

她仰望著他，同時看著他身後長長的、如同倒下的骨牌般一直通達天空的石階，那天幕裡有赤紅的雲如火焰般焚燒著！

在那瞬間，她完全懂了！……她瞭解這個夢境似乎在告知著，若葉子繼續用無法翻譯的態度與CHRIS走向未來的道路，那麼兩人將只能一步步往更深陷的地方走去。未來只會更壞不會更好，兩人的不幸是一條難以違逆的單向道路！

『再見吧！葉子！我不該再這樣陪著心已死去的妳！』

在有了那樣的體悟之後，突然間，CHRIS說出第一句葉子聽得懂的話，但那句的內容竟就是訣別！

『我恨妳……但妳要記得……我更愛妳！……雖然我知道妳真正愛的人並不是我！』

CHRIS淡淡說著，語氣像微風一般不著痕跡地吹拂過葉子臉龐！

就在那陣風裡，葉子驚醒了，而有不捨的淚水，也從葉子乾澀的眼睛裡，惶恐地逃竄而出！

源自一種很內疚的心痛，她將手無意識地伸向空氣中，彷彿想留下什麼。

但她幾乎同時就明白，她的手是挽回不了什麼的。

除非她伸出的手，朝向的不是那都沒有的虛無！

❄

越往南走，伊豆半島上的陽光也彷彿更加熱情，雖然氣溫仍只有十度左右，但和昨天一整天都在和嚴寒相對抗的情形相比，來到三島市，那種感覺簡直就像回到了亞熱帶的台灣一樣！

坐了許久的車，從比較受到西洋文化影響的箱根地區來到修善寺，可以明顯感受到這個擁有古老歷史的山中溫泉小町，透露的是一種絕對的和式思古情懷！

和箱根相比，修善寺這一帶的居民顯得更為隨性自在！這裡沒有箱根那種拘謹含蓄的矜持，路旁販賣手工紀念品的小販總是用熱情而爽朗的聲調迎接我們到來，雖然語言不同，但這兒給人的感覺就是一股濃濃的人情味……走在著名的溫泉街上，我彷彿覺得自己正走在某個相識已久的城鎮裡，頗覺親切！

與女孩同行，我一路都像第一次學會飛行的雛鷹對周遭充滿好奇！

飄著霧氣的溫泉旅館和茶屋，舊式人力車、穿著華麗和服的女人和風中流傳的三味琴聲……任何與時間流動方式不相符的風景都吸引著我的目光。

相較之下，我身旁女孩就顯得特別沈靜。

可能是在來時的車上補了點眠，所以她的精神看來好了些，但奇怪的是我覺得現在的她又和昨晚共枕而眠的那個她不太一樣了！

以天氣來比喻，她現在就像「將晴將陰」的天空！雖然顏色還是蔚藍的，但卻好像隨時會從哪裡飄來壞情緒的卷積雲把一切破壞掉似的！那和昨晚讓我躺在她身旁的坦然不同。

是不是她又想起了什麼心煩的事呢？我只能這樣暗自猜測著。

來到著名的修善寺，這座歷史近有一千兩百年的古剎讓人一靠近立即能感受到它歷盡風霜才能展現出來的深奧！

斑駁的石階、佇立於兩側高聳的老松、被歲月磨得光滑的鳥居。在這裡，時間才是最偉大的創作者，一切事物被時間浸蝕過後產生的質感，永遠是人類無法模仿的藝術！

聽說修善寺自古以來深受許多藝術與文學家喜愛，紛紛前來此處尋找靈感。一走近它，我似乎能明白它的魅力所在。

可惜的是，我只是一個旅人，無法放下時間的牽絆，從「來」與「去」的倉促中跳脫，更無法靜靜地坐在它的跟前，聽它說一段從平安時代就開始的滄桑。

由於我們的行程必須當天往返，所以就算我非常喜歡這兒連風吹都帶著詩意的感覺，但我和女孩還是只能匆匆地瀏覽每一個地圖上記載的景點。每看一處就多一份遺憾，每走一步都知道自己難以回頭。

離開修善寺，沿著流水潺潺的桂川，我們經過一排尚殘留著楓紅的楓樹，循著地上楓葉的指引，朝溪畔一片層層疊疊著蒼綠的竹林前去。

有別於溫泉街上的熱鬧庸碌，一走進竹林小徑，日光瞬間就被兩旁幾層樓高的麻竹沒收，耳邊能聽見的盡是竹葉在風吹之下發出的沙沙聲。

在小徑裡，我緩步走在女孩身後，看著她跨出每一個堅決而倔強的步伐。

那種步伐不是要前往什麼地方的步伐，我的感覺，那反而像是一種確認著自己到底身在何處的步伐。

看著她的背影，我想起老家溫室裡那些從水中把葉子挺出水面的水草。

女孩和堅韌的鐵皇冠好像，他們都放棄了隨波逐流的權利，毅然決然從水流的方向裡獨立出來……雖然，在那樣的姿態裡都似乎藏著心事。

『怎麼了？』

走在前方的女孩看我的腳步慢了下來，回頭問我。

『沒事……』我搖搖頭，不可能把心中的感覺直接對她說。

『無肉令人瘦，無竹令人俗……』我抬頭望著「有節」的綠竹，故做姿態地吟起詩句，一陣帶寒意的風吹來，幾片竹葉就這樣刮落在小徑中央直徑數公尺的超大竹凳上。

（那麼沒有方向呢？沒有方向的人……會怎樣？）

我暗自在心裡問著這個問題。思緒繞著圓形的竹凳打轉，只覺長久以來的自己只敢在不傷害任何人的鄉愿中繞圈圈，對於什麼都避重就輕。

一時之間，我只能苦笑，覺得自己是一個比女孩還要懦弱許多、不敢用自己步伐走路的男人！

『這著名的竹林步道我們也造訪了……接下來要去哪？』

『修善寺這裡，有六座緣結的「鵲橋」……我們去那裡看看吧！』

為了趕緊找到『方向』，我把旅遊地圖翻開來，確認下一個目的地！

『鵲橋啊？』女孩聽了我的回答頓了一下。

『所以……是專門給戀人行走的橋囉？』她問我。

『是吧！』我明白她尾音上揚所代表的意思。看著她的臉，我停頓了一會兒，然後用諒解的語氣說。

『如果妳介意的話……我們可以略過這個點。』

『為什麼會介意？』對於我自認的體貼，女孩反而皺起了眉。

『怕妳覺得我好像趁機在佔妳便宜似的。』

『你想太多了！』

『當然要想很多啦！……從別人的角度看，我們的關係很難界定，這點很難否認吧。』

『別人是別人，我們是我們……我們自己知道事實是怎樣比較重要！』

『那……事實是什麼？』

『什麼都不是！』

她幾乎是用帶著怒氣的聲音回答。

『你覺得只因為一起走過幾座橋……我們之間，就會產生什麼改變嗎？』

女孩的問題，讓我一時找不到適當的字語回答，只能聳聳肩敷衍帶過！

『愛或不愛，是什麼樣的關係，我們自己最清楚！』她說。

在顯得有些尷尬的氣氛裡，女孩先轉身往竹林盡頭走去，留下我一人悻悻然在原地站著。當我趕上前去，迎面寒風再起，我看著女孩瑟縮起的背影，心裡犯著嘀咕。

（果然是個很有個性的女孩！）

我搖了搖頭。或許我還比較希望女孩對於鵲橋展露出一絲絲猶豫或想要避嫌的樣子，那至少代表她心中存在著什麼介意，也代表我在過去這段時間裡稍稍已在她心中有了一些分量。

不像眼前，對她而言，我似乎什麼也不是！

❄

『愛或不愛，是什麼樣的關係，我們自己最清楚！』

當葉子把男人拋在身後，一個人向前走的時候，她聽見的回音都是剛剛由自己口中說出的那句話。

（妳也能說出這樣的道理呀？）

葉子幾乎確定『他』會在『那裡』用嘲諷的語氣挖苦著眼前的局面。

她用牙齒咬著輕輕顫抖的下嘴唇，領先男人走過桂川上一身豔紅的虎溪橋，回到溪畔的獨鈷之湯，聽說這裡的靈湯可以替人治療所有的傷痛！

所有的傷痛……也包含心裡受的創傷嗎？……葉子問著伊豆晴朗的天空。

（不……任何外在的東西都治療不了傷痛，只有人可以治療自身的傷痛！）

她有所覺悟地告訴自己！隱隱覺得，時間，好像已經到了該迎頭面對一切的時刻了！

❄

『喂！這個給妳！』

再回到溫泉街，為了不讓我和女孩之間的彆扭繼續擴大下去。我特地按照雜誌的介紹，跑去買了兩支當地獨賣的黑米霖淇淋回來。

『幹嘛？……這麼冷，還買冰給我吃？』

原本站在桂川溪畔凝視遠方的女孩看見我手上的東西，露出意外的神情。

『既然都來了，就嚐一下這邊的特產嘛……是用黑米做的唷！』

我將甜筒遞出去，女孩遲疑了一下，最終還是接下了我的心意。

『而且不知是誰說的……「就是因為特別怕，所以才希望它冷一點啊！」』

我舔了一口冰淇淋，順便把之前她說過的話拿出來消遣她。

回應我的毒舌，女孩先瞪了我一眼，然後才不情不願地品嚐了一下那冰淇淋在褐色外觀下隱藏的綿密口感。

『嗯～』

可能是那化在口中的甜吹走了飄來的雲，我看見女孩眼中有光芒一閃而過。

她發出小聲的讚嘆，整張臉也愉悅起來。

『怎麼樣，好吃吧？』

我刻意用討人厭的炫耀口吻對她說。在我的挑撥下，她先刻意撇過頭去望著溪流，但手卻忍不住把甜筒拿到嘴邊，再狠狠吃上一口。

看她越是不想理我，我就越走近她身邊，故意在吸冰淇淋的時候發出『簌簌』的聲音。然後，就像溫暖回到了春天一樣，我看到女孩臉上的積雪，終於鬆動，開始溶解。

我們同時開始微笑，靜靜地，沒有驚動任何我和她之間的隔閡。

『回去吧！』女孩突然說。

『怎麼，感覺夠本了嗎？』我回答。

『夠了！』她深深吸了一口氣。

『逃到這裡……夠遠了！』

『嗯！』我點點頭，對於她說的，似乎有一樣的認同。

❄

按照兩人的默契，在葉子與男人的相機裡，是不會留下任何合照身影的！

坐在三島車站前的長凳上，趁著返程巴士到來前的空檔，葉子拿出相機檢視今天拍下的影像，靜靜整理一整天的回憶。

修善寺的松樹、竹林小徑、似火的楓樹、還有那隱藏著愛情傳說的桂川與桂橋！連在小巷子裡發現的拉麵店，葉子都和灑滿岩燒海苔的叉燒拉麵留下合影！

葉子操縱著相機上的按鈕，每按一下，一個從時間這條河所竊取來的瞬間，就變成了回憶

我們常常在錯誤的方向中找尋方向，

因為我們心中的指南針，

通常都是偏頗的…

偏向自以為是。

也偏向自以為非！

裡靜止的一瓢飲。……除了葉子和男人之外，其他人就算事後看了這些照片，也絕對無法明瞭這一段旅程實際的經過！

（他在幫我拍照時……到底看到了什麼？）

葉子想像，當男人拿著相機對準自己，那鏡頭就好像男人的眼睛一樣，可以說……這些照片就是男人眼中所看見的葉子！

但……問題是，那些所謂的「看見」，是否只是一種維持著表面張力的完美騙局罷了！你看到的等於實際存在的嗎？

就算眼見就能為憑，但那些定格的照片影像，又能透露多少被拍照者心裡面的場景！那些笑容、那些凝視……看照片的人到底看透徹了幾成？

『妳這張是在拍什麼啊？』

當葉子靜靜沈浸在自己的思緒之間，冷不防，本來坐在一旁喝著咖啡的男人突然探頭過來窺視葉子的相機。螢幕上剛好顯示著一張櫥窗的空景！

『是街角那家禮品店陳列的玩具人形。』

聞著男人身上傳來的咖啡香味，葉子用下巴指往商店所在的位置。

『是嗎……我看看！』男人伸手過來把螢幕轉向自己，他在那張透過玻璃櫥窗照下的照片上看見幾個可愛的人偶。

『是「綠野仙蹤」的模型嘛！』男人仔細看了螢幕兩眼，因為辨識出什麼而興奮地笑了。

『那是我小學時播的卡通吶……主題曲我都還記得呢！』男人歪頭尋思一下，隨即真的哼起歌來。

『我做了一個夢，我去遊歷，經歷多麼危險又驚奇……小獅王和機器人和稻草人，都是我的好伙計……我的小狗叫托托，牠也一起去……』

『夠了你！完全透露老先生您的年紀了！』

男人的歌聲讓葉子露出微笑。她白了男人一眼，同時把相機從男人手上搶回來。

在相片裡的那個世界，桃樂絲在獅子、機器人樵夫和稻草人陪伴下，正與心愛的寵物托托一起找尋著回家的路！

『真的好懷念啊！』男人呵呵笑著，同時也露出欽佩的神情。『這模型做的真精緻，超像的！』

『是啊！好像看見了老朋友一樣。』葉子嘆了口氣。

『我記得桃樂絲在故事最後打敗了邪惡女巫……回到了叔叔嬸嬸的身邊。』

在回應男人的話語時，葉子的神情有些許感傷。

『膽小的獅子找到了勇氣……生鏽的鐵樵夫找到了心……稻草人得到了頭腦……而桃樂絲和托托則回到了家，真是個美好的結局！』

葉子看著男人，幽幽地問：

『我們的旅行，能不能像桃樂絲的旅程一樣，也有HAPPY ENDING呢？』

『嗯……這個嘛！』男人想了想之後，隔了幾秒才回答。

『在現實世界裡……只有沒有ENDING的故事才有HAPPY ENDING！』

『嗯？』男人說出的話，葉子不是很能理解。

『所以……你的意思是……如果我們的旅行擁有終點的話，就不會有好的結局嗎？』她提出疑問。『難道……我們得一直逃下去？』

『不是……我想說的是……不見得HAPPY ENDING就是好ENDING！』

『是嗎？』葉子苦笑了一下。『真佩服你能說出那麼複雜的句子！』

『獅子找到了勇氣，牠可能會開始逞兇鬥狠；機器人有了心，他可能開始會被愛的人傷害；稻草人有了頭腦，於是他也更容易自尋煩惱……至於桃樂絲……』男人看了葉子一眼才接著說。

『她雖然回到了家，但這一生中最美的冒險也從此結束了……她可能會永遠活在緬懷之中，邁不開步伐繼續往前走！』

『沒想到一個美好的童話故事能被你破壞的如此淋漓盡致！』葉子挑挑眉。

『我只是把童話故事沒說出來的陰暗面，一次補齊而已！』

『我懂了！』葉子邊說邊把相機的電源切掉，原本發亮的螢幕一瞬間就失去光采。『重要的是過程……你想說的是不是這個？』

『也許吧！我們心中的桃樂絲，永遠是迷路的桃樂絲，回到家以後的她就不再是故事的主角！我們也不再關心她回家後發生了什麼事，不是嗎？』

『所以，我該繼續流浪嗎？』葉子像在詢問自己。『我不能回家嗎？回到最最開始，還沒迷路前的我？』

『你得自己決定吧！』男人搖搖頭。『哪一個桃樂絲比較快樂，只有桃樂絲自己知道！』

在男人說話的時候，開往箱根町的巴士已從街的那一端慢慢駛近，男人一個反手把包包從椅子上拿起。

『選個角色吧？』葉子頓了一下才背起背包。『你覺得自己像綠野仙蹤裡的誰？』

『我啊？』男人思考了一下，似乎拿不定主意。

『妳呢……妳先說！』男人把球丟還給葉子。

『我覺得我像與每個人都合體的桃樂絲……沒有勇氣、沒有心也沒有智慧……更找不到回家的路！』

在葉子說話的時候，巴士來到站牌前停下，兩人臉上都感受到車子輪胎經過長途跋涉摩擦後所發出來的熱。

『那我知道了……』男人想了想，他走在葉子身前，讓幾個下車的乘客先步下巴士。

『在妳的綠野仙蹤裡，我不會是什麼重要角色。』男人在往前踏上車門時，回頭對葉子笑了一下。

『但如果妳願意……我會是那隻陪妳找到回家路的……小狗托托！』

❄

回到元箱根時，天色已顯得有些黯淡！

因為疲累的關係，我和女孩都在回程的車上昏睡了好一陣子。若不是先設定了手錶鬧鐘，說不定我和女孩就會一路這樣睡到東京去，再也完成不了今天的旅程！

回到旅館，老闆娘親切地迎接我們歸來。

我們才剛回房躺在榻榻米上休息沒幾分鐘，她就打電話來說晚餐已經準備好，詢問我們是否可以上菜。

原來，這家旅館的特色就是可以在有著優美湖景的客房內用膳，旅客可以在不受打擾的空間裡，悠閒而自在地享受湖光晚餐！

於是飢腸轆轆地，換上日式浴衣的我和女孩，就在房裡等著佳餚到來。

沒多久，幾位穿著和服的女侍敲門入內，然後以熟練而優雅的動作陸續送上晚餐的料理，彷彿一場精心策劃的秀一般！

『請好好享受我們為您準備的料理！』

豐盛的食物在老闆娘的指揮下陸續就位，今晚的主菜是霜降和牛壽喜燒，而除了這個之外，其餘的都是以海鮮為主的私房菜！

當老闆娘笑著跪在玄關前關上房門，僅留我和女孩獨自面對著一道道精巧而誘人的菜餚時，女孩臉上的表情似乎在說著~『天啊……這麼多東西怎麼可能吃的完？』

在開動前，我們面對面盤腿坐在座墊上，除了壽喜燒醬汁在鐵盤上沸騰的聲音外，整個十坪左右的房間，安靜到連遠方湖泊上鵜鶘的叫聲都清晰可聞！

『可以……先請妳喝杯酒嗎？』在無言中，我伸手為我和女孩的酒杯都斟滿溫熱的清酒。我將酒杯推向她，同時送出我的邀請！

『為了什麼原因？』她回問，眼中帶著深意。

『為了這住一晚要價將近五位數新台幣的旅店……』我作勢心痛地說。

『為了桌上為我們付出了生命的鯛魚和伊勢蝦！為了窗外為了我們展現美麗的芦之湖！為了過去這兩天來發生的一切……』

說到這裡我頓了頓，先把酒杯舉在胸前，直到女孩會意也把酒杯舉起，我才繼續說。

『還有，為了感謝此刻我們都不是孤單一個人，在這個屬於團聚的平安夜！』

『啊？今天是……』經過我的提醒，女孩才想起今天是個特別的日子！

『MERRY CHRISMAS！』我說，同時仰頭將酒一口喝盡，一道細細的暖流就一路從喉頭延燒下去，一直深入到深不可測的地方！

『MERRY CHRISMAS！』在看我乾完杯後，女孩才用感性的語氣，接著喝下那杯我請她喝的酒。在放下酒杯時，我看見她那從浴衣衣袖下露出的纖細手臂正微微顫抖著！

『來吧！我餓了！』我說，一邊拿起桌上的筷子。故意對女孩激動的神情視而不見。

『如果沒有意外的話……今晚可是妳和我的最後一夜！』

我夾起一片軟嫩的帆力貝生魚片放入嘴中咀嚼，一種屬於海洋的鮮味，就在我舌尖展現開來……那味道鮮美的令我有些傷感！

『不要留下遺憾吧！』我看著呆坐原地遲遲不肯動筷的她，在幸福的味道還沒被味蕾遺忘前，說出這句藏在心中的話語。

『嗯！』在女孩點頭回應的時候，我看見一滴淚水……從她左邊眼眶靜靜流下，在她美麗臉龐上留下了一道銀色的痕跡！

『謝謝！』

在那一刻，我並不確定自己是否真的聽見了女孩的聲音……但不知為何，我卻十分明白，在女孩擦去眼淚的同時，她是這麼回答我的！

❄

窗外的雪，大約是在晚上八點左右開始落下。

起先，這場雪走來的腳步是輕巧的。空氣中稀落的雪花好像螢火蟲，憑藉著屋內燈光完成它們短暫的飛翔！……但漸漸的，雪越下越大，當窗前的葉子向外頭望去，她只覺得周遭的世界像被一場既是黑也是白的濃霧籠罩著，連遠方湖畔原本看得見的成排路燈，也都在濃霧籠罩下迷失了蹤跡！

用完餐後，男人嚷著要去旅店的露天溫泉洗滌一天的疲憊，而葉子也因此獲得一段無人打擾的獨處。

在一個人的房裡，葉子拉過一張藤編的靠椅，面對落地窗外的一片漆黑與混沌發呆。她身旁開著的電視隱約傳來囈語般的低吟，雖是葉子聽不懂的語言，但她卻因此得到某種陪伴。

沈思中，葉子瞥見一旁打開置於榻榻米上的行李箱。

那來時顯得有些空蕩的箱子，此時除了隨身衣物外，已然添加進許多明天準備帶回國的紀念品～包括在修善寺買的竹製小髮髻、箱根神社的平安符、還有一些在伊豆的小手工藝品。

乍看之下，這趟旅行似乎擁有不少收穫；然而，就像箱子裡原本乾淨的衣物現在都沾染上於是，冬天走去，春天走來。

幸福在往事的殘骸之中，

又開出令人心疼的花朵。

得之不易，

即使她可能在未來的某時某刻某地再度枯萎。

你也將多了一份「人生不過如此」的篤定！

疲憊與髒污一樣，在來去之間，如果有什麼已經獲得，那麼一定，也會有什麼東西是失去的！

她想起在她的相機裡，有一張在三島車站前，她趁男人不注意時偷偷拍下的側影。在那張照片中，望向遠方的男人，身影因為鏡頭晃動的關係而呈現模糊的狀態。

她想拍的是誰？……是他？……還是『他』？

對葉子而言……陪她一起旅行的男人，帶來的究竟是正面或負面的力量？是得到還是失去？

葉子其實沒有把握，到了明天的現在，她會不會連此時呼吸著的空氣，都產生一種令人心痛的懷念？

畢竟……現在可以觸摸、看見、聽聞的一切，她都可以還跟男人分享……但過了今晚呢？過了最後一夜，葉子是否又要回到她那怕黑的囚籠裡？

沒有同伴，沒有救贖……甚至和自己的誠實對質，都是一場夢魘！

（不要～我不要！！）

葉子輕輕呻吟著，臉頰發燙的凶。剛剛喝下的酒，似乎還侵佔著葉子的身體！

她想像自己正與房裡瀰漫的寂寞交媾……而臉上的潮紅，是一種隱喻著毀滅的悲傷，既哀痛又帶著絕望的快感！

『喀啦～』

在輕微的喘息裡，葉子聽見身後傳來門鎖轉動的聲音，稍做等待，推門而入的男人就浮現在玻璃的倒影上！

『哇……真是太舒服了！』

男人在玄關脫掉飯店的木屐，像個大男孩般興奮跳上榻榻米。葉子回頭望他，他半濕半乾的頭髮有些凌亂，但絲毫無損笑容的爽朗！

『下雪了……』相較於男人的亢奮，葉子回應時發出的聲音，柔的像融化於蒸汽裡的雪花。

『對啊……在下雪時泡溫泉真是人生最大的享受！』男人赤腳走到葉子身後，伸了一個懶腰，然後像發現新大陸一樣，突然發現葉子身上那份與窗外大雪融為一體的沈默。

『妳在幹嘛？』他好奇地問。

『發呆……』

『是嗎？』

葉子感覺男人俯身下來，用一隻手搭在自己右肩上。他和葉子靠的很近，彷彿想和葉子用同樣的視野觀看同樣的風景……在那同時，葉子聞到他身上傳來的淡淡香味，是代表著分離的薰衣草！

『妳看見了什麼？』男人的聲音在耳邊宛如嘆息，而透明的玻璃窗在黑暗襯托下，變成了一面讓人無所遁形的鏡子！

『黑暗！』葉子看著兩人色調暗沈的倒影說。『被窗隔絕在外的世界、還有我自己！』

『我也是耶！』對於葉子抽象的答案，男人半開玩笑地回答。

『不過我看到的，除了我之外……還有妳！』

『你看到的我們……也是扭曲的嗎？』

『扭曲？』葉子的說法讓男人有些訝異。『妳看到的我們是扭曲的嗎？……為什麼？』

『因為我們……不夠認命吧！』

『認命？』男人凝視窗子裡的葉子，原本過動的情緒，也稍稍沈澱了下來。

『既不夠認命……又不夠誠實和勇敢！……所以……我們才會卡在這裡！變成扭曲的我們！』

『妳是怎麼了？怎麼我才去泡個湯回來，妳就變了個人似的。』

男人用手摸摸葉子的頭，想給予一點安慰，但葉子似乎人在更遠的地方。

『因為……這是我們的最後一夜……不是嗎？』她說。

『那也不至於到扭曲吧？……我頂多看見了兩個寂寞的人而已！』

男人再次確認著兩人在窗裡的倒影，沈吟了一陣……最後，才在一次沈重的呼吸之後，下結論似地說著。

『我覺得……我們都不可憐……只是寂寞而已！』。

『我們都不可憐……只是寂寞而已？』葉子輕輕複頌著男人的話，隨著每個文字的發音，她竟覺得乾澀的眼有些發熱。

『是啊！這是我們會一起旅行的原因吧！』他苦笑起來。

『因為我們都寂寞！而我們有時以為自己喜歡寂寞！』

『也許……你說的對！』在回話的同時，葉子覺得內心最陰暗的部位，好像被什麼窺視的光照耀著……那是一種很疼痛的感覺，就像有傷口的膝蓋再次跌倒所得到的劇烈痛楚！讓傷口再次受傷，看清了自己的血肉模糊，然後變態地從其中獲得掙脫！

『和我做愛！』在想切斷自己身上的痛苦時，葉子聽見自己這麼對男人說！

『請和我做愛吧！』她聲音聽來清晰而冷靜……卻隱藏著足以讓人灼傷的火焰。

在一段倏然降臨的無聲中，男人與葉子藉由倒影彼此凝視。

他似乎明瞭葉子正嘗試做著什麼努力……男人輕咬著牙，葉子乞求的神情讓他心疼，但他卻拿不定主意要不要給予葉子一臂之力！

葉子要求坦承，她已然完全不在乎！然而男人卻在此時退縮了起來！

他似乎還沒有打算讓自己的思緒在葉子面前一絲不掛，一種莫名的羞怯讓他只能在葉子臉頰上輕輕留下一吻，他輕輕挪走與葉子重疊的肩，除了體溫之外，什麼也不多留下！

『為什麼？』當男人的身體不再和葉子緊靠，葉子顯得有些恐慌……而恐慌到了極致，看起來與憤怒十分相似。

『為什麼你要離開我？……為什麼？為什麼？為什麼？』葉子背對男人低下頭來，顯得有些歇斯底里，到了後面的幾個為什麼，聲音已變成了哽咽！

『為什麼你明知道我那麼……那麼愛你……你卻……能若無其事地棄我於不顧？』

『妳怎麼了？』葉子突然間激烈的反應讓男人措手不及。她說的話更讓他難以理解。

『我還在這裡啊！』男人說，慌忙將手扶回葉子的肩膀。

『救救我……救救我！』劇烈的哭泣讓葉子的身子蜷縮起來，她顫抖有如身處在最寒冷的幽冥中！

『你就這樣放手的話……我永遠都不會好的……永遠都不會！』

『嘿……』在那張藤椅前，男人蹲在葉子身旁，企圖將葉子從悲傷掩面的哭泣中解救出來。但他似乎也明白，葉子的傷，好像不是溫柔安慰就能撫平得了的！

他觸摸到葉子浴袍下小小的身子，發現那其中空洞洞的！彷彿一旦將衣服除去，那些葉子私密的地方，都只剩醜陋而駭人的骷髏！

然而，那種空洞的感覺，為何會那麼誠實？

他手指上的觸感，讓男人完全明白……葉子正毫無保留的把她自己打開，讓男人瞭解她是怎樣的一個她！

面對著一個那麼誠實的人，羞愧與退縮，都彷彿變成了一種罪惡！

就在那一瞬間，男人做出了決定！他慚愧地用他充滿力量的手，一下子就將葉子從椅子上抱起！

涕淚縱橫的葉子，在男人厚實的胸膛裡拼命掙扎，似乎對他遲來如施捨般的擁抱不屑一顧！

但男人卻緊緊地抱住她，無視於她揮舞的拳頭擊打在身上，任由她發洩。

直到他用他的唇緊緊地壓住她的，原來劇烈的暴風雪，在兩人舌尖交纏的一剎那，突然變成了一種更高層次的東西……就像是告解！在為了彼此過去壓抑自己所犯下的罪告解！

男人與女人劇烈的渴求著對方，不再試探、不再迂迴，她嚐到了他真實存在的感覺……混雜著來自於自己淚水的鹹味！

她讓自己回到赤裸……兩個人都一樣。

她不再讓他離開……在他進入的時候，她緊緊地抱住他，甚至極盡所能地去俘虜他身體裡的硬實與脈衝！

在通達全身毛細孔末端的浪濤裡，洶湧對葉子襲來的，不是快感或滿足那一類虛無飄渺的東西！

那是一種活生生，從死亡中復活的滋味……隨著身體被填滿的那一個部分……再一次從漫長的惡夢裡，悠悠醒來！

他的挺進，他的抽離，他的喘息，他的呻吟……都烙印在葉子痙攣的那裡！

她不再需要靠思念的鰓來呼吸寂寞浪濤裡的空氣……她已承認自己對『他』的想念！而承認之後……自由的預感就離的不遠了！

接下來……葉子該面對的問題就是……該怎麼讓那不再是惡夢的真實，繼續保持清醒？

一種最真實的清醒！

「耕一」章之八

答案

給生命一段 自我放逐的旅行 目的地對自己保密
聽著迎面風 不給方向的指引 用迷路去寫下日記
偶而要帶領自己遠離開人群 想一想孤單的原因
若寂寞是生命必須承受之輕 晚一點戀愛也可以

從熟悉的城市逃離 找地圖上沒有的天晴
我的眼睛和情緒 太容易下雨
只要 賜給我 陽光和森林 和能奔跑的草地
耳邊就有美麗快樂的旋律

哼一段弦外之音 幸福前的練習曲
期待那首歌曲 吟唱出未來風景

心中的弦外之音　神秘的應許之地
邊唱歌邊前進　就遇見風和日麗

十二月二十五日，天氣晴！

在上午九時廿七分離開箱根的小田急線列車上，我聽見這首歌，從女孩背對我的身影裡，輕輕哼起！

她唱的很輕，輕到一開始我以為是自己耳朵的錯覺……輕的像是一根繫在針孔上的線，雖然細，卻在穿透往返之間，擁有把東西縫合起來的強韌力量！

昨晚，在那個被漫天大雪包圍的房裡，我做了對不起天天的事情！

但對我來說，在我與女孩之間發生的事情，卻像是一種經過什麼安排所設下的必然，沒有對與錯，是一種無法抗拒也無須抗拒的結果！

我們只是去到了那裡、認識了彼此、一起旅行、分享寂寞、確認了彼此對彼此的依賴……之後，再毫無牽扯的離別……如此而已！

在那晚，我覺得我與女孩一同完成了什麼重要的儀式！我們用彼此的緊密交合，於退無可退的最後一夜，讓這段旅行找到了落腳之處，也似乎為未來那一陣不知該往哪兒吹的風找到了風向！

只是，面對煩惱，大多數時候我們所能做的，就只能像把石頭往天空拋擲那樣徒勞無功的行為而已！

我們使盡全力，想把煩惱丟向很遠的地方，但人類渺小的力量卻只夠讓煩惱飛出拋物線，在過了最高點之後，煩惱終究還是會無情地墜回地面。

除非，我們能釋放自己，讓『自我』成為沒有質量的東西！

唯有我們釋放了自己，讓自己的心不再擁有地心引力……那麼，煩惱才會飛啊飛的，一路飛往外太空去，不再復返！

可惜的是，現在的我依然還站在地面上，而女孩也是！雖然我們所歷經的旅程可能讓我們輕盈了一點，但和空氣相比，我們還是太過於沈重。

我們都必須回去各自再做一些努力吧……我想。

在時速超過八十公里的列車裡，我和女孩持續朝著終點前進。我透過她看向窗外～～外頭的雪停了、富士山不見了、留下許多回憶的箱根也渺遠了！

我覺得，這種被歸途列車往後拋棄的風景，是最傷感的！

尤其，我和女孩要前去的，是一種絕對的離別。

『妳在想什麼？』一想到再過幾小時，我可能這輩子就再也見不到她，我內心不禁燃燒起眷戀的情緒。

我很想聽聽她此刻的想法，或許，我是在期望著她的反悔，期待我們不必遵守什麼不能聯絡的約定。

『沒什麼！』很可惜的，女孩比我想像來的堅強，一如我的預料。

『等會到了新宿，我們就在那裡分手吧！』她對我說。

在她的堅強裡，我難掩失望。
我只能藉由她不小心遺落在背影裡的落寞，聆聽她真正的心聲。
我明白……女孩其實也和我一樣捨不得過去幾天所發生的一切！
但捨不得歸捨不得，對於正在學習『釋放』的我和她而言，『擁有』，畢竟是一種非分之想！
『也許……以後我們會後悔，但我覺得這樣對我們最好！』
在列車漸漸靠近東京時，她把這句話送給了我。
（什麼是『最好』呢？）
我沒有反問她……因為我知道她已經做了決定。
女孩捍衛決定的決心，讓我想起在過去這幾天裡被我刻意遺忘在腦後的一切！
我想起天天、想起老家的水草場、想起固執的老爸，也想起寫詞時面臨的種種挫折，想起那個困住我的地方。
我從女孩身上得到了什麼？
她讓我找到了同伴，卻同時又在得到依靠的時候要我失去她！
這就是我獲得的……叫做『遺憾』的東西。
很痛！我必須說……遺憾這東西很痛！但要讓兩個寂寞的人從孤單裡痊癒，好像也只能仰賴這種激烈的手段！
回到新宿車站，我一邊向女孩道別，一邊埋怨她連名字也不願留下的絕情，但同時，我也感謝她的堅決！
因為她沒有留下任何讓我回頭的路！

看著她被車站裡的人潮吞沒，我刻意選擇了與她相反的方向，從離她最遠的車站出口，走進那對我來說已經是一片荒漠的新宿街頭。

一路上，我逼著自己不要想起女孩，但到了後來，那種逼迫竟反而像在提醒自己不能將她忘記一樣。

在我腦海裡，不時聽見她剛剛在列車上所哼的那首歌。她嘴裡輕輕的吟唱，像從南方飄來的暖空氣般，讓我剛歷經離別的心得以不至於失溫而保有跳動的能力！

一直到最後的最後，我都沒有正面感謝她在列車上把那首『弦外之音』唱給我聽！因為這還是身為作者的我，第一次從歌手以外的人身上聽見有人唱起這首歌。我得說，讓我知道自己寫的歌是有人聆聽的，是個極具震撼的驚喜！

什麼是人生的『弦外之音』呢？

老實說，當初我自己在寫下歌詞時，或許……都不是想得很清楚！

有時候，我會覺得我的創作，是上帝把手伸進我的腦袋，然後再藉由我身體所傳達出來的訊息！

常常，我會在寫完一首詞的好久之後，才突然從一些經歷的事件、一些生活的感觸裡，瞭解上帝要我把它寫下來的原因！

就像那時，我從一個迷失方向的女孩口中，聽見了一種決定起身與迷惘對抗的勇氣……而讓她如此篤定的原因，竟是我自己曾寫下的隻字片語。

那是一種莫大的鼓舞！因為女孩不可能知道那首歌是我寫的！而就在這段尋找著自我價

即使是美夢，我也必須勇敢一點，堅持從其中找到真實的清醒。

為了確保不再受傷，

我們常常主動切除了人生最美也最痛的波峰與波谷，

只留下食之無味棄之可惜的，六十分的人生！

何苦？幸福往往需要我們，更孤注一擲一點吧！

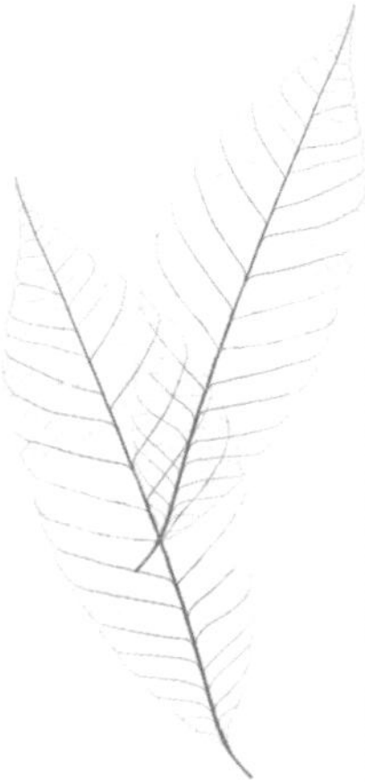

值的旅行裡，我親眼目睹我的創作，實際影響著別人的生活。

彷彿，我的意念將因為這首歌的存在，而一直陪伴在女孩身邊！

當她每次聆聽、每次唱起……即使她不知道我是誰，但我也已是她生命的一部分！我將會一直陪著她……直到這首歌被她忘記為止！

我要的……不就是這個嗎？我突然醒悟。

在我不知道的世界裡，在每個陌生聽眾耳朵裡響起的共鳴，不正是我擁有的弦外之音嗎！

其實，能夠創作，是很幸福的！

因為我能夠像這樣與別人分享一些感動，在給予力量的同時……自己也能因此獲得反芻與成長。

或許，我不必再去想別人看我的眼光！

我不必再去憂慮自己被什麼困住！

因為，只要看清楚自己所站立的地方，明瞭自己要往哪去……那麼就算面對的是一面絕望之壁，我們的心也會長出翅膀，飛越它，克服它！

我其實能飛的……是我忘了怎麼飛行而已！

PM 9：20

我在中正機場入境大廳眾多接機的人群中，找到天天嬌小而孤獨的身影！

她對拖著行李的我揮手，可能是怕我餘氣未消，她臉上的笑容一直試試探探的。

『回來啦？』當我走向她時，她怯生生看著我。

『箱根……好玩嗎？』她問，我從她眼神裡看見不敢大膽表露出的欣喜。

『嗯……』我不是很熱烈地點頭，不知怎麼的，我竟不太敢直視她的眼睛。

『對不起……』可能是我猶疑的態度影響了她，在幫我脫下外套時，天天低下頭向我道歉。

『幹嘛道歉？』

『都是我不好……我……』

『幸好日本很好玩，我也在下雪天裡泡了溫泉……否則，我可能真的會恨妳一輩子！』

『SORRY！』天天又道了一次歉。

看著天天泫然欲泣的樣子，我突然心軟了起來。

我明白，在我出國的這幾天，對不能陪我去日本的天天而言，肯定是一種嚴厲的折磨！

而我有什麼資格怪罪天天？

若不是她意外的缺席，我會遇見那個女孩，並經歷那一場特別的旅行嗎？

天天才是受害者吧！

是她給了我前往這次旅行的動力，是她犧牲了和我一起出遊的權利，這才造就了一段讓我永生難忘的北國之旅！

我什麼都得到了……怎麼能讓天天再背負著無辜的愧疚！

『沒關係啦！』我滿懷歉意地伸手將天天攬進懷裡，同時在她的額頭上輕輕吻下。在擁抱的同時，天天令人懷念的髮香，不經意地喚醒我對她的思念！

『我做了一個夢，我去遊歷，經歷多麼危險又驚奇……小獅王和機器人和稻草人，都是我的好伙計……我的小狗叫托托，牠也一起去……』

（我到家了！）在擁抱天天的時候，我突然想起那首卡通歌。

（妳……也到家了嗎？）我問我心裡的那個人……雖然我明知道她聽不見，但我還是問了！

我希望她在回家的路上，也能有一個等著她、親吻她、擁抱她甚至原諒她的人存在，就像現在的我一樣！

（把心打開吧！）我沈默給予她最後的叮嚀。

（我們都別再把自己關起來了，好不好？）

PM 10：17

帶著一種很難形容的安定感，我與天天並肩坐在巴士上，看著遠方逐漸接近的圓山飯店。從桃園到台北，一樣是歸途，但這一次，我不再像那時在日本一樣對於到來的終點感到心慌。相反的，現在，我好期待旅行能趕快告一段落。

『天天……我想告訴妳一件事！』

當巴士緩緩駛下重慶北路，我撫摸天天靠在我肩膀上的頭，同時覺得那種撫摸，是我與她之間前所未有的親密！

『什麼？』她把頭微微抬起。

『我決定了！』我對他說。『在這趟旅行中……我把以後的事……都想清楚了！』

『真的嗎？』聽我的話，天天坐直轉頭看著我。

『你做好了決定？』

『嗯……』我深深吸了一口氣，希望讓天天看見我的篤定。

『我還是會……先回南投種水草！』我對她說。

『那跟以前還不是一樣？』

『妳聽我說！』

我打斷天天的質疑，同時明白為什麼她的反應有點激烈。

『這次是不一樣的！』我把語氣放輕，但態度卻更為確定，我希望她能感受到我不再迷惘的心情！

『歌我還是會寫！……但我還有更重要的事要去做！』

我握住天天溫暖的手說。

『我想寫小說……』我告訴她。『我想把老爸與水草，用故事的形式記錄下來！』

『啊？』

看著天天意外的神情，我露出了微笑。

『我知道我不是個種水草的料！但，我卻可以用創作來種水草！』我試著用更精確的字眼來解釋我的想法。

『走了這一趟，我覺得自己應該更好好珍惜能夠創作的天賦……因為那是一種福份！而我希望自己用更多不一樣的形式，來回饋我所得到的賜予！』

我想起女孩哼歌時的背影，而她的背影也確實帶給我力量。

『回南投以後，我會把這個想法跟老爸講，希望他能把他種水草這些年來累積的經驗和感想告訴我，我也會用我自己的感覺，去體悟老爸的工作，再把它變成好看的故事，影響更多人！』

『這……你不是已經種水草種了一段時間了嗎？』

『那不一樣！之前……我的心根本就不在那裡！』

『那你爸要是不贊成你的想法呢？』

『不會的……』我對天天說。『只要這次我自己心裡沒有任何一絲懷疑……我想老爸會懂的！』

『但是……』天天顯然還有些懷疑！

『放心……我是老爸的兒子……沒問題的！』我摸摸她的頭。

『唉……說真的，我還是比較希望你回台北專心寫歌！』天天嘆了口氣。

『我想改變一下寫歌的方式……我不再去參加一些無謂的比稿了！』我回答她。

『我會找小P或是其他寫曲的朋友試試看……多用詞曲一起創作的方式來寫詞，這樣也許比較不會被別人牽著鼻子走！』

『你……這趟去日本……到底發生了什麼事？……』

在我把我的想法全說出來之後，天天怔怔凝視我好一陣子！……可能是出國前與回來之後我的心態做了全然的改變，她一時之間不太習慣。

『為什麼幾天不見，你就好像比以前篤定了許多？』她問我，我聽得出來她其實在疑惑中帶著欣慰！

『因為我做了壞事！』我對天天說。『但我卻知道我還有做好事的能力！』

『妳愛我嗎？』在下車之前，我突然問天天。要是我沒記錯的話，這還是我第一次主動問天天這個問題。

『嗯？』天天走在我前面，在準備下車之前，她既錯愕又不解地回頭望著我。

『妳愛我嗎？即使我不能完全符合妳的期待？』我又問了她一次。

『那你呢？』天天不回答，只反問。『你愛我嗎？如果我不能完全支持你的期待？』

『愛！』我敲敲天天的頭。

『傻瓜……我當然愛！』我說。『而且……我會，努力證明給你看！』

「葉子」

章之八——起點

往南方向，陽光由右邊車窗斜映進來，將葉子的側臉與身旁空著的座位烘的一片溫暖明亮！

車子剛剛經過台中沙鹿交流道。在南下車道右手邊，一整面海洋從城市邊緣向外延伸，彷彿是水泥森林的藍色襯裙，在浪花吹拂下，掀起一層層潔白的流蘇。

風和日麗的早晨，在經過擁擠擾攘的尖峰時刻後，現在世界的步調也顯得活潑輕盈了起來！

昨天才從日本旅遊歸來的葉子，今天硬著頭皮又以身體不適的理由，向公司多請了一天假。即使知道上司一定會抱怨連連，但沒辦法，葉子覺得這趟旅行還有最重要的最後一站得去，她一定得在回到原來的世界前，前去畫下最後的句點……有了句點，人生的下一個章節，才能找到起始的字句，這是葉子在日本告別『他』之後，心裡所得到的體悟！

從烏日下了高速公路，葉子依靠著衛星導航，在複雜的田間小路間摸索前進。

（就快到了！）葉子對自己說。

在她身旁，秋收之後的稻田已變成一窪又一窪黃澄澄的油菜花海！在阡陌間，那花海正以美麗的姿態迎接葉子到來。

原來在最蕭瑟的冬天，這田野間仍擁有如此豐沛的生命力量。當微風吹過，那一朵朵四瓣的小黃花，正奮力地向這個世界宣示它們的存在！

只要有陽光、有零星的雨水、有潔淨的空氣、有著根的土壤……即使油菜花為了讓來年的稻苗獲得更多養分而遲早必須倒下。但只要有綻放的機會，生命這堅韌的東西依然能從種籽蔓延成花海，給予我們另一種層次的收穫！

它們的堅持，讓冬天的殘酷也必須讓步……那是多麼渺小，卻又強大的力量！

葉子覺得自己，現在需要的就是那種力量！

（就是這裡了！）

沿著稻田，車子來到一間透天厝前。

確認了門牌上的地址，葉子坐在駕駛座上不安地望著眼前這幢孤立於農田中央的建築，厝旁幾座用鐵架和塑膠布搭建起來的溫室反射著陽光，在葉子眼前漾成一片金碧輝煌！

來到農舍前，從高僅達胸部的圍牆看進去，房子裡的電視開著，屋內有人的確定感讓葉子忍不住做了一次深呼吸……

（妳準備好了嗎，葉慈？）她問，明知道自己沒有選擇。

按下門柱上的電鈴，一隻拴著鐵鍊的黑色土狗突然衝出來隔著鐵門對著葉子吠叫！牠兇惡的模樣讓葉子嚇得退後了一步。

『笨狗……安靜！』

子。

隨著空氣裡的騷動，一個男人的聲音從屋內響起，不一會兒，房門推開，一個黝黑高壯、三十來歲的男人從屋裡走出，他先斥止黑狗的吠叫，再站在門前隔著院子用奇怪的眼神打量葉子。

『有什麼事嗎？』男人用台語詢問葉子。

『請問……佳宜是不是住在這裡？』

『妳找佳宜？』男人顯得有些意外。『請問妳是……』

『我是佳宜的朋友！』

『喔……真的嗎？』男人咧開嘴對葉子笑了笑表示歡迎，同時按下遙控器將鐵門打開。

『先進來坐！』聽葉子操國語口音，男人也用國語回答。

『不好意思，突然來打擾！』

『哪裡……只是……沒聽佳宜說她有朋友要來。』男人拍拍自己身上沾著水漬與泥土的運動衫，似乎葉子一身整潔的衣著讓他有些羞赧！

『她在裡面！』男人邊趕開大狗邊說，同時領葉子往屋子裡走。

葉子忐忑地跟在男人身後，一走進大門，在擺設簡單的客廳裡，她首先看到的就是磨石子地上好幾個裝滿水的大鋁盆，盆子裡漂浮著滿滿的水生植物！

『不好意思，家裡有點亂……』男人胡亂地將水盆挪開，讓出一條路給葉子行走，在葉子微笑以對的同時，男人向內廳大喊！

『佳宜……妳有客人！』

『客人？』內廳裡原本炒菜的聲音突然停下，另一個女生的聲音接著響起，而僅是與那聲音一接觸，葉子就覺得胸口激烈地疼痛起來！

『誰啊？』一個熟悉的身影，逆光出現在葉子眼前。也許是那人身後的陽光太過明亮，相對的，葉子站立的地方就顯得有些陰暗。

『REMY…是我！』葉子輕輕地咬著自己下唇。

『妳……好嗎？』葉子壓抑著內心激動，吞吞吐吐地說。

許久不見的REMY，瘦了，也曬黑了，她將一頭長髮束在腦後，沒有化妝的臉顯得樸實無華，但似乎也少了什麼光采！

『妳來這裡幹什麼？』在沒有任何準備的情況下突然見到葉子，REMY的臉色瞬間沉了下來，她在圍裙上擦拭自己潮濕的雙手，來來回回，好像在找尋應對的方式！

『我想見妳！』葉子有種流淚的預感，卻不敢眨一眨自己酸澀的眼睛。

『我想對妳說幾句話！』

『我們之間還有什麼好說的？』REMY冷冷地說。『我要離開的時候，不是都已經說得很清楚了嗎？』

『是這樣沒錯……』葉子以小心翼翼的語氣回答。『只是我……』

『沒什麼好只是的！』REMY的話語一刀將葉子試著傳遞過來的善意斬斷，絲毫不留轉圜空間。葉子的尾音，就那樣失足墜落進兩人之間深深的鴻溝。

『喂！有話好好講嘛！』

REMY的態度讓一旁的男人顯得有些意外，他出言勸著REMY，想瞭解情況，卻被REMY一句話頂了回來。

『哥……這事你別管！』REMY瞪著葉子說。『你請她出去！我不想看到她。』
『幹嘛這樣！人家是特地來找妳的耶！』
『沒關係……我本來就應該得到這種對待！』
在男人試著為兩人打圓場的時候，葉子用像是宣判的語氣，緩緩說出自己應當承受的罪刑！
『我知道我冒昧地下來找妳，只會讓妳想起一些不愉快的事情罷了！』
當自己的害怕從想像變成真實，很奇妙的，那虛幻的恐懼反而會離我們而遠去……面對狠狠將心門關起的REMY，葉子的聲音反而不再顫抖！
『但我還是來了……』葉子凝視REMY的臉龐。
『我這次來……不是為了得到妳的原諒！……我這次來，是希望自己能夠真正地對妳誠實……妳能明白嗎？……那種完完全全，毫不保留的誠實！』葉子告解著。
『即使這種誠實，可能不是那麼討人喜歡……但我還是必須，把它，交給妳！』
『哼！誠實？……妳這種虛偽的人還敢來找我說誠實？』
REMY譏諷著葉子，似乎想起過去往事還是存在著巨大的痛苦。
『我想說的是……之前我做的每件事，在我做出的那個當下……我都覺得是對的！這是實話！』葉子支撐著自己……努力逼退內心一直想退縮的慾望，要自己坦然。『但我也必須說……在那時候，我整個人，都是不真實的！』
她對她曾經的好朋友說。
『我的工作、我的感情、我的生活、我的夢想、我的人際關係、我的一切……在現在的我眼中看來，都是假的……』

葉子頓了一下，等自己習慣了那種坦承的赤裸裸之後，才繼續說。

『那種假，很像是真的！我並不是故意想要騙誰，我也以為自己是完整的……所以我一直在不知情的情況下演著一個虛偽的葉子，也因而傷害了許多人……包括妳、包括CHRIS，也包括……我自己！』

說完這一段話，葉子停頓了下來，在這段空檔，葉子的言語都在REMY的心裡發酵著。

『妳現在才說這些有什麼用？』

REMY微微低下了頭，她能明白葉子想表達的，卻不知那能讓受到傷害的自己得到什麼補償！

『這趟來……我只想告訴妳……REMY！』葉子從包包裡拿出一張VENUS的CD，向前走到REMY面前，把它交到REMY手裡。

『從妳身上拿走的東西……我無法還妳……我也不能還妳！』葉子說。

『但我有必要，好好向妳說聲謝謝……為了我欠你的很多很多！』

『這專輯我早就有了……妳還給我幹啥？』

『不一樣！』葉子定定地說。『仔細看清楚……這張專輯不一樣……』

REMY接過VENUS的專輯，發現那CD上有VENUS親筆為REMY寫下的祝福與簽名，REMY凝視了一陣，用手指輕輕觸摸VENUS的筆跡，彷彿那其中還藏有VENUS的溫度。

在那上頭的一字一句，都像一扇窗口。REMY從中得以窺見以往自己在X唱片工作時的點點滴滴……有成長，有酸楚，亦有甘甜……但那些回憶在離開之後，不知不覺，竟已被時間裱上框，變成明信片上的風景一樣，顯得遙遠而不真實！

『妳說的沒錯，妳還不起的！』REMY的眼眶泛起淚光，模糊了她面對葉子時展現的倔強！

『有一些感覺……是永遠回不去的！』她輕輕地嘆了一聲！

『回不去……那就向前走吧！』葉子輕輕用雙手包握住REMY拿著CD的手，這一次，REMY沒有抗拒的動作。

『若不是妳那麼嚴厲地斷了我所有回頭的路……也許，我現在還會和以前一樣，永遠那麼懦弱與虛假……』葉子在接觸到REMY手上的體溫之後，知足地收回了雙手。

『少了妳……我的世界，真的寂寞了許多！』

兩行淚水，從葉子帶著笑容的臉龐掉落，那鹹鹹的淚水，再也回不去它們來自的地方。

『但是妳的離開……卻讓我變得誠實了一點！……妳的離開更讓我明白自己對於愛的無能！……一個對愛無能的人，是不可能得到幸福的！』

葉子擦去臉上淚痕，對一旁全程聆聽她與REMY之間對話的男人點頭示意。

『我得回去了！』葉子向REMY道別。

『再聽聽VENUS專輯的第四首歌吧……仔細聽，聽她的弦外之音……那個年輕女孩教了我不少東西！』

她對REMY留下最後這個叮嚀，隨即翩然往屋外走去！

葉子一直往前走，推開大門，經過院子，無視於黑狗的吠叫，一個人安靜地朝剛剛前來的反方向走去！

在葉子離去的時候，REMY把CD環抱在胸前，同時輕輕地轉過身子，讓臉龐背對著葉子。

『為什麼！』REMY在嘴巴裡呢喃著。

『為什麼妳到現在才來……為什麼？……』

她眼裡的淚水，直到此時才落下。

『做得很好喔……真的……我覺得妳，做得很好唷！』

『沒有所謂的好與不好，我只是做了我該做的事情而已！』

『所以……我猜，這也是我們說再見的時候了吧？嗯！……妳真的就這樣要把我忘掉了嗎？』

『我只是希望你回到該去的地方去而已！我想，『那裡』並不是忘記，反而是一種記得喔！』

『記得，就是最好的忘掉嗎？呵呵，這一次，妳倒是讓我有些驚訝！』

『被我『記得』，你會不甘心嗎？』

『難免會有一點吧！畢竟，妳需要我也需要了那麼久！』

『謝謝！』

『謝什麼？』

『謝謝你，曾經讓我那麼愛你，然後又逼著我面對你、釋放你！』

『沒什麼！妳只是沒有注意到罷了……其實，這一切都是靠妳自己的力量完成的，我只是再一旁靜靜的看著而已！』

『但若沒有另一個『你』的幫忙，我可能根本辦不到這些吧！』

『呵呵，『他』只是一個旅行時的意外、是一種巧合，但妳卻把他解釋成一種救贖……妳看，人真是一種被暗示操縱著的動物吧！』

『也許吧！……但我寧可相信，那是命運賜給我的一個奇蹟！』

『妳指的奇蹟是，回到原點這件事嗎？』

『我指的是，我和每一個生命裡每一個人奇妙的交會！……包括我和我自己的重新相遇！』

『呵呵！妳變了……妳真的變得不一樣了呢！現在，我倒是很想留下來看看妳接下來的發展唷！』

『你會在的！』

『嗯？』

『你會在的！你會在的！你……一直會在的！』

『是嗎？……喂！我可不可以問妳一個問題？』

『嗯？』

『妳愛我嗎？』

『愛！』

『再說一次！』

『愛！』

『再說一次』

『愛！……』葉子堅決地回答。

『我愛你……但我會把你變成生命的一部份，然後再把我的生命。交給未來會帶給我幸福的……那個人！』

終章——開始

十幾歲的時候，生命，好像被一種寬容的春天包裹著。

不管發生什麼事情，我們似乎都能在那種溫和的氛圍裡茁壯，即使風雨來臨，我們心中初生之犢的衝勁，也會在每一次雨過天晴的時候，把枝芽繼續向陽光伸出，不管從地面到天空的差距有多大！

直到活得稍稍夠久了以後，我們才終於發現，原來這個世界也有夏天的酷熱、有秋天的蕭瑟和冬天的嚴寒存在……我們生命所寄生的環境，原來一點都不寬容！

很失望，那種體驗到現實的殘酷感覺，像在嬰兒稚嫩的皮膚上用手術刀劃開一道血痕般，令人觸目心驚！

但因為痛，所以我們被迫去學會讓傷口癒合的方式，然後漸漸的，我們在冬天的尾聲，又看到春天的腳步向我們走來！

年復一年，年復一年！直到我們終於從生命的漩渦中跳開，自死亡手裡拿回自由，我們才能擺脫對於人生的種種「失望」！

和小P合作的寫歌的計畫有了開端，卻一直還處於磨合期，要想找到兩個創作人心中都能

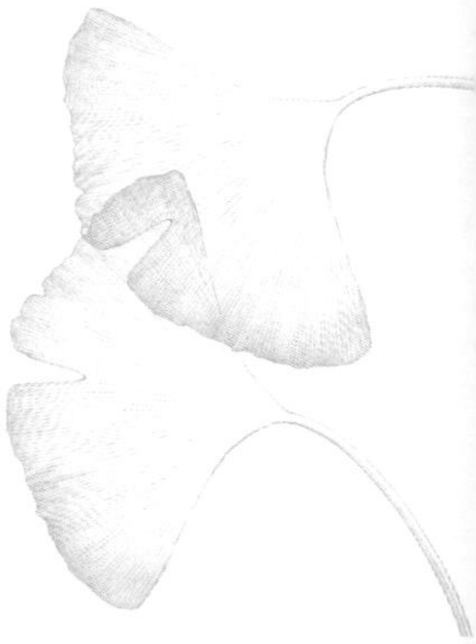

認同的美好畫面，有時不是光靠文字或言語溝通就能達成的！

我只能把那其中的精密微調交給時間……

時間！唉！總是時間，到頭來，我覺得一個人成功與否所需具備的特質，與其說是努力，不如說是對於時間的耐性……

因為當夢想這一類虛幻的東西開始必須從想法變成做法的那一刻起，它的臉孔就不再和藹可親……甚至還會回頭處處刁難我們！

那樣的性情很可惡，但越是這樣，征服它的快感才越爽快！

那感覺就像從最嚴格的教授手上拿到好成績，總比修過一些沒營養的學分來的更有成就感！

現在，我都是以這樣的想法來跟時間這堂課，做漫長的搏鬥！

顏允隆，我知道這個人還會留在唱片圈作惡一陣子！

但我想，我不會再被他欺負了……只要我不把他的欺負當成是欺負的話！

我把這種人的存在，當成是人生的必要之惡！

或許，在這狗咬狗的世界裡出現了一個敵人，有時比得到一個朋友還能獲得更多收穫。至少，他是一個很不錯的負面教材。

（你想變成他嗎？）每次我都問自己。

如果這樣的人總是以一種悲哀的生存之道打滾著，那我何必浪費自己美好的生命在憎恨一個滿身都是泥水的人身上呢？

他們就算再有權有勢，靈魂也是髒的！生命也是臭的！……我就不相信他們能過得了良心審判的那一關。（連良心都沒有的人是禽獸，人跟禽獸就什麼話也甭說了吧！）

現在，我只認真的期望著自己在創作上的進步。

我希望，藉由繼續對於「人性」的鑽研，說不定在未來某天，我可以站在什麼獎的頒獎台上，對著直播的鏡頭向世上所有人說。

『顏允隆……我感謝你曾給我的『照顧』，因為你他X的夠機歪，才讓我現在可以寫出超屌的作品！』

總有一天，我會贏過他的！……我走得慢，但我一定走得到！

我是如此唐吉訶德式地相信著！

我告訴自己，所有的『新』，都需要一段時間的醞釀才能真正成熟！

種下的因，像花園裡的玫瑰。那些昨天播種今天就盛開出花朵的情況，叫做『奇蹟』……而奇蹟並不是這個世界正常運作的方式！

關於老家的改變！老爸把原來溫室的規模稍微改小了一點，但是種水草的方式，卻變得比以前更為精緻講究了！

雖然我還是一直找不到國揚（希望他能在一個被信任的地方繼續種他愛的水草）。也暫時還無法讓老爸接受我將不會接下他棒子的這個事實。

但我已經清楚地把我「對水草沒興趣」這件事跟老爸說了！

就像他深深愛著「水草」一樣！

我也深深愛著「寫作」這件事！

我願意在創作之餘幫老爸種種水草，但真正能讓水草散發出光彩的人，卻只有那些能和它們用「心」溝通的人。

就像一心一意希望「文字」能夠發光的我，才能寫出好作品是一樣的道理！

聽完我誠實的告白，老爸依舊冷冷地在每天清晨，把一些溫室裡的瑣事交給我處理。

但私底下我聽老媽說，老爸好像已經開始請他當高中校長的同學幫忙物色，看學校裡有沒有對水草有興趣的年輕人，可以從打工開始，從頭開始學習種水草的事宜。

『總有一天我要把水草賣到日本跟德國那些要求品質最高的國家去！』

年逾六十的老爸在他的溫室裡，依舊有他的夢想！……而我也有我的！

『總有一天我要寫出讓老爸感動認可的歌詞或小說來！』

我把我所有發表過的歌，每一張專輯都整理好放在老家客廳的櫃子當中。

我好希望哪一天，老爸會趁我不在的時候，偷偷把他兒子寫的詞，拿來好好聆聽一下……聽聽他賜給他兒子的才華，聽聽他賜與兒子的任性與寬容！

這是我目前最希望完成的夢想！

至於天天……雖然她還是時常埋怨我不能在台北陪她，但我們的關係，卻好像變得比之前更親密了！一樣的相隔兩地，但現在的我卻不再把天天當作是一個避難所！

因為……我也是她的避風港！……這是以前自私的我所沒給她的！

我和天天，彼此是對方的恆星，也是行星！

有時，我依繞著她而行，有時，她以我為中心！

我想，人的一輩子這麼長，需要的就是一個能和自己商量、看著同一個方向的同伴！我知道我的每一首歌詞、每一篇文章、每一個字句都將是為了她而寫，而我也很樂意當作她幸福的泉源！

一直到現在，天天還是常常問我那時到底在日本發生了什麼事？

為何一段旅程能讓一個原本如同困在監牢裡的我，突然間找到開鎖的方法？

關於這個問題，我一直沒有對天天坦白。

不知為什麼，我偏執地希望能把與那女孩相遇的三天時光，變成我生命中一個珍貴的秘密！

我願意把我的一切與天天分享！除了那已然消失的七十二小時之外。

為了這一點點隱瞞的罪惡感，我非常認真地決定，要把未來的快樂，都交給天天保管！

這不是補償，但我希望她能原諒我，在忠誠上的一些些瑕疵與不純粹！

現在的我，白天在溫室裡幫忙老爸種種草，晚上則是忙著創作我的第一本小說。

我不知道自己是不是擁有寫小說的天分……但我會努力地寫！

就像活著這件事一樣，在還能呼吸的時候，我會一直堅持讓文字吸進生命的肺裡。

一直一直……這是我沒對那女孩說，卻會一直信守的承諾！

寄件者：「Remy」<remyneedlove@pixnet.tw>
收件者：「葉子」<lonelyleafiness@yahoo.com.tw>

DEAR葉子，
好久不見了！怎麼樣，一切都還好嗎？
收到妳寄來的MAIL，看到妳和CHRIS出國玩的照片，我超羨慕的，我好久沒放假了呀！（PS：妳新養的狗狗『托托』超可愛的……真想抱抱他！）
葉子，妳曾對我說『我欠妳一句謝謝』！
如今，我想把這句話，原封不動地還妳；同時，再加上一句「對不起」！
我要謝謝妳曾傷害我，最後，卻又把誠實還給我。
我想，我從來都沒有權利決定要不要原諒妳。因為，妳並沒有做錯什麼！
其實，在妳來台中找我之後，我一個人將自己過去幾年的生活，好好地反省了一下。

說真的，我也一點都不誠實耶！
我一直沒有告訴妳，那時我之所以會辭職，當不了經紀人並不是全部的原因。
真正讓我離開的原因，是我們家遇到一些變故。
為了家裡的事，我必須放下台北的工作，回來台中老家幫忙。
就像那時妳來找我時看見的……現在的我，過著平凡卻忙碌的生活。
雖然當初我哥是為了幫我爸清償賭博欠下的債，才會臨時決定離開他待的水草場，自己出來賣水草，但隨著現在生意越來越穩定，我們一家人，也終於找到一個共同努力的目標！
葉子，我真的得說，對不起！
我把當時被逼著要回老家的情緒，假借很多藉口，強行加到妳的身上！這是我覺得自己很卑鄙的地方。
妳能當VENUS的經紀人，靠的完全是妳的努力！而我相信妳一定可以把她做得很紅！因為……妳一向都是那麼厲害！

妳送給我的那首『弦外之音』，我聽了，真的很好聽喔！
嗯……真的，這首歌讓我想了很多事。
請妳一定要記得，幫我向VENUS說聲謝謝！
請跟她說……她很棒！真的很棒！REMY姐很想再帶她一起跑通告……但現在，好像趕快找個人嫁了才是我最該做的事！（真受不了我老哥一直想把我嫁掉的心態）
妳也是喔，葉子，要加油！不要放棄妳的夢想！更要把CHRIS那樣的好男人緊緊抓在手裡知道嗎？
妳敢過得不幸福，我一定會很生氣的！
看到這裡，妳微笑了……對不對？我也是！
希望下次再見到妳時，我和妳臉上，都能和現在一樣，笑得很開心！
祝福妳，我最好的朋友！
找機會再來找我唷！

REMY～

後記　未完待續

人，應該回頭看，還是該眺望未來？

從二〇〇八年決定不再貪求一份穩定的收入，離開唱片公司，回家專心寫我該寫的東西開始，我突然間開始明瞭，什麼叫做『有捨才有得』，什麼叫『適得其所』。

從『海角七號』、『國境之南』、『金馬獎』……銜接到我的第一本歌詞短篇小說《想你的離人節》，一直到現在這本《愛無能，幸福不能》的發行。

似乎老天爺寫的劇本，永遠比我這個創意貧瘠的所謂作家，來得高明的太多太多了！

在這短短的半年當中，我鬧了一些風波、上了幾次新聞、跑了幾個電視節目通告、辦了幾場簽書會、講了不少場演講……在其中，有讀者說我人很親切、有同學說聽我的演講有聽到一些有趣的事、也有人在我部落格上批評我是一個想紅、想撈錢的投機份子點點點點……

可以說，我聽見的聲音，比起以往更多、更暖、卻同時也更喧囂、更吵雜。

那就像這本小說所寫，乘坐登山纜車往上爬，突然間看到原本被山擋住的景色一樣~有種豁然開朗，而且是好壞都看見的豁然開朗！

雖然對於這樣的狀況，我早已用想像中的模擬狀態『適應』過了，但當你真正一步一步走在這條路上時，你還是會有種『啊……原來如此！』這樣的驚嘆與感慨。

人生很妙！尤其當你知道你不能取悅所有人，只能取悅自己時……豁出去了，人生就更妙！

我只知道，能過著像現在這樣，有東西寫、有人支持，也有人不支持的人生，挺充實，挺多

嚴云農
2009/4/10 於台北家中

面，也挺有趣的。（如果感情能有個著落，那就更好了！）

對我而言，寫小說是種創作，是種反省，是種可以把不完滿試著喬成完滿的妄想。

《想你的離人節》……寫我曾寫過的歌詞，背後的故事。

《愛無能，幸福不能》……是從我自己的真實人生中找尋靈感。

你可以說這是巨蟹座念舊的性情在作祟，讓我念茲在茲的都是一些過往的回憶。但其實，誰不是在自己的過往中尋找前方未知的風景呢？

對我而言，在創作上，真正的考驗，是從出了這本書之後才正要開始。因為下一本小說，我不可能再拿自己熟悉的人生來當創作背景。我也不應該再讓小說裡的角色，每個看來都像我的替身。

人生，該藉由過往，眺望未來！

而這《愛無能，幸福不能》裡的十四萬字，都將是一吋一吋將我腳步墊高的基石。

即使近來我常常因為想著下部小說的題材而陷入失眠的狀態，但，這應該是一種甜蜜的負荷，是我應該甘之如飴的試煉吧。

我曾說過，我想做一個有故事的人。我遵守了我的承諾，先把自己的故事，用改寫的方式，說了一說。而我希望，這只是一篇引言而已！

我希望很多存在我腦海的未來預想圖，能在我慢慢走的旅途當中，逐一找到其中的一磚一瓦！

今天，此時此刻，就讓我的這篇後記，姑且停在『未完待續』這四個字上面。

謝謝你的參與，你願意聆聽我的故事，才讓我的每一字每一句，有了發光的可能！

《想你的離人節》
是我的第一本短篇小說集。

國家圖書館出版品預行編目資料

愛無能，幸福不能 / 嚴云農 著. --
臺北市：文經社，2009. 06
面； 公分. -- （文經文庫；240）
ISBN 978-957-663-567-0（平裝）
857.7 98005555

文經社

文經文庫 A240
《愛無能，幸福不能》

著作人 — 嚴云農
發行人 — 趙元美
社　長 — 吳榮斌
主　編 — 林麗文
美術編輯 — 劉玲珠
出版者 — 文經出版社有限公司
登記證 — 新聞局局版台業字第2424號
＜總社・編輯部＞：
地　址 — 104 台北市建國北路二段66號11樓之一（文經大樓）
電　話 — （02）2517-6688（代表號）
傳　真 — （02）2515-3368
E-mail — cosmax.pub@msa.hinet.net
＜業務部＞：
社　址 — 241 台北縣三重市光復路一段61巷27號11樓A（鴻運大樓）
電　話 — （02）2278-3158・2278-2563
傳　真 — （02）2278-3168
E-mail — cosmax27@ms76.hinet.net
郵撥帳號 — 05088806文經出版社有限公司
新加坡總代理 — Novum ORGaNum PublishiNG House Pte Ltd. TEL:65-6462-6141
馬來西亞總代理 — Novum ORGaNum PublishiNG House (M) SdN. Bhd. TEL:603-9179-6333
印刷所 — 通南彩色印刷有限公司
法律顧問 — 鄭玉燦律師（02）2915-5229
發行日 — 2009年 6月 第一版 第 1 刷
第 2 刷
第 3 刷
第 4 刷

定價／新台幣 260 元　Printed in Taiwan